가려진 문틈의 아이

가려진 문틈의 아이

초판 1쇄 발행 2019년 12월 31일

지은이 구혜경
펴낸이 배선아
펴낸곳 (주)고즈넉이엔티

출판등록 2017년 3월 13일 제2018-000115호
주소 서울시 중구 퇴계로26길 52 1층
대표전화 02-6269-8166 **팩스** 02-6166-9199
이메일 gozknock@naver.com

ⓒ 구혜경, 2019
ISBN 979-11-6316-068-7   03810

이 도서의 국립중앙도서관 출판예정도서목록(CIP)은 서지정보유통지원시스템
홈페이지(http://seoji.nl.go.kr)와 국가자료공동목록시스템(http://www.nl.go.kr/kolisnet)에서
이용하실 수 있습니다. (CIP제어번호: CIP2019044916)

가려진 문틈의 아이

구혜경 장편소설

고즈넉이엔티 GOZKNOCK ENT

차라리 그 문을 열지 말았어야 했다

프롤로그

오후 네 시의 우정인력 사무실은 한가했다.

시장통 같던 새벽과는 판이하게 다른 모습이었다. 나는 완수 아저씨가 내민 계약서를 보고 있었다. 사무실엔 아저씨와 나 둘뿐이었다. 테이블 위에 우거진 숲처럼 담배꽁초가 빽빽한 재떨이가 놓여 있었다. 아저씨가 손님치레로 타준 싸구려 믹스커피는 벌써 미지근했다.

"세 집이야. 803호, 804호, 504호."

아저씨의 뭉툭한 손가락이 계약서에 나열된 집 주소를 차근차근 짚었다.

주소에 인쇄된 힐스타운은 그 인근에서도 유명한 프리미엄 아파트였다. 검색해보면 편의시설 자랑이 헤아릴 수 없이 이어진다. 피트니스 센터나 수영장, 도서관 같은 주민 시설이 시립 시설보다 좋을 만큼 잘되어 있다는 평가다. 유명 조각가들의 작품들이 들어서 있다는 부지 안 인공 정원의 경관은 웬만한 미술관의 야외 풍경이라 해도 믿길 정도였다. 세대마다 설치된 스팀사우나와 음식물 분쇄기, 와인 바는 기본이었다.

"왜 딱 세 집이에요?"

날 물끄러미 보던 아저씨가 담배를 물고 불을 붙였다.

"보민이 너한테 말하긴 좀 그렇다만…… 거기 사람들 여간 깐깐한 게 아니라서 젊은 여자라면 목소리부터 바꿔달라고. 웬만하면 애 키워본 적 있는 아줌마들 갖다 쓰지."

아저씨가 머쓱한 듯 목덜미를 벅벅 긁었다. 그러니까 이 세 집을 제외한 나머지 집들은 30대 초반 미혼 여자가 가사파출부로 오는 데 난색을 표했다는 뜻이다.

속내야 어쨌든 아저씨는 미안한 듯 굴었다. 하지만 내겐 이미 익숙한 일이었다. 고용된 첫 날 현관문에서 맞닥뜨린 집 주인이 '어머, 이렇게 젊은 분이 오실 줄은 몰랐는데……' 하더니 바로 다음 날 잘린 적도 있었다.

누구나 손이 야무지고 애를 튼튼히 키워낸 베테랑 주부를 가사파출부로 쓰길 원한다. 신분을 알고도 나를 고용하기로 한 이 세 집은 내게 기회를 준 셈이었다.

"잘할 자신 있지? 여기 진짜 조심해야 되는 곳이다."

아저씨가 부촌 아파트 가사파출부 일이 대단한 것이라도 되는 양 초조한 어조로 말했다. 우정인력 사무실에서 사람을 보내는 현장 중 이 아파트가 제일 작은 규모일 텐데도.

나는 말없이 계약서에 쓰인 사항들을 훑었다.

"아참, 할머니는 좀 어떠시냐?"

재떨이 바닥에 담배를 비벼 끄며 아저씨가 갑작스럽게 물었다.

내가 아저씨와 일한 지도 3년이 넘었지만 우리 할머니는 그보다 한참 전에 알고 지낸 사이였다.

"아직 못 움직이셔서 누워 계세요."

"저런……."

더 이상 인력 사무실에서 일을 받지 못할 만큼 노쇠한 할머니는 폐지를 주웠다. 얼마 전 빗길에 미끄러지면서 허리를 크게 다쳐 입원했다가 며칠 전에야 겨우 퇴원했다. 수술을 고려할 정도로 심각했지만 의사는 할머니를 향해 '수술을 위해 하는 마취가 더 위험한 나이'라고 했다. 할머니를 챙길 사람이 나밖에 없어 그때까지 네 집에서 일을 했지만 모두 그만두었다.

마침 두 집은 일주일 차이로 계약만료였고, 두 집은 에둘러 '할머니를 잘 돌보라'며 도닥였지만 사실상 해고였다. 조금이나마 모아두었던 돈은 병원을 들락거리면서 금세 바닥을 드러냈다. 계약서에 쓰인 항목 중 제일 먼저 '보수'로 눈길이 간 건 당연한 일이었다.

"제법 세네요."

"그렇지? 아까 준희 엄마가 이걸 어쩌다 봤나 봐. 자기가 한다고 아주 난리도 그런 난리가 없었어."

아저씨가 치를 떠는 시늉을 하며 고개를 저었다.

"거기 803호는 일요일이 껴 있어서 특별히 많이 쳐준 거라 하더라고."

담배 냄새가 묻은 뭉툭한 손끝이 계약서 안으로 불쑥 들어와 803호 글자를 툭툭 쳤다.

힐스타운 1동 803호

화, 목, 토, 일

오후 1시에서 6시. 월급 200만 원

시급으로 따지면 2만 원이 넘었다.

보통 가사파출부 일은 시급 만 원 정도를 받는다. 미혼에다 젊은 나는 베이비시터 일을 겸할 기회가 없어 정해진 시급 위로 받은 적이 없었다. 이 정도 금액은 아이를 돌보는 일 혹은 운전기사 일을 겸하거나 경력이 매우 많아야 받을 수 있었다.

아저씨 말대로 일요일이 끼어 있는 건 드문 경우였지만 그걸 감안해도 높은 액수였다.

"거기 말고 804호, 504호도 그래. 돈이 많아 물정을 모르는 건지 상관이 없는 건지, 쯧."

가볍게 혀를 찬 아저씨가 다시 담배를 물었다. 계약서를 한 장 넘기니 804호 계약서가 나왔다.

힐스타운 1동 804호

월, 수, 금

오후 1시에서 5시. 월급 100만 원

역시 높은 보수였다. 시간대가 애매해서 사람이 구해지지 않을까 봐 일부러 금액을 높이 매긴 듯했다.

"지금 네가 사인만 하면 계약이긴 한데, 그래도 803호 빼고 나머지 집주인 얼굴들 한 번씩은 봐야 할 거야. 알지?"

"803호를 빼고요?"

"거기는 희한한 게 그냥 최대한 젊은 애로만 구해주면 면접까진 필요 없다더라고. 어차피 만날 일이 없다나."

다시 앞장으로 돌아가 803호 계약서를 보니 집주인은 79년생 남자였다. 김민우.

가족관계란에 외롭게 덩그러니 버려진 것 같은 글자가 눈에 들어왔다. 같이 거주하는 사람도 없었고, 특이사항란도 공백이었다.

아저씨가 한쪽 구석에 '최대한 젊은'이라 휘갈겨 쓰고 아무렇게나 동그라미를 친 게 눈에 띄었다.

"희한하긴 하네요."

"너한텐 편한 일이지. 그러고 보니 504호도 남자 혼자던데. 거기 한 번 봐봐."

아저씨가 내 손에 있는 계약서 쪽으로 턱을 까닥였다.

803호, 804호 계약서 다음 마지막 장에 504호 계약서가 있었다.

인적사항이 맨 위에 쭉 나열되어 있었다. 김지호. 870910으로 시작되는 주민번호가 보였다. 힐스타운 1동 504호. 희망동물병원 원장이라는 글자가 눈길을 끌었다.

힐스타운을 비롯한 고급 아파트 단지 근처 네거리에 있는 큰 복합상가 옆 5층짜리 병원이었다. 전면이 유리창이라 특이하다고 느꼈던 기억이 났다.

월요일부터 토요일, 오전 8시에서 12시. 시급 15,000원.

이전에 맡았던 집보다 높은 시급을 주는데도 803호, 804호를 보고 나니 적은 금액처럼 느껴졌다.

"보민아, 그러니까 이게 얼마나 좋은 기회냐? 드센 아줌마들 없지, 돈 많이 주지, 세 집이 지척인데 시간대도 안 겹치지. 내가 너니까 믿고 주는 거야."

내가 말없이 계약서만 보자 아저씨가 초조한지 잔뜩 생색을 냈다. 그의 말대로였다. 이건 정말 좋은 기회였다. 대단한 기회를 만난 것처럼 굴어야 하는 건 아저씨가 아니라 아쉬울 대로 아쉬운 지금의 나였다.

"면접은 언제 보면 돼요?"

구석에 있던 볼펜을 집어 들자 그의 얼굴이 눈에 띄게 밝아졌다.

"잠깐 기다려봐."

자리에서 일어난 아저씨가 책상 위에 쌓인 서류 뭉치들을 아무렇게나 헤집었다.

허둥지둥하는 뒷모습을 보며 가만히 앉아 있었다.

"평일 6시 전에 연락만 주고 오면 된대."

맞은편에 다시 풀썩 주저앉아 포스트잇을 건넸다.

이유경, 804호

휘갈긴 글씨 아래 핸드폰 번호가 적혀 있었다.

갑자기 집을 나서기 전까지도 끙끙 앓던 할머니 목소리가 귓가에 스치는 듯했다. 내겐 달리 선택권이 없었다.

***

힐스타운 정문에 도착해 들어가려고 하니 경비실 창문이 드르륵 열렸다.

"아가씨! 어떻게 왔어요?"

제복을 입은 경비 아저씨는 힐스타운 마크가 정면에 수놓인 모자를 쓰고 있었다. 금장단추가 달린 어깨 너머로 모니터에 잘게 분할된 CCTV 화면이 비춰지는 게 보였다. 여러 대의 모니터가 줄지어 있었다.

"다음 주부터 여기서 일하게 된 가사도우미인데요. 1동 804호 사모님이 보고 싶다 하셔서요."

가방에서 '우정인력'이라 쓰인 봉투를 꺼내 들이밀었다.

봉투를 흘깃 본 경비가 1동 804호란 말에 눈을 가늘게 뜨고 나를 위아래로 훑었다. 불쾌한 시선이었다.

"들어가도 되나요?"

봉투를 다시 가방에 집어넣으며 아파트 쪽으로 손짓하자 그가 가보라는 듯 손을 휘휘 저었다. 등 뒤로 경비실 창문 닫히는 소리가 들렸다.

아파트 단지 안에는 차가 한 대도 없었다. 오토바이조차 보이지 않는 걸 보면 탈것들은 모두 지하로만 다니도록 통제되어 있는 것이다. 바닥엔 색색의 벽돌이 깔리고 말랑한 우레탄이 펼쳐진 산책길 옆엔 전문가의 손길로 조경된 나무들이 빈틈없이 심어져 있었다. 정문을 기점으로 아예 다른 세상이 펼쳐진 것 같았다. 1동은 정문 상가에서 제일 가까운 동이었다.

"누구세요?"

인터폰에서 나오는 목소리는 여리고 가냘팠다.

내가 신분을 밝히자 대답이 없더니 곧 로비 문이 열렸다.

엘리베이터는 긴장한 내 표정이 거울처럼 그대로 비춰질 만큼 반짝거렸다.

804호 현관문 앞에 서서 초인종을 누르려는데 지잉, 기계음이 들렸다.

소리를 따라가니 문 바로 위에 설치된 CCTV가 나를 보고 있었다. 동공이 없는 텅 빈 눈동자 같아 소름이 끼쳤다. 꺼림칙한 기분을 털어내고 초인종을 누르자 문이 열렸다.

나를 소파로 안내한 집주인은 체구가 작고 마른 여자였다. 포스트잇에 쓰인 '이유경'이 여자의 이름인 듯했다.

그녀를 보자 우습게도 예전에 친구가 했던 말이 떠올랐다. '마른 체구에도 격이라는 게 있다'는. 그 말대로 그녀는 볼품없이 마른 게 아니라 보호본능을 일으킬 정도로 나긋하고 우아하게 말랐다.

"일하기 전에 한 번은 뵙고 싶어서요."

내 앞에 커피 잔을 놓고 유경이 맞은편에 앉았다. 제대로 마주하니 백옥같이 하얗고 탄력 있는 얼굴이 눈에 띄었다.

계약서에는 고등학교를 다니는 아들과 홈스쿨링을 하는 늦둥이 딸이 있다고 하던데. 장성한 십대 아들을 둔 엄마라기엔 지나치게 젊어 보였다.

"이력서는 가져오셨어요?"

"네."

나는 가방에서 꺼낸 이력서를 유경에게 건넸다. 유경은 말없이 내 이력서를 꼼꼼히 읽었다. 이미 채용이 확정됐지만 괜히 긴장되어 심장이 빠르게 뛰었다. 바싹 마른 입술을 적시려고 커피를 한 모금 들이켰다. 고급 원두로 내렸는지 깊은 향이 입안에 머물렀다. 마침

이력서를 내려놓은 유경이 나를 보았다.

"부모님은…… 안 계시나 봐요."

이전에 일했던 이력들에 대해 물을 거라 생각했는데 의외의 말이 나왔다. 내가 바로 대답을 못 하자 유경의 얼굴이 살짝 붉어졌다.

"가족관계란에 부모님이……."

"아, 네. 안 계세요."

다음 말을 잇기 민망한지 짐짓 말끝을 흐리는 그녀를 대신해 얼른 대답했다. 그러면서도 그걸 흠잡아 다른 사람을 요청하진 않을까, 내심 불안했다. 그러나 유경은 고개만 한 번 끄덕였을 뿐 더 이상 언급하지 않았다.

"보민 씨 오는 날에 저는 요가 클래스 때문에 나가 있어요. 남편은 퇴근이 늦는 편이라 마주칠 일 거의 없을 거고요. 보셨겠지만 첫째는 고등학생인데 기숙사 입주가 의무인 학교라 집에는 자주 안 와요."

내가 일할 땐 집에 아무도 없다는 얘기였다.

나긋나긋 읊조리는 그녀의 얼굴을 보다가 문득 생각나는 게 있었다.

"저, 사모님."

"네."

"그럼 막내따님은 어디에……? 홈스쿨링을 하고 있다 들었는데요."

침착했던 유경의 얼굴이 천천히 일그러졌다. 나는 말을 잘못 꺼냈다는 걸 알았다. 그녀는 금세 차분한 얼굴로 돌아와 커피를 한 모금 마셨다. 커피 잔으로 기울인 고개 때문에 표정을 읽을 수가 없었다.

"그 아이는 신경 쓰지 않으셔도 돼요."

아까와 다를 바 없는 나긋한 말투였지만 어쩐지 선을 긋는 것처럼 들렸다. 손에 든 커피 잔이 미세하게 떨리는 게 보였다. 문득 현관에 달린 CCTV가 생각났다.

"막내딸은 유학 준비를 하고 있어요. 일주일에 세 번은 학원에 가요. 그…… 영어 학원이요."

유경이 빠른 말로 덧붙였다.

"아, 그렇군요."

나는 바로 알아들은 것처럼 고개를 끄덕였지만, 그녀의 말 사이사이 숨어 있는 머뭇거림을 알아챘다. 순식간에 여러 가지 의문이 떠올랐지만 애써 거뒀다. 가사파출부 일을 하며 느낀 제일 중요한 원칙은 '고용인으로서 선을 넘지 않는 것'이었다.

"집을 좀 둘러보면서 얘기할까요?"

유경이 자리에서 일어나며 말했다. 나도 얼른 따라 일어났다.

유경은 거실 한쪽 벽면을 크게 차지한 통유리 창으로 다가갔다. 잘 꾸며놓은 아파트 정원이 한눈에 들어왔다.

오른쪽 구석으로는 상가가 보였다. 유기농 제품만 판매하는 고급 청과점 간판이 유독 눈에 들어왔다. 유리창은 먼지 한 톨 없이 깨끗했다.

"여기는 창밖까지 신경 써서 닦아주세요. 얼룩이나 먼지가 안 보이게요."

주 3일간 공들여 닦는다고 이 상태가 유지될까?

나도 모르게 유경의 손으로 눈이 갔다. 잘 다듬어진 손톱과 굳은살 없이 매끈한 손가락은 집안일과는 어울리지 않았다.

다음으로 유경이 향한 곳은 주방이었다. 유경은 장봐야 될 목록과 금액을 금요일 퇴근 전 식탁 위에 올려두면, 월요일 출근 전 봐왔으면 좋겠다고 말했다.

"요리할 때 조개류는 빼주세요. 남편이 알레르기가 있어요."

유경의 걸음이 거실 화장실, 안방, 안방 화장실, 드레스룸 순으로 이어지면서 여러 가지 주의사항들이 그녀의 입 밖으로 쏟아졌다.

나는 메모지를 들고 따라다닐 걸 그랬나, 후회했다. 동시에 할머니가 입버릇처럼 하던 말도 떠올랐다.

'사람이 주는 돈에는 이유가 있다, 보민아. 돈이 많으면 그 이유도 많은 법이야.'

"여기엔 서재와 막내딸 방이 있어요."

안방을 나온 유경이 맞은편 복도를 걸으며 말했다.

서재는 정면으로 보이는 맨 끝 구석방이었고, 막내딸 방은 그 옆 측면으로 난 방이었다.

6세 아이 방답게 문 앞에 아기자기한 리스와 팻말이 걸려 있었다. '서아 방' 글자 아래 열쇠구멍이 보였다. 문고리의 열쇠구멍과 별개로 따로 만든 것이었다. 분명 다른 방에는 없었다. 문고리를 잡아 돌리고픈 충동이 일어 두 손을 꽉 쥐었다.

유경이 서재 문을 열었다.

한쪽 벽면을 점령한 책꽂이와 가지런히 꽂힌 책들이 한눈에 들어왔다.

가운데는 스탠드가 놓인 큼직한 원목책상이 놓여 있었다. 책상 아래 깔린 러그가 부드러워 보여 나도 모르게 발을 뻗는데 유경이 내 팔목을 붙들었다. 보기와는 다르게 의외로 손에 힘이 있었다. 놀라서 그녀를 돌아보았다.

"여긴 웬만하면 오래 머무르지 마시고 책장 먼지 털기, 바닥 청소

정도만 해주세요."

단호한 어조였다. 책상 위에 오와 열을 맞춘 듯 놓인 만년필과 노트, 키보드, 마우스로 유경의 불안한 눈빛이 닿았다. 꺼림칙한 기분에 목덜미가 간지러웠다. 서재 문을 닫고 그녀는 '서아 방' 앞에 멈춰 섰다.

"서아 방은 그냥 두셔도 돼요. 제가 직접 하거든요."

나는 그녀의 내리뜬 눈과 꼼지락대는 손가락의 반질한 손톱을 차례로 훑었다.

"신경 쓸 게 많은 아이라서."

나와 눈을 마주친 그녀가 머쓱한 듯 웃었다. 애써 웃느라 입꼬리가 일그러졌다.

거실 화장실 옆 아들 방이 마지막 순서였다.

말끔하고 깨끗했지만 서늘한 공기에서 사람이 머무르지 않는 티가 났다. 벽에 걸린 액자에 눈매가 서늘하고 턱이 갸름한 남자아이 사진이 있었다. '한서우' 명찰이 달린 교복차림이었다. 침대 위 침구가 호텔에 있는 것처럼 주름 없이 정돈되어 있는 게 인상적이었다.

거실로 나오니 소파에 앉아 있을 땐 눈에 띄지 않던 큼직한 가족사진이 걸린 게 보였다.

고풍스러운 의자에 나란히 앉은 부부가 가운데 위치한 사진이었다.

서우는 아빠 뒤에 서 있고, 서아로 보이는 아이는 유경의 무릎 위에 앉아 있었다. 특이할 것 없는 가족사진인데 묘한 위화감이 느껴졌다. 나도 모르게 뚫어져라 보다가 이유를 알았다. 누구 하나 어색하게라도 웃는 표정이 아니었다.

특히 네댓 살 정도로 보이는 어린 서아의 서늘한 무표정이 뇌리에 박혔다. 걸핏하면 인력 사무실을 헤집어놓는 준희가 딱 저 나이 대였지만, 저런 표정은 한 번도 본 적이 없었다.

멍하니 가족사진을 보고 있는데 지잉, 하는 기계 소리가 들렸다. 현관문 앞 CCTV에서 나던 소리와 비슷했다. 소리를 찾아 주변을 둘러봤다.

유경 역시 허둥대며 두리번거렸다.

그때 날카로운 전화벨 소리가 거실 공기를 찢어내듯이 울렸다.

유경이 들릴 듯 말 듯 텁텁한 소리를 내며 숨을 들이키더니 거실 테이블 위에 놓인 전화기로 뛰듯이 걸어갔다.

"여보세요."

나는 전화를 받는 그녀의 가슴팍이 빠르게 오르락내리락 반복하는 걸 보고 있었다.

"네…… 네. 친구? 아, 아니에요. 새로 가사도우미를 구했어요. 네, 50대요……? 사무실에서 젊은 분밖에 없다고 해서. 네."

내 얘기를 하는 듯했다. 유경이 테이블 앞에 자연스럽게 무릎을 꿇었다. 빠른 어조로 대답하던 그녀가 어느 순간 입을 꾹 다물었다. 수화기 너머 상대가 계속 이야기를 이어가는 듯했다.

시간이 길어질수록 그녀의 얼굴이 사색이 되어 갔다. 떨리는 손을 들어 흘러내리는 머리칼을 쓸어 올리던 그녀가 고개를 푹 숙였다.

"죄송해요. 이 정도면 적당하다 싶어서. 어차피 당신이랑 마주칠 일도 없고. 네……. 알겠어요, 여보. 고마워요."

전화가 끝나자 그녀의 안색은 파리하게 질려 있었다. 다가가서 부축을 해야 되나 고민이 될 정도로.

봐서는 안 될 걸 본 기분이었다. 내가 지키며 넘어가지 않으려 했던 선을 전화벨이 찢고 들어온 느낌이었다. 유독 크던 그 전화벨이.

머뭇거리고 있는데 자리에서 겨우 일어난 그녀가 나를 보았다. 떨리는 두 손을 겨우 맞잡아 힘을 주는 게 보였다. 혹시 그녀의 다음 말이 '죄송하지만 다른 분을 구해야겠어요'가 될까 봐 긴장됐다.

"까먹을 뻔했네요. 집에 홈카메라가 있어요. 거실 외에 어디 설치되어 있는지는 저도 정확히 모르지만…… 여기저기 다 있을 거예요."

다행히 그런 말은 없었다. 유경은 애써 의연한 어조로 말하면서 맞잡은 두 손으로 눈을 내리깔았다. 곤란한 이야기를 할 때의 습관인 듯했다. 방금 전 들었던 지잉, 기계 소리가 생각났다.

그녀의 말은 곱씹을수록 이상했다. 홈카메라인데 집주인인 그녀가 어째서 어디에 설치되었는지도 모르는 걸까?

"남편이 그런 데 민감해서요."

'그런 데'에 내포된 의미는 또 뭘까? 서재 위 책상에 위치가 정해진 것처럼 놓여 있던 컴퓨터, 키보드, 마우스, 만년필이 머릿속을 스쳤다.

"혹시 현관문 앞 CCTV도……."

아직 만나보지 못한 유경의 남편을 뭐라 불러야 할지 몰라 말끝이 흐려졌다. 계약서에 있던 이름이 머릿속을 스쳤다.

한승조.

유경이 다시 떨리는 손으로 흘러내리는 머리칼을 주워 넘겼다.

"맞아요."

"혹시 저에게 일러주실 다른 주의사항은 없나요?"

간지러운 목덜미에서 기침처럼 말이 내뱉어졌다. 유경이 다시 나를 보았다. 잠깐의 정적이 흘렀다.

"없어요."

명료한 대답이었다. 나는 무력하게 고개를 끄덕였다.

"다음 주부턴 자주 못 뵙겠네요. 잘 부탁드려요."

유경이 어색하게 웃었다. 얼른 이 자리를 비켜달라는 말로 들렸다.

"제가 잘 부탁드려야죠."

"혹시 특이사항 생기면 연락드릴게요."

유경이 고개를 슬쩍 숙여 인사했다. 나는 그보다 더 깊숙이 고개를 숙이고 돌아섰다. 굳게 닫힌 중문 바로 앞까지 갔을 때였다.

"보민 씨."

유경이 뒤에서 나를 불렀다.

목소리는 떨리는 것처럼 들렸다. 여러 가지 의문으로 머릿속이 복잡해 착각한 건지도 몰랐다. 돌아보니 유경이 그 자리에 못 박힌 듯 서 있었다.

"803호도 맡으셨죠?"

궁금해서 묻는 게 아니라 확인하는 듯한 말투였다.

"네……?"

"저희 옆집이요. 거기도 맡으셨죠?"

나는 고개를 끄덕였다.

"네."

"옆집이니…… 편하겠네요."

유경의 눈이 잠깐 반짝였다.

그 순간 뜬금없이 할머니의 말이 바로 옆에서 속삭이는 것처럼 떠올랐다.

'사람이 주는 돈에는 이유가 있다, 보민아.'

1

철컥, 오늘도 마찬가지로 문은 잠겨 있었다.

너무 힘을 주었는지 '서아 방' 팻말이 작게 흔들렸다. 문고리 위를 차지한 열쇠구멍이 나를 차갑게 노려보았다.

일을 시작한 지 1주일이 넘어가고 있었다. 가사 일은 편한 축이었다.

804호에 있으면 화목한 중산층 가정을 흉내 내는 모델하우스에 있는 것 같단 생각이 들었다. 그럴 때마다 홈카메라의 기계음이 들렸다. 착각하지 말라고 일갈하듯이.

불규칙한 기계음이 들리면 나도 모르게 몸이 빳빳하게 굳었다. 홈카메라가 아닌 한승조의 눈이 나를 보고 있는 것만 같았다.

홈카메라 소리는 종종 들었지만 전화벨이 울리는 일은 한 번도 없었다. 전화기를 들어 아래를 닦을 때마다 이 앞에 무릎 꿇었던 유경의 얼굴이 생각나곤 했다.

나는 다시 한 번 꿈쩍 않는 서아의 방 손잡이를 돌려보았다.

잠겨 있는 방 안이 궁금하기도 했지만, 여기만 치우지 못해서 일을 깔끔하게 마무리하지 않은 것 같은 찜찜함이 한구석에 남았다.

정문을 지나쳐 나오려는데 택배 박스를 정리하던 경비 아저씨가 쫓아 나왔다.

"아가씨, 아가씨!"

맨 처음 방문했을 때 보았던 경비였다.

퇴근할 때마다 마주치는 걸 보면 근무시간이 나랑 겹치는 모양이었다. 가던 걸음을 멈추자 경비가 얼마나 뛰었다고 그새 가빠진 숨을 몰아쉬었다.

"이리 와봐요, 이리."

다른 아파트보다 훨씬 널찍한 경비실 쪽으로 손짓을 해서 엉겁결에 따라 들어갔다. 안에는 그럴듯한 원형 테이블과 의자 세 개가 놓여 있었다.

아저씨가 나를 벽에 붙은 의자에 앉히고는, 줄지어 선 모니터 옆에서 서류철을 하나 꺼내 마주 앉았다.

"이걸 써야 되거든. 알다시피 이런 데는 외부인 하나 그냥 들여보내질 않아."

정기적으로 들락거리는 방문자는 간단한 인적사항을 받아서 정리해둔다고 했다. 슬쩍 들춰보니 수기로 작성된 것도 있었고, 아예 컴퓨터로 쓴 뒤 인쇄한 것도 있었다.

과외교사, 택배기사, 가정재활치료사……. 서류철을 넘겨보는데 아저씨가 탁, 소리 나게 서류철을 덮고 펜과 종이를 내밀었다.

"여기 써줘."

서류에는 이름, 나이, 핸드폰 번호, 주소, 방문하는 세대와 목적

칸이 나열되어 있었다.

"차는 없지?"

이름부터 쓰고 있는데 아저씨가 넌지시 물었다.

"네, 없어요."

방문 세대에 1동 504호, 803호, 804호 차례차례 쓰고 있는데 내 글자를 훔쳐보려 고개를 숙이던 아저씨의 이마가 쿵 정수리를 때렸다.

"아야!"

놀라서 고개를 퍼뜩 들자 얼른 물러선 아저씨가 험험, 헛기침을 했다.

아니, 뭐 이런 아저씨가 다 있어? 내가 금방이라도 소리를 지를 것처럼 눈을 번뜩이자 그제야 경비가 뒷머리를 긁적이며 미안하단 소리를 했다.

"아니, 저기, 아가씨. 일은 괜찮아? 힘들진 않고?"

경비가 내 눈치를 살폈다. 나는 서명란에 사인까지 하고 서류철을 탁 소리 나게 덮었다.

"뭐가요?"

"그냥 뭐 여기 사람들 워낙 깐깐하니까……."

머쓱한 듯 뒷목을 벅벅 긁었다.

"다 좋은 분들이던데요."

눈치를 살피는 게 꺼림칙해서 말이 자꾸 퉁명스럽게 나갔다. 내 대답을 들은 경비가 눈을 반짝였다.

"집주인들 다 만나봤어? 803호도?"

나는 고개를 갸웃하며 경비를 올려다보았다. 804호 얘기가 나올 줄 알았는데, 803호가 불쑥 튀어나왔다.

"거기 사람이 살긴 살아?"

경비가 조심스럽게 물었다. 나는 무슨 엉뚱한 소리냐는 듯 미간을 찡그렸지만, 사실 그 말은 지난 일주일간 내가 묻고 싶던 말이었다. 그 집에 누가 살긴 하는 걸까?

803호는 유경의 집과 구조가 똑같았다.

같은 아파트, 같은 동, 같은 라인이니 당연했다. 그러나 유독 803호 청소와 정리정돈을 하기 수월했던 건 단지 그런 이유 때문만은 아니었다. 그 집엔 가구나 집기가 거의 없었다.

드라마 촬영에 쓰기 위해 만들어놓은 임시 세트같이 느껴질 정도였다. 처음엔 한창 유행하는 미니멀리즘의 영향이겠거니 대수롭지 않게 생각했다.

가사파출부 일을 하다 보면 불가피하게 집주인의 성향을 엿볼 수 있게 된다. 책꽂이에 꽂힌 책들로 관심사를 눈치채거나 책상 위 메모지의 글씨체로 성격을 짐작하는 것은 기본이고, 오히려 지인들은 모를 법한 식습관이나 특이한 버릇도 쉬이 알게 된다. 아무리 친해도 냉장고나 책상 구석까지 헤집어보는 지인은 없을 테니까. 803호에는 그런 게 전혀 없었다.

책꽂이에는 책 대신 조악한 조화 화분이 띄엄띄엄 놓여 있고, 책상 위는 하루걸러 닦으면 미세한 먼지가 묻어났다. 그때까지도 나는 이 모든 게 소비에 관심이 없는 집주인의 취향일 뿐이며, 지나치게 집을 비워둔 탓이라 여겼다.

오히려 이렇게 청소할 거리가 없는 803호는 내게 중압감을 안겼다. 나는 803호에서는 특히 더 깨끗하게, 구석구석 어느 곳도 놓치지 않게 주의를 기울였다. 발코니 벽면을 막아선 선반을 한쪽으로 밀어내다 그 문을 발견한 건 평소보다 지나치게 오버했던 탓이다.

당연히 있어야 할 회색 타일 대신 떡갈나무 색 문이 나왔을 때, 나는 잠시 현실 감각을 잃었다.

"이게…… 뭐지?"

듣는 사람은 없었지만 소리가 저절로 입 밖으로 나왔다.

내 목소리가 귀에 들어오고서야 눈앞의 현실이 피부로 느껴졌다. 영화에나 나올 법한 정체 모를 비밀 공간을 마주한 현실이.

문고리를 잡고 한참을 고민했다. 안으로 들어가도 될까? 예전에 고급주택에는 이런 방공호가 설치된 곳이 있다는 말을 들은 적이 있었다. 하지만 이곳은 아파트고 발코니 옆 벽에 그 정도로 여유 공간이 있을 거라는 생각은 들지 않았다.

결국 나는 돌아섰다. '선을 넘지 않는 것'은 중요한 원칙이었다. 할머니는 언제나 감당할 수 있는 일에만 접근하라고 했다. 아까 놀라서 바닥에 떨어트린 걸레를 주웠다. 이곳에서 내가 손 안에 쥐고 책임질 수 있는 범위는 고작 걸레 한 짝 정도였다.

그게 지난주 토요일의 일이었다.

경비는 여전히 눈을 반짝이고 있었다. 나는 얼른 자리에서 일어섰다.

"이세 가도 되죠?"

경비가 당황스러워하며 나갈 수 있게 비켜섰다.

문을 열고 나가자 그가 따라 나오는 기척이 느껴졌다. 굳이 돌아보지 않고 성큼성큼 걸음을 놓았다.

"거참, 이상하네⋯⋯."

들으란 듯이 큰 소리로 말한 아저씨가 탁 소리 나도록 경비실 문을 닫았다.

***

아침을 504호에서 시작하는 게 다행이었다.

하루걸러 들르는 803호나 804호 모두 인간미가 전혀 느껴지지 않았지만, 504호는 현관문을 열고 들어서는 순간부터 사람 냄새가 났다.

세탁실 바구니에 너저분하게 담긴 빨랫감이나 서재 책상 위에 들쑥날쑥 쌓인 책들이 묘하게 나를 안심시켰다. 804호 거실 창문에선 멀찍이 보였던 정원이 504호에선 눈높이를 맞춘 것처럼 싱그럽게 보였다. 모든 게 집주인, 김지호에게 맞춤옷처럼 잘 어울렸다.

계약서에 사인을 한 당일에 바로 만날 수 있었던 유경과 달리 지호는 그 주 토요일에나 겨우 볼 수 있었다. 그가 너무 바빴던 탓이다.

그리고 그게 처음이자 마지막 만남이었다.

그를 만난 토요일 오전의 동물병원은 몰려온 사람들과 동물들로 눈코 뜰 새 없이 복잡했다.

간호사가 나를 응접실로 안내하고 차를 내준 뒤로는 20분이 지나도록 아무도 들어오지 않았다.

기다림에 익숙한 나는 동물병원은 주말이라 더 바쁜 모양이라고 태평하게 생각했다.

둥그스름한 찻잔 입구를 하릴없이 매만지는데 노크 소리가 들리더니 대답도 전에 문이 열렸다.

"죄송합니다. 좀 늦었죠? 주말엔 이렇게 정신이 없네요."

급하게 뛰어온 모양인지 하얀 가운을 걸친 남자 이마에 머리카락이 들러붙어 있었다. 이목구비가 깎아낸 듯 선명한데도 부담 없이 부드러운 인상이었다.

내가 자리에서 일어나자 그가 손짓으로 나를 저지했다.

다시 앉자 그도 맞은편에 앉으며 가운에서 명함을 꺼내 건넸다.

"김지호입니다. 504호예요."

동물병원 원장 명함이라 그런지 명함 뒷면에 동물들 그림이 아기자기하게 그려져 있었다.

"제가 오전 시간대만 구해서 이렇게 빨리 구해질 줄 몰랐어요."

"마침 다른 집들이랑 시간이 맞아서요."

그가 고개를 끄덕이며 작게 으응, 소리를 내더니 날 보고 방긋 웃었다.

똑똑 소리가 들리더니 간호사가 차를 한 잔 더 가지고 들어왔다.

"아, 고맙습니다. 보민 씨도 한 잔 더 드릴까요?"

그가 다정하게 물었다.

"괜찮아요."

내가 사양하자 지호가 고개를 끄덕였다.

"보시다시피 병원이 좀 커요. 24시간 운영하고. 교대시간이 정해져 있긴 한데 원장이라 새벽에 갑자기 나올 일도 있고요. 그런 날은 평일 오후에 내내 쉬어요. 그러다 보니 오전 시간대 외에는 사람을 쓰기 뭐하더라고요. 편하게 자야 되는데……."

본인 얘기를 시작한 지호는 내내 나를 보고 있었다. 고객 응대를 해서 그런지 얘기할 때 사람을 응시하는 게 자연스러웠다.

"전 특별히 바라는 건 없어요. 평일에 매일 저녁 한 끼 분량을 해 주시면 좋겠어요."

별로 까다롭지 않은 요구였다.

"점심은요?"

저녁만 챙기라는 게 맘에 걸려 묻자 지호가 웃었다.

"거의 병원 사람들이랑 먹어서요."

"아……. 그럼 일요일은 어떻게?"

"일요일에도 오후에는 병원에 나와요. 아침은 잘 안 먹고요."

교대를 할 뿐 정해놓고 쉬는 날은 없는 모양이었다. 그나마 있는 근무 외 시간에도 언제 불려 나올지 몰라 제대로 못 쉬는 것 같았다.

다른 요구사항은 더 이상 없었다.

손목시계를 보더니 그가 자리에서 일어섰다.

"좀 있으면 진료라…… 일어날까요?"

"네."

지호는 내가 가방을 챙겨 일어날 때까지 가만히 지켜보았다. 일어서면서 그와 눈이 마주쳤다. 응접실 문을 열어준 그는 내가 나갈 때까지 기다려주었다.

병원을 나서서 살펴보니 입구 유리창에 붙은 진료표가 눈에 들어왔다.

24시간 진료 글자 아래 제일 먼저 그의 이름이 있었다.

김지호 원장 수요일 진료 휴무…….

다른 날짜엔 교대시간이 적혀 있었다.

쉬는 날이 없다고 단정 지어 말하진 않았지만 좀 이상했다. 수요일이 휴무라면, 왜 그날도 일하는 내게 말해주지 않았을까?

집에 오는 길에 곰곰이 생각해보니, 그의 휴무일은 구색일 뿐이란 답이 나왔다. 그가 그만큼 바쁜 게 아닐까. 그 답을 증명하듯 면접 이후론 집에서든 밖에서든 그를 보지 못했다.

***

새벽 6시에 완수 아저씨로부터 문자가 왔다. 출근 전에 사무실에 들르라는.

좀 더 자도 될 시간이라 아쉬웠지만 마침 궁금한 게 있어 사무실로 나갔다.

여름이 다가오고 있어서인지 아침 7시인데도 환하게 밝았다.

사무실 문은 활짝 열려 있었다. 현장으로 사람을 보내는 시간이 지났는데도 몇몇 사람들이 초조한 얼굴로 사무실 안팎에 앉아 있었다.

"어, 보민이 왔구나."

아저씨가 반색하며 나를 맞았다. 사람들 때문인지 오늘은 안쪽에 작게 난 창고 겸 응접실로 들어갔다.

"무슨 일 있어요?"

자연스럽게 믹스커피 포장지를 찢어 송이컵에 붓던 그가 나를 돌아봤다.

"뭐, 일이 있는 건 아니고. 아파트 일은 좀 어때? 할 만해?"

"난 또 뭐라고……. 괜찮아요, 생각보다. 아저씨 말대로 드센 아줌마도 없고. 편해요."

내 앞에 커피를 놔주고는 맞은편에 앉아 담배를 꺼내 물었다.

"다행이네."

아저씨가 옆으로 고개를 돌려 담배연기를 뿜었다.

"저, 아저씨."

"응?"

"혹시 804호에서 오십대 아줌마로 구해달라고 했어요?"

유경을 본 그날 부부의 전화 통화 내용을 기억하고 있었다. 나는 가쁜 호흡에 맞춰 빠르게 오르내리던 그녀의 가슴팍을 떠올렸다.

굳이 아저씨가 내게 이 일을 맡기려던 걸 보면, 답은 하나밖에 없었다. 유경은 한승조의 뜻을 거스른 게 아니라, 말재간 좋은 인력 사무소 소장이 추천한 젊은 가사피출부를 얼떨결에 채용한 것이다.

아저씨가 너털웃음을 지었다.

"아니, 그런 적 없는데. 804호에서 요청한 거야. 여기서 제일 젊은 사람으로 구해 달라 했어, 거기서."

예상과 다른 말이었다. 그러면 그 통화는 뭐였지?

"누가…… 누가 요청한 거예요? 여자였어요?"

"여자였지. 혼자 사는 거 아니면 보통 이런 건 여자가 해."

"목소리가 어땠는데요?"

아저씨가 날 물끄러미 보았다. 의도를 모르겠다는 표정이었다.

"뭐 잘못되기라도 한 거야?"

나는 얼른 고개를 저었다. 아저씨는 추궁하듯 시선을 거두지 않다가 내 표정을 보고 단념했다.

"무슨 일 있으면 아저씨한테 알려줘. 괜히 혼자 처리하려고 하지 말고. 알았지?"

"……네."

대답은 자연스럽게 들을 수 없었다.

"이거 가져가."

아저씨가 내 앞에 뭔가를 놓았다. 서류 봉투와 큼직한 영양제 통이었다.

"서류는 803호에서 온 건데 너 앞으로 온 거니까 읽어봐. 안 뜯었어. 그리고 이건 할머니 드려라."

"아저씨, 뭐 이런 걸……."

"내가 할머니 걱정돼서 드리는 거니까."

영양제를 들고 만지작거리자 아저씨가 벽에 붙은 시계를 힐끔 보았다.

"얼른 가. 7시 반이야."

서류봉투를 가방에 쑤셔 넣었다. 자세히 볼 틈도 없었다. 인사를 하고 얼른 사무실을 나섰다.

***

오전 일을 무사히 마치고 유경이 금요일에 미리 적어두었던 목록대로 장을 보았다.

월요일 점심시간 804호 장을 볼 때마다, 그나마 거기 사람들이 살고 있다는 감각을 느꼈다.

이번 주엔 평소와 다르게 메모가 덧붙여져 있었다. 남편의 셔츠를 사다달라는 부탁이었다.

브랜드는 신경 쓰지 않아도 된다고 썼지만 이후 나열된 사항들은 전혀 신경 쓰지 않을 수준이 아니었다. 칼라의 디자인, 목둘레, 소매 단추 모양, 소재까지 '남편 취향'이라며 구체적으로 적혀 있었다.

상가에서는 못 구하고 근처 상점가 정장 브랜드숍에 가서야 원하는 취향을 찾을 수 있었다.

셔츠를 사고 나니 시간이 촉박했다. 발걸음이 빨라졌다. 정해진 시간을 어기는 것보단 현관문 CCTV와 홈카메라가 신경 쓰였다.

8층에 내리자마자 순간 멈칫했다.

현관문 밖으로 들릴 만큼 큰 소리가 새어나오고 있었던 것이다. 이 시간이면 유경은 요가클래스에 있어야 했다.

오늘은 요가클래스를 쉬는 걸까? 고함을 치는 남자 목소리는 한 승조일까?

주머니 속 핸드폰이 요란하게 진동했다. 일을 시작하는 1시에 맞춘 알람이었다. 어쩔 수 없이 카드키를 찍었다.

현관에 아무렇게나 벗어놓은 흰색 운동화가 한 짝씩 널브러져 있었다.

"서아는 치료가 필요하다고요! 엄마야 어떻게든 버티겠지만 나는 못 참겠어. 언제까지 이렇게 방치할 건데요?"

공격적이고 날 선 고함 소리가 들렸다. 정제되지 않고 긁는 것 같은 목소리가 귀에 거슬렸다.

"너희 아빠가 얼마나 무서운 사람인지 몰라? 나라고 좋아서 버티는 게 아니야."

유경의 목소리였다. 떨고 있는 것 같았고, 지친 것 같기도 했다.

현관문이 천천히 닫히면서 잠금장치가 삐빅, 기계음을 냈다. 순식 간에 집이 조용해졌다.

잠깐 침묵이 흐르더니 거실에서 불쑥 남자가 튀어나왔다.

깜짝 놀라 소리를 지를 뻔했다. 남자의 얼굴이 새파랗게 질려 있었다.

"아오! 그 새낀 줄 알았네."

남자가 큰 손으로 제 가슴팍을 쓸어내렸다. 키가 훌쩍 큰 남자였다.

"말조심해, 한서우!"

서우의 등 뒤로 창백한 유경이 보였다. 당황스러울 법한 이 상황에도 그녀는 침착한 기색이었다. 남자의 얼굴은 처음 보는 거지만 익숙했다. 한서우. 내가 주 3일간 먼지에 덮이지 않게 뽀득뽀득 닦아내던 얼굴이었다.

"뭐예요? 누군데요?"

교복 차림의 서우가 유경을 돌아보며 나를 손가락질했다. 행동 하나하나가 거침이 없었다.

유경은 나를 가리킨 서우의 손을 잡아 내리고는 작게 한숨을 쉬었다. 흘러나온 머리카락 몇 가닥이 흔들렸다.

"집안일 도와주는 분이야."

"아줌마가 아닌데요?"

유독 짙은 눈동자가 나를 뚫어져라 쳐다보았다. 전시된 기분에 얼굴로 열이 올랐다.

유경은 굳이 대꾸하지 않고 서우를 지나쳐 다가오더니 조심스럽게 내 어깨를 잡았다.

"미안해요, 보민 씨. 놀랐죠?"

"아, 괜찮습니다…… 사모님."

말을 더듬고 말았다. 아무것도 못 들은 것처럼 평소처럼 일을 시작할지, 뭐라고 말이 나오기 전까지 기다려야 될지 판단이 서지 않았다. 숨 막히는 침묵이 내려앉았다. 유경이 작게 한숨을 내쉬면서 적막이 깨졌다.

"제 아들이에요, 한서우. 얼굴은 보셨죠?"

유경이 날 보면서 서우의 등을 툭 가볍게 쳤다. 내가 본 그녀답지 않게 행동이 가벼운 느낌이었다.

서우는 까딱 고갯짓으로만 인사했다. 고개를 숙이면서도 시선은 내게서 떠나지 않았다. 그 나이대 남자애들다운 치기어린 눈빛이었다. 날 경계하는 듯했다.

"네, 안녕하세요. 얼마 전부터 일하게 된 남보민입니다."

나는 모른 척 깍듯하게 인사했다. 지금까지 여러 집을 다녀본 경험에 비춰보면 저때 아이들은 저보다 나이 많은 사람이 지나치게 예의를 차리면 머쓱해하면서 본능적으로 팽팽했던 기세를 수그린다. 꼭 그러길 바란 건 아니지만 서우도 그럴 것이라 생각했다. 그러나 고개를 들어 마주하고 나니 그건 착각이란 걸 바로 알았다. 그는 여전히 나를 노려보고 있었다.

"다 들었죠?"

서우의 눈이 매서운 빛으로 번뜩였다. 뭐라 대답해야 될지, 당혹스러워 유경을 쳐다보니 그녀도 나를 가만히 응시하고 있었다.

"저……."

기세에 몰려 입을 열었지만 말이 나오지 않았다. 이미 들었다는

36

것을 시인한 셈이었다.

　서우가 내 대답을 기다리지도 않고 앞에 바짝 다가와 섰다. 그의 입에서 예상치 못한 말이 튀어나왔다.

　"도와주세요!"

2

유경이 차를 내놓으며 맞은편에 앉았다.

서우는 그 옆에 이미 앉아 있었다.

장바구니가 아무렇게나 구석에 놓인 게 신경 쓰였다. 당장이라도 일어나 둘이 나눈 얘기는 못 들었다고, 일을 하겠다고 나서고 싶었다.

맞은편에 앉은 둘의 서늘한 표정이 그런 기회는 이미 지나갔다고 말하는 것처럼 보였다.

"미안해요."

유경은 나에게 다시 한 번 사과했다.

"이렇게 빨리 얘기를 꺼내게 될 줄은 몰랐는데."

예상치 못한 말이 뒤를 이었다. 의아한 표정으로 쳐다보자 유경이 한숨을 쉬었다.

"보민 씨가 믿을 만하다 생각하면 그때 얘기할 계획이었어요."

도무지 알아들을 수 없는 얘기였다. 무슨 계획을 말하는 걸까? 그리고 그 계획과 나는 무슨 상관이란 말인가?

옆에 잠자코 앉아 있던 서우가 답답한지 손짓으로 유경을 제지했다.

"이상하다 생각한 적 없어요, 이 집?"

서우가 다 알고 있다는 눈빛으로 날 보았다. 순간 턱, 하고 숨이 막혀 얼른 찻잔으로 고개를 숙였다.

"무슨 말씀인지 잘……."

서우가 주먹 쥔 손으로 일부러 쾅 소리 나게 테이블을 내리쳤다.

유경이 서우의 팔뚝을 붙들었다.

"정말 이상하다 느낀 적 없어요? 한 번도 없냐고요."

"한서우!"

유경이 침착한 목소리로 아들의 이름을 불렀지만 그는 들리지 않는 것처럼 말을 이었다.

"이렇게 보안 끝내주는 아파트 살면서 자기만 볼 수 있는 CCTV를 단 게 이상하지도 않냐고요. 안 보이게 숨겨놓은 홈카메라는 어떻고!"

서우가 말을 빠르게 쏟아냈다. 거친 숨소리가 섞였다. 나는 입을 꾹 다물고 있었다.

"물론 이것보다 더 이상한 게 있었겠죠."

"한서우!"

유경이 이번엔 날카롭게 외쳤다. 뭔가 더 말하려던 서우가 입을 다물었다. 놀란 나도 숨을 삼켰다. 유경이 소리를 지르는 모습은 너무 낯설게 보였다

"……남편이 서아를 빼돌리고 있어요."

한참 뒤에 나온 유경의 말에는 고개를 번쩍 들 수밖에 없었다.

언제부터 그랬는지 유경의 눈자위에 물기가 어려 있었다. 옆에 앉은 서우가 고개를 푹 숙인 채 자기 머리를 아무렇게나 휘저었다.

당장 그게 무슨 말이냐고 묻고 싶었지만 입에 접착제가 발린 것처럼 말이 나오지 않았다. 서아를 빼돌린다는 말 자체가 이해되지 않았다.

"보민 씨가 오는 날에 서아가 어디 가는지 아세요?"

유경이 물었다. 머릿속으로 그녀와 첫날 나눈 대화를 더듬었다.

"그때 사모님께서 영어학원에 간다고……."

"그건 그냥 한 말이에요."

불쑥 내 말을 자르며 유경이 나를 똑바로 쳐다보았다.

"저도 모르니까요. 우리 서아가 어딜 가는지."

유경의 눈에 맺힌 물기가 금방이라도 흘러내릴 것처럼 가득했다. 서우가 옆에서 크게 한숨을 쉬었다.

갑자기 머리가 아팠다. 얘기를 더 듣고 싶기도 했고, 그 반대이기도 했다. 어디서부터 잘못됐을까? 낯선 남자 목소리가 들렸을 때부터 들어오지 말았어야 했을까?

"괜찮아요?"

서우의 목소리가 정신을 깨웠다.

고개를 들어 둘을 마주보았다. 유경은 테이블 위 티슈로 눈물을 찍어내고 있었다. 서우가 나를 가만히 보았다. 뭔가 대답을 원하는 눈치였다. 일단은 괜찮다고 말하고 싶었다. 그런데 이상하게 입이 열리지 않았다.

"가정부 아줌마가 오는 날엔 그 사람이 서아를 데리고 나가요. 우리도 모르는 곳으로요."

서우는 내 대답을 기다리지 않고 말했다. 유경은 닦아낸 티슈를 손에 꾹 쥐고 테이블만 보고 있었다.

"집에 아무도 안 오는 날에는……."

그는 말을 꺼내놓고 잠시 멈칫하더니 유경의 눈치를 살폈다. 그녀는 애써 서우와 눈을 마주치려 하지 않았다.

"감금해요, 서아를."

쥐어짜듯이 말한 서우가 주먹을 꾹 쥐고 미간을 일그러뜨렸다.

나도 모르게 '서아 방' 팻말이 떠올랐다. 따로 난 열쇠구멍과 아무리 문고리를 돌려도 열리지 않던 문.

그때 거실에서 다 들리도록 위잉, 소리가 울렸다. 익숙한 소리였다.

사색이 된 유경이 서우의 팔목을 움켜쥐었다.

"네 방으로 들어가!"

서우가 벌떡 일어나 제 방으로 뛰었다. 유경이 겁에 질린 눈으로 나를 쳐다보았다.

나도 모르게 자리에서 일어났다.

짜놓은 수순처럼 아까부터 거슬리던 장바구니 앞에 쭈그려 앉아 거기 담긴 식료품들을 아무렇게나 헤집어 꺼냈다.

위잉, 소리가 뚝 멎었다.

주변을 둘러볼 엄두가 나지 않았다.

어디에 있는지도 모르는 카메라가 뭘 비추고 있을지 알 수가 없었다. 유경을 돌아볼 수도 없었다. 유경은 뭘 하고 있을까? 한승조는 요가클래스에 가지 않은 그녀를 보고 무슨 생각을 할까?

감금해요, 서아를…….

서우의 말이 뇌리를 스쳤다. 너무 집중했는지 손 안에 든 토마토가 우그러져 바닥에 벌건 즙이 툭툭 떨어졌다.

한참이나 조용했다. 최대한 부자연스럽지 않게 꺼내놓은 식료품들을 냉장고에 정리해 넣고 토마토로 더러워진 바닥을 닦아냈다.

물걸레 청소기를 집어 들자 미세하게 철컥 소리가 났다. 한 바퀴를 다 돈 홈카메라가 움직임을 멈출 때 나는 소리였다.

청소기를 들고 거실로 나가자 유경은 아픈 사람처럼 소파에 길게 누워 있었다. 눈이 마주쳤다.

"괜찮으세요?"

반사적으로 물었다. 그녀의 불긋한 눈가가 도드라져 보였다.

혹시 홈카메라를 통해 한승조는 말소리까지 듣고 있는 건 아닐까? 그럼 이 말을 듣고 그녀가 아프다고 생각해줄까?

유경이 살짝 고개를 끄덕였다. 눈자위에 여전히 물기가 번들거렸다.

"제발…… 도와주세요."

그건 괜찮냐는 말에 대한 대답으론 적절하지 않았다.

***

방에서 나온 서우가 가방을 챙기더니 우두커니 서 있는 나를 끌고 나왔다.

이 집에선 더 이상 얘길 나눌 수 없다고 했다. 출근하고 한 시간 만에 퇴근하는 셈이었지만, 유경은 아무 말도 하지 않았다.

"전 곧 학교에도 가봐야 하고요. 선생님 연락, 그 사람한테 가거든요."

엘리베이터에서 내린 서우가 앞서 나가며 말했다. 키가 커서 그런지 보폭도 넓고 걸음이 빨라 쫓아가려다 보니 자연스럽게 종종걸음이 되었다.

"그 사람이라는 게…… 한승조 씨 말하는 거죠?"

아까부터 거슬렸던 걸 확인할 겸 물었다.

서우가 흘깃 돌아보았다. 대수롭지 않은 눈빛이었다. 너도 알지 않냐고 묻는 것 같았다.

"말 낮추세요. 저도 누나라고 할게요."

서우가 성큼성큼 앞서나가며 말했다. 물론 난 그럴 생각이 하나도 없었다.

서우는 1동 앞으로 가지 않고, 그 뒤의 2동과 3동 사이 놀이터를 가로질렀다. 놀이터 옆 화단을 지나니 따로 난 문이 있었다. 서우가 그 문을 나서며 근처에 어린이집이 있어 학부모들 편의를 위해 따로 만든 거라고 알려주었다.

"서아도 다닐 뻔했거든요. 원래대로라면."

씁쓸한 듯 덧붙였다.

상가 앞 번화가로 나오자 서우의 발걸음은 조금 느려졌다. 덕분에 나도 종종걸음에서 벗어났다. 그의 말대로 얼마 안 가 큰 어린이집이 보였다.

서우가 어린이집 옆 코너 작은 카페를 가리켰다.

"얘기 좀 해요."

내키지 않아 멈춰 섰지만, 서우는 성큼성큼 걸어가 카페 문을 열고 들어가 버렸다. 할 수 없이 쫓아갔다.

테이블이 채 10개가 안 되는 작은 카페였다. 아이를 픽업 할 때까지 시간을 때우는 건지 여자 네 명이 앉은 테이블 외에는 다 비어 있었다.

"본론만 말할게요. 아까 말한 것처럼……."

음료가 나오자 서우가 기다렸다는 듯이 말을 꺼냈다. 그러다 여자들이 앉은 테이블을 힐끔 살피고는 목소리를 낮췄다.

"서아는 감금되어 있어요. 엄마나 저는 손을 못 쓰게 되어 있고요."

속삭이는 목소리였다.

"……이해가 안 돼요. 어디에 감금되어 있다는 거예요?"

"누나가 오는 날엔 모르겠지만, 누나가 안 오는 날에는 방에 처박아둬요. 그럴 땐 감시카메라가 쉬지 않고 돌아가고요."

서우가 말하면서 인상을 찡그렸다. 자기가 말해놓고도 불쾌한 모양이었다.

"그럼 집에 있다는 거잖아요."

여전히 이해할 수 없었다. 유경은 아까 승조가 서아를 '빼돌린다'고 했다. 하지만 집에 있는데 그걸 빼돌린다고 할 수 있을까?

"아직 이해를 못 했나 보네. 우리는 그 방에 들어갈 방법이 없어요."

여전히 의아해하는 내 표정을 보고는 서우가 말했다.

"서아, 한 번이라도 본 적 있어요?"

순간 유경의 가족사진이 머릿속에 떠올랐다. 서아가 서늘한 무표정으로 어떤 감정도 드러내지 않은 채 정면을 보고 있는 모습이 방금 본 것처럼 생생했다.

내가 말없이 고개를 젓자 서우가 자조적으로 웃었다.

"우리도 못 봐요, 그 사람 허락 없이는."

서우가 내 속을 들여다볼 것처럼 빤히 보았다.

"생판 남인 누나처럼 우리가 다를 게 없다는 말이에요."

"하지만."

무심결에 말이 튀어나왔다. 아차, 싶어 입을 다물었다. 정말 생판 남인 가족 문제에 조금이라도 관여할 생각이 없었는데, 끝까지 이해하지 못한 부분이 생각보다 먼저 나와버린 것이다.

서우는 앞으로 나와 있던 상체를 뒤로 기대앉았다. 내 얘길 듣겠단 뜻이었다.

"뭘 위해서요?"

할 수 없이 내가 묻자 서우의 표정이 딱딱하게 굳었다.

간단하지만 끔찍한 상황을 정리하면, 서아는 내가 804호에 가는 날엔 승조에 의해 어디론가 빼돌려지고, 내가 가지 않는 날엔 그의 감시 하에 방에 감금되어 있다.

이런 수고로움을 감수해야만 하는 이유가 뭔가? 막내딸을 감금해서 무슨 이득이 있다고!

표정이 한층 굳어진 서우가 왼쪽 팔목 소매 단추를 풀더니 셔츠를 접어 올려 팔뚝을 드러냈다.

안쪽 팔목의 접힌 선 근처에 희미한 흉터가 있었다. 길쭉한 모양이었다.

내게 잘 보이도록 가까이 내밀고는 서우가 한숨을 쉬었다.

"초등학교 1학년 때 손바닥을 벌리고 손가락 사이를 커터칼로 안 찔리게 찍는 놀이가 유행이었어요. 빠르면 빠를수록 겁이 없다고 치켜세워줬죠."

서우가 오른손으로 흉터를 스윽 매만졌다.

"한 번은 제가 제일 잘한 날이었어요. 애들이 하도 대단하다고 난리라 집에 돌아와서 그 사람이랑 엄마 앞에서도 보여줬어요. 엄마는 난리가 났고, 그 사람이 날 따로 데리고 서재로 들어갔죠."

나는 그 흉터를 보았다. 아주 희미했지만 자세히 보면 어떻게 생긴 흉터인지 짐작이 갔다. 동시에 서우의 다음 말도 바로 알 수 있었다.

"칼이 이렇게 무서운 거라고 직접 보여주더라고요. 상상이 돼요?"

서우의 목소리엔 어느새 분노가 서려 있었다.

"정신병자예요, 그 사람."

대답할 말이 떠오르지 않았다. 앞에 놓인 찻잔이 흔들려 쳐다보니 내 손이 떨리고 있었다. 얼른 손을 말아 쥐었다. 얼마나 세게 쥐었는지 엄지 손톱이 손바닥을 파고들었다.

"그럼 도와달라는 건……."

"누나가 오는 날."

서우가 내 말을 잘랐다.

"그 사람에게서 서아를 빼내주세요."

***

"보민이냐?"

쾅 닫히는 현관문 소리를 들었는지 방에서 할머니가 큰 소리로 불렀다. 너무 이른 시간에 돌아와서 깜짝 놀란 듯했다.

할머니 방으로 가서 얼굴을 들이밀자 할머니가 자리에서 일어나려 했다. 얼른 안으로 가 다시 눕혔다.

"이 시간에 웬일이니, 잘렸어?"

"사모님이 아파서 쉬고 싶다길래 좀만 일하고 나왔어."

할머니가 진심으로 안도의 한숨을 쉬었다. 조건 좋은 데서 일하게 됐다며 기뻐하던 할머니 얼굴이 떠올랐다.

"아, 이거 완수 아저씨가 할머니 주래. 꼬박꼬박 드세요."

아저씨가 준 영양제가 생각나 가방을 뒤적이는데 영양제와 서류 봉투가 같이 튀어나왔다. 아까까지 나눈 얘기에 정신이 없어 803호에서 보냈다는 서류도 깜빡하고 있었다.

영양제를 놓고 쉬겠다며 방을 나왔다.

방에 들어가자마자 서류 봉투를 꺼냈다. 봉투 입구를 뜯다가 문득 서우의 얼굴이 떠올라 손이 멈췄다.

"저는 못 해요."

서우의 부탁을 듣고 나는 일말의 고민도 없이 대답했다. 그는 당황한 눈치였다. 내가 도와줄 거라 예상한 모양이었다. 어떻게 그런 예상이 가능한지 몰랐다.

"왜요?"

반문하는 얼굴에 실망감과 당황스러움이 고스란히 드러나 있었다.

"그런 일에는 얽히고 싶지 않아서요."

그 말에는 진심으로 화가 난 듯 얼굴이 삽시간에 붉게 달아오른 것도 선명하게 기억났다.

서우는 몇 번 입을 뻐끔거리다 이내 포기하고 일어섰다. 그러곤 내게 반강제로 부탁해 핸드폰 번호를 교환했다.

"저장해두세요. 분명 쓸 일 있을 테니까."

자기 번호를 찍어주면서 그렇게 말했지만 내 생각은 달랐다. 이렇게까지 얘기했는데 응하지 않은 나를 앞으로도 계속 일하게 해줄 거라 믿지 않았다. 당장 내일 잘릴 수도 있었다. 당연히 번호도 저장하지 않았다.

갈림길에서 헤어지면서 서우가 했던 말도 아직 또렷했다.

"누나는 사랑 많이 받고 자랐나 봐요."

어조 자체는 덤덤했지만 분명 원망이 담긴 질책이었을 것이다. 소년다운 치기였다. 나는 모른 척 인사하고 돌아섰다.

다행히 완수 아저씨로부터 온 연락은 아직 없었다. 방금 들은 할머니의 '잘렸나?'는 목소리가 들리는 것 같아 가슴이 서늘했다.

고개를 좌우로 여러 번 저어 생각을 몰아내고 봉투를 마저 뜯었다.

803호…….

803호에서 내게 따로 할 말이 뭐가 있을까? 봉투에서 나온 건 A4 용지 한 장이었다. 내심 잔뜩 긴장했던 터라 맥이 빠졌다.

'주의사항'

컴퓨터에서 문서 작업할 때 기본으로 쓰이는 글씨체였다. 하위 항목보다 큰 크기로 가운데 정렬되어 있었다. 면접을 대신해 알려주려고 팩스를 보낸 듯했다. 항목은 다섯 개였다. 말투 때문인지 위압적으로 느껴졌다.

1. 거실 블라인드는 끝까지 올리지 말 것.

나는 청소 시작 전에 블라인드를 끝까지 올리는 습관이 있었다. 집을 밝게 하기 위해서였다. 마치 내 습관을 아는 것처럼 느껴져 꺼림칙했다.

2. 출근 전 우편함을 꼭 한 번씩 확인할 것.

지금까지 일한 집 어디에서도 가사파출부가 우편함까지 신경 쓰길 원하는 곳은 없었다. 특이하긴 했지만 그럴 수도 있다고 생각했다.

3. 쓰레기는 따로 정해주는 날 외에는 정리만 하고 버리지 말 것.

여느 아파트처럼 힐스타운도 쓰레기 버리는 날이 정해져 있었다. 따로 정한다는 말이 언뜻 이해되지 않았다. 이제껏 803호 쓰레기를 정리해봤지만 쓰레기 자체도 많이 나오지 않았고 눈에 띌 만큼 특이한 것도 없어서 더 의아했다.

4. 매주 일요일마다 조리된 식품으로 냉장고를 채울 것.

여기까진 조금 특이하긴 했어도 어려운 건 없었다. 그러나 마지막 항목에서는 나도 모르게 숨을 삼켰다.

5. 어떤 가구도 자리에서 이동하지 말 것.

갑자기 발코니 선반을 밀었을 때 보인 떡갈나무 색 문이 생각났다. 심장이 빠르게 뛰었다. 내가 그 문을 발견한 걸 눈치채고 이런 서류들 보낸 건 아닐까?
그때 문이 벌컥 열렸다.
"보민아, 장보러 가자."

깜짝 놀라 돌아보니 언제 일어나 준비를 한 건지 할머니가 끙끙 소리를 내며 서 있었다.

"할머니! 놀랐잖아."

얼른 종이를 뒤집고 자리에서 일어났다.

"그리고 장은 무슨 장이야? 할머니 아직 움직이지도 못하면서."

"너…… 진짜 잘린 거 아니지?"

할머니가 내 눈치를 슬쩍 봤다.

"아니라니까! 갈 거면 얼른 가."

괜히 심통을 내며 할머니를 밀었다.

방에 남은 803호에서 온 종이가 눈을 번뜩이며 쳐다보고 있는 것 같아 등줄기가 섬뜩했다.

3

어제 그런 지시사항을 본 탓일까. 간단히 점심을 먹고 803호로 향하는데 괜히 긴장이 됐다.

엘리베이터로 올라가기 전 시킨 대로 우편함을 살폈지만 우편물은 들어 있지 않았다.

803호 앞에 서서 나도 모르게 옆을 흘낏 쳐다보았다. 여기선 볼 수 없었지만 반대편 코너를 돌아 음푹 들어간 곳에 804호가 있었다. 오늘은 내가 가지 않는 날이니 서아도 집에 있을까? 어제 서우와 나눴던 대화가 자꾸만 신경 쓰였다.

핸드폰에서 1시 알람이 울렸다. 애써 생각을 털어내고 803호로 들어갔다. 사람이 머물지 않는 공간 특유의 냉기가 훅 끼쳐 왔다.

가방을 소파에 두고 블라인드를 올리려고 창가로 다가가다 걸음을 멈췄다.

'거실 블라인드는 끝까지 올리지 말 것.'

햇볕이 들지 않는 803호는 여느 때보다 더 온기가 없었다.

물걸레질을 하는데 물기에 뭉친 잿빛 먼지덩어리가 굴러 나왔다. 아무것도 없는 거실 테이블에도 뽀얀 먼지가 묻어 있었다. 오지 않은 월요일 하루치 먼지인 셈이었다.

'거기 사람이 살긴 살아?'

문득 경비가 물었던 게 생각났다. 널찍한 거실이 황량한 사막 같아 목덜미가 서늘했다.

"괜한 소리를 들어서……."

목덜미를 긁으며 짐짓 목소리를 냈다.

청소에 집중하다 보니 긴장은 쉽게 풀렸다. 별스러운 생각을 다 했네, 내심 코웃음을 쳤는데 발코니로 발길을 돌리자마자 다시 목덜미가 뻣뻣하게 굳었다.

'어떤 가구도 자리에서 이동하지 말 것.'

발코니로 들어서자 단번에 선반부터 눈에 들어왔다.

의식하지 말자, 의식하지 말자. 주문을 거는 것처럼 계속 되뇌어도 시선이 사로잡혔다. 결국 선반 청소부터 마치고 다른 곳을 치우기로 했다. 청소를 위한 정면 돌파였다.

선반은 맨 아래 칸이 살짝 떠 있어 발코니 바닥 사이에 작은 틈이 있었다. 손가락도 겨우 집어넣을 정도로 좁은 틈이었다. 손이 닿는 데까지만 문지르려고 걸레를 밀어 넣었다. 손가락 한 마디를 겨우 집어넣었을 때 단단한 뭔가가 손톱 끝에 닿았다.

손톱으로 긁듯이 끄집어내니 의외의 물건이 나왔다. USB였다. 금색으로 반짝거리는.

걸레를 선반 위에 올려두고 꺼낸 USB를 이리저리 돌려보았다. 묘하게 익숙한 디자인이었다. 좀 더 꼼꼼하게 들여다보고서야 어디서 봤는지 기억이 났다. 기억이 났다기보다는 정확하게 똑같다는 확신이 들었다. 같은 USB가 804호 서재 책상 위에 놓여 있는 걸 본 적이 있었다.

"이게 왜 여기 있지?"

지난주 금요일 804호 서재를 치우다 처음 본 물건이었다.

서재에서는 오래 머물지 말라던 유경의 당부대로 청소를 대강 마치고 마지막으로 서재 책상을 닦다가, 반짝이는 게 눈에 띄었다. 만년필 옆에 반듯하게 놓인 USB는 전면이 금색에 유광이었다. 요란한 걸 쓰네. 이런 걸 쓰면 품위 있다고 느끼는 걸까. 그런 생각을 했던 기억이 났다.

일요일에 여길 청소할 땐 분명 없었다. 월요일에 803호에는 아무도 오지 않았을 것이다. 그러고 보니 디자인이 특이해서 한 번 만지작거리긴 했는데……. 그러다 USB에 지문이 묻어나는 걸 보고 찔끔해서는 닦으려고 집어 들었던 것까지 기억났다.

그 다음엔 어떻게 했지? 이걸 제자리에 돌려놨었나? 기억을 더듬어봤지만 거기까진 떠오르지 않았다.

마음이 초조해졌다. 이대로 여기에 두는 게 맞는 걸까? 803호 물건이 맞나? 고민 끝에 일단 주머니에 챙겼다. 내일 804호에 가서 USB가 제자리에 있는지 확인한 후에 결정해도 될 것 같았다.

* * *

　수요일, 오후 한 시가 되기 직전까지도 완수 아저씨로부터 804호해고 통보는 오지 않았다.

　평소처럼 출근하니 유경은 집에 없었다.

　실내는 항상 그랬던 것처럼 고요했다. 가족사진도, 전화기도, 먼지 한 톨 없는 말끔한 거실창도 그대로였다. 월요일에 있던 일이 꿈같이 느껴졌다.

　나는 평소처럼 청소를 시작했다. 반듯하게 오와 열을 맞춰놓은 물건들이 말해주었다.

　'그 일은 없었던 셈 치자.'

　안도감이 몰려왔다.

　서우는 유경에게 어떻게 말했을까? 유경은 나를 원망하지 않았을까?

　없었던 일로 치부하고 싶었지만 떠오르는 호기심까지 막을 순 없었다.

　냉장고 정리를 하고 있을 때 위잉, 소리가 들렸다. 모른 척 정리에만 몰두했다. 이전과 다르게 뱃속이 뿌듯할 정도로 만족감이 차올랐다. 모든 게 제자리로 돌아왔다고 생각했다.

　하지만 '서아 방' 팻말을 마주했을 땐 마음이 차갑게 식었다.

　팻말과 그 아래 열쇠구멍을 차례로 노려보았다. 습관처럼 손이 먼저 나갔지만 바로 멈췄다. 이곳까지 완벽하게 책임지고 싶어 오기가 일곤 했지만 이젠 그런 감정도 치워버려야 했다.

　'감금해요, 서아를.'

서우의 목소리가 뇌리를 스쳤다. 내가 할 일이 아니었다.

서재로 향했다. USB는 미리 앞치마 주머니에 넣어두었다.

서재 문을 열자, 쌓인 책 특유의 묵은 냄새가 흘러나왔다. 고작 먼지를 털어내는 정도로는 없앨 수 없는 냄새였다.

안으로 들어가 책상 위부터 살폈다. 만년필 옆 정확히 USB 크기 정도의 공간이 비어 있었다. 심장이 쿵 하고 떨어지는 기분이었다.

정말로 내가 실수한 거였나? 대체 무슨 생각으로 이런 실수를 했지? 한승조는 이걸 봤을까?

초조했다.

그의 성격상 없는 걸 알았다면 바로 추궁해왔을 거야.

한승조는 정말로 USB가 없어진 것조차 몰랐을 수 있었다. 고작해야 월요일, 화요일 이틀이었고, 유경의 말에 의하면, 그는 번번이 늦게 퇴근한다고 했다. 서재에 오지 않았다면 몰랐을 것이다.

하지만 내가 USB를 본 건 금요일이었는데.

뭔가 이상했다.

그때 또 위잉, 소리가 났다. 조금 먼 곳에서 나는 듯했다. 하지만 확신할 수 없었다.

거실일까? 혹시 서재 앞 복도는 아닐까?

얼른 USB를 깨끗이 닦아 만년필 옆 제자리에 놓았다.

***

완수 아저씨로부터 전화가 온 건 목요일 12시 30분쯤이었다. 504호 일을 마치고 803호로 출근하기 전 어린이집 골목 분식집에서 간단히 점심을 먹고 있을 때였다.

"바쁘니?"

아저씨는 누구보다 내 스케줄을 잘 알면서도 물었다. 입안에 들어 있던 음식물을 넘겼다.

"괜찮아요."

"아침 일찍 사무실로 전화가 와서."

"전화요? 어디서요?"

"803호 집주인."

나는 오른쪽 어깨와 귀 사이에 대강 끼워놓았던 핸드폰을 제대로 들었다.

"왜요?"

"청소하다 무슨 물건 못 봤냐고 하던데."

머릿속에 금색으로 빛나던 USB가 떠올랐다. 맙소사.

"무슨 물건이요?"

답이 뻔했지만 혹시 몰라 물었다.

"글쎄, 그것까진 못 들었고."

아저씨는 물건을 찾는 상대방의 반응이 심각하지 않아서 그랬는지, 대수롭지 않게 말했다. 중요한 거라면 벌써 난리가 났을 테니까.

하지만 나는 USB가 떠오르는 동시에 눈앞이 아득해졌다.

흔하지 않은 디자인이라 내 실수로 803호에 떨어트린 804호 물건이라 생각했는데.

그러다 얼른 고개를 저었다. 무슨 물건인지 말도 안 했다는데 지레 겁먹기엔 일렀다.

USB가 아닌 다른 물건일 수도 있지 않을까?

마음속에선 이미 USB인 게 틀림없다고 정답이 나왔지만, 애써 희망을 걸어봤다.

"아무것도 못 봤는데……. 오늘 가서 찾아볼게요."

침착하게 대답했지만 초조했다.

애초에 803호에서 발견해놓고 왜 당연한 듯이 804호 물건이라 생각했을까?

"뭔지를 알아야 찾든 말든 하지, 웃긴 양반이야."

애써 대답하자 아저씨가 툴툴댔다. 억지로 웃었지만 잘 되지 않았다.

"아, 그리고 방금 전에도 전화가 하나 더 왔는데."

"누구요?"

"804호 집주인."

순간 잘못 들은 줄 알았다.

"이유경 씨요?"

804호란 말을 듣자마자 본능적으로 알았지만 모른 척 물었다. 부정하고 싶었다.

"아니, 거기 바깥양반이던데."

아저씨 말이 못처럼 귓가에 박혔다. 답을 해야 했지만 입이 다물렸다.

"네 핸드폰 번호를 묻더라고."

아저씨가 심드렁하게 말을 이었다.

"제 번호요? 왜요?"

내 입에서 날카로운 말이 튀어나갔다. 수화기 너머 아저씨가 잠깐 말을 멈췄다.

"따로 말할 게 있으니 그렇겠지."

새삼스러울 것도 없다는 투의 말이 건너왔다.

일단 알겠다고 하고 전화를 끊었다. 먹다 만 라면 면발이 퉁퉁 불어 있었다. 계산을 하고 가게를 나섰다.

왜 굳이 사무실로 전화를 했을까? 유경에게 물었다면 바로 알 수 있었을 텐데.

답은 어렵지 않게 나왔다. 유경이 알지 못하게 하려고 그랬을 것이다.

대체 왜?

한승조가 나에게 연락하는 걸 제 아내가 몰라야 하는 이유……. 아니, 아내 모르게 남편이 가사파출부에게 연락을 한다는 것 자체가 불길한 일이었다.

유경과 서우가 차례대로 떠올랐다가 사라졌다. 그리고 USB까지.

이 부분은 어느 쪽으로 생각해도 정확하게 풀리지 않았다.

힐스타운 정문으로 들어서는데 핸드폰이 울렸다.

액정에 낯선 번호가 떠 있었다.

속이 불편해졌다. 숨이 목 끝까지 빽빽하게 차오른 듯 답답했다.

"여보세요?"

숨을 고르고 전화를 받았다.

"남보민 씨 되십니까."

억양에 높낮이가 거의 없는 차분한 목소리였다.

"네, 맞는데요."

"한승조입니다."

예상했지만 직접 들으니 기가 눌렸다.

"힐스타운 1동 804호입니다."

이름만 듣고는 모를 수도 있다고 생각했는지 그가 덧붙였다.

"아, 예."

짧게 대꾸했다.

"좀 뵀었으면 하는데요."

군더더기 없는 말이 돌아왔다.

나는 성벽처럼 우뚝 선 1동 건물을 가만히 올려보면서 말을 골랐다.

"죄송하지만 오늘은 다른 집에서 일을 해서요."

"끝난 후에 뵙죠."

그는 권유하는 듯한 억양을 사용했지만 말끝이 단호했다. 양보할 수 없다는 뜻으로 들렸다. 할 수 없이 알겠다고 하자 곧장 답이 돌아왔다.

"6시 30분에 사거리에 있는 카페로 가겠습니다."

전화가 끊겼다.

묘하게 기분이 상했다. 어느 한구석도 무례하지 않았는데 무례한 처우를 당한 기분이었다.

803호에 도착한 건 12시 55분이었다.

늦지 않게 출근했지만 일에 집중할 수가 없었다.

803호 발코니엔 들어갈 엄두도 안 났다. 머릿속이 복잡해서 터질 것만 같았다. 결국 발코니 청소는 건너뛰었다.

803호를 아무리 뒤져봐도 없어졌을 만한 물건은 하나밖에 없었다. 분명 USB였다. 희망은 사라졌다.

내일 804호에 가서 USB를 찾아 토요일에 이곳에 다시 가져다 두고 아저씨에게 전화를 하면 되겠지.

몇 번이고 동선을 계산했다.

그런데 한승조는 무슨 일로 만나자고 했을까?

거기까지 생각이 닿으면 도저히 가만있을 수가 없었다. 입술을 계속 깨물어 결국 피를 봤다.

혹시 월요일에 있었던 일을 알게 된 게 아닐까?

핸드폰 통화내역을 열어 월요일 발신기록에 있는 낯선 번호를 한참이나 들여다봤다. 서우가 제 핸드폰으로 걸었던 흔적이었다.

'정신병자예요, 그 사람.'

서우의 팔뚝에 있던 희미한 상처가 자꾸만 떠올랐다.

***

일을 마치고 카페에 도착하니 약속 시간 10분 전이었다.

2층까지 사람이 빡빡하게 앉아 있었다. 1층 창가 테이블에 겨우 자리를 잡았다. 건너편 희망동물병원 건물이 한눈에 들어왔다.

먼저 주문한 음료를 받고 자리에 앉자마자 입구로 키가 큰 남자가 들어오는 게 보였다. 액정을 보니 딱 6시 30분이었다.

그는 주위를 살피다가 곧장 내게로 걸어왔다.

"남보민 씨?"

나를 바로 알아봤는데도 굳이 확인하는 태도였다.

그는 직접 카운터로 다가가 주문한 음료를 받아 돌아왔다.

테이블에 커피가 담긴 컵을 올린 한승조는 양손을 깍지 껴서 허벅지 위에 가만히 내려놓았다. 음료를 마실 뜻이 없다는 듯.

"제가 먼저 왔으면 같이 계산했을 텐데 죄송하게 됐습니다."

내 앞의 커피 잔을 힐끔 보고 그가 말했다. 아까는 아리송했지만 이젠 확신할 수 있었다. 그는 고의든 아니든 상대의 기분을 상하게 만드는 재주가 있었다.

"괜찮아요. 그것보다, 무슨 일로 부르셨는지 듣고 싶은데요."

굳이 돌려 말하지 않기로 했다.

실물로 보니 한승조는 얼굴, 자세, 복장 어디 하나 흐트러진 데 없는 단정한 미남이었다. 제 아버지를 '그 사람'이라 칭하는 한서우에게는 기분이 상할 얘기겠지만 볼수록 두 부자가 몹시 닮았다는 생각이 들었다. 다만 분위기는 아예 달랐다. 굉장히 닮았는데도 바로 알아보지 못할 정도로 상반된 분위기였다.

"USB를 찾아주셨더군요."

그가 말을 꺼내는 동시에 나는 커피를 마시려고 들었던 컵을 떨어트릴 뻔했다. 가까스로 컵을 붙들어 입으로 가져갔다. 차가운 눈동자가 내 얼굴에 고정되어 있었다.

"기억이 안 나서 그러는데, 어디서 찾으셨는지 알 수 있을까요?"

그가 나를 뚫어져라 보았다. 뼛속까지 들여다보는 시선이었다.

무슨 말인지 알 수가 없었다. 아저씨는 오전까지만 해도 803호 집주인이 USB 행방을 물었다고 했다.

한승조가 때맞춰 제 집에서 USB를 잃어버리고, 803호에서 똑같은 물건이 발견된 게 뭘 의미하는 걸까.

"서재 구석에 떨어져 있길래 다시 났을 뿐인데요. 뭐가 잘못됐나요?"

거기까지 말하고 그의 표정을 보자마자 내가 지나쳤다는 걸 알았다. 뭐가 잘못됐냐는 질문은 하지 말았어야 했다. 한승조의 얼굴에 기묘한 웃음기가 번졌다.

"혹시, 내용물은 보셨습니까."

자세히 살피는 눈빛이었다. 눈을 보고서야 한승조와 한서우의 차이를 알았다. 그의 눈빛은 뱀같이 섬뜩했다.

이걸 묻고 싶었던 거구나.

알 수 있었다. 그는 질문을 듣자마자 변하는 상대의 표정을 살피기 위해 이런 수고를 감수했다. 수화기 너머로 듣는 것이든, 남의 입으로 전해 듣는 것이든 안심할 수가 없었던 것이다.

그걸 왜 보겠냐고 되묻고 싶었다. 그러나 실수는 한 번으로 족했다. 감정을 드러낼 필요가 없었다.

"말씀드렸듯이 바로 올려놔서요."

그가 고개를 끄덕였다.

"찾아주셔서 감사합니다. 중요한 물건이라서."

산뜻한 어조였다. 정말 납득한 건지 본심은 알 수 없었다.

"그것 때문에 만나자고 하신 건가요?"

최대한 감정을 배제하고 물었다. 이 정도야 퇴근 후 시간에 불려나온 고용인으로서 할 수 있는 말이라고 생각했다.

"항상 수고하시는데 한 번은 뵐 겸 해서요."

그가 자로 잰 듯 반듯하게 웃었다. 뻔뻔한 얼굴이었다.

카페를 나서는데 한승조가 데려다 주겠다고 했다. 거절했다. 인사치레였는지 두 번은 권하지 않았다. 숙였는지도 알 수 없는 고갯짓으로 인사를 대신하고 나서 그는 주차장으로 사라졌다.

횡단보도에서 신호를 기다리며 생각을 정리했다. 803호에서 발견한 USB와 한승조의 서재에서 사라진 USB는 같은 물건일까?

우연히 같은 디자인이었을 뿐 다른 물건일까?

다른 물건이라면 한승조의 얼굴을 한 번은 더 봐야 할 수도 있었다. 이 USB는 어디서 갖다놓은 거냐고 추궁을 당할지도 모른다. 조각 몇 개가 없어진 퍼즐을 맞추려고 애쓰는 기분이었다. 찜찜하고 거북했다.

신호가 바뀌고 사람들이 건너기 시작했다. 횡단보도를 건너는데 문득 이상한 시선이 느껴졌다. 전면이 유리창으로 된 희망동물병원 5층. 거기 창가에 서 있는 남자가 보였다. 진녹색 수술복 차림이었다.

김지호인가?

눈을 가늘게 떠서 자세히 보려던 참에 남자는 돌아서서 들어가버렸다.

4

　도저히 잠을 이룰 수가 없어 아침 일찍 집을 나섰다.

　할머니는 새벽부터 나갔는지 방이 휑했다. 그렇게 말렸는데도 말을 듣지 않았다. 허리가 조금 나아진 것 같다고 다시 폐지를 줍겠다며 나선 지 사흘째였다.

　"식구라곤 둘뿐인데 마냥 자리보전할 순 없잖니."

　다시 일을 나가겠다면서 덧붙인 말이었다. 장을 보고 돌아오던 월요일의 일이다.

　"내 말이 그 말이야, 할머니. 식구라곤 단 둘인데 내 벌이면 됐지. 그러다 또 다치면? 병원비만 더 나가."

　나를 흘깃 노려보던 할머니가 썩을 년…… 중얼거렸다.

　"니 엄마 집 나가고, 어린 너 빽빽 울 때 남 아쉬운 일 해서 내가 먹여 키웠다. 지금 내 맘이 편하겠냐?"

　속에서 치받는 게 있었지만 말로 뱉진 못했다. 할머니가 어쩌다 한 번씩 엄마나 아빠 얘기를 할 때면 늘 그런 식이었다. 엄마라는 말도 몇 년 만에 들었다.

"종일 방바닥에 눌러 붙어 있으면 뭔 생각이 드는 줄 알아? 몸 성치 않다고 그러지 마라."

입을 꾹 다문 내 얼굴을 슬쩍 살피더니, 할머니가 한숨 섞인 투로 말했다. 엄마 얘기로 내 입을 다물리고 마무리로 날린 타격이었다.

주인 잃은 빈 방은 싸늘한 기운이 감돌았다. 가뜩이나 머릿속도 복잡한데 속이 용암처럼 들끓었다.

양손을 주머니에 넣고 걷는데 핸드폰 진동이 울렸다. 꺼내서 보니 메신저 알람이었다.

'어제 그 사람 만났어요?'

처음 보는 프로필을 눌렀다.

배경사진도, 프로필 사진도 없는 허전한 프로필에 '한서우' 이름이 떴다.

나랑 얼마나 봤다고 메신저를…… 생각하다가 메시지의 내용이 심상치 않다는 걸 깨달았다.

어제 한승조를 만나고 기껏 12시간 좀 넘었는데.

메시지 창을 눌러 자판을 두드렸다. '어떻게 알았'까지 쳤다가 모조리 지워버렸다. 알게 뭐야. 몰라도 되는 일이다.

다시 집어넣으려는데 또 진동이 왔다.

'왜요?'

손끝으로 알람을 밀어 화면에서 지워버리는 찰나에 메시지가 떴다.

'무슨 얘기했어요?'

요즘 애들 손가락 정말 빠르구나.

핸드폰을 집어넣는데 한숨이 저절로 나왔다.

핸드폰이 몇 번 더 울렸다. 아예 무시하려 했다가 문득 어제 한승조의 전화를 받았을 때가 떠올랐다. 월요일 유경의 집에서 목격했던 일을 그가 알고 있을까 봐 심장이 쿵 내려앉던 느낌이 아직도 생생했다.

핸드폰을 꺼내 자판을 두드렸다.

화면 위로는 방금 전까지 보낸 서우의 메시지가 연달아 있었다.

'월요일 일 때문에 만난 건 아니에요.'

전송 버튼을 눌렀다.

보낸 메시지 옆의 1자가 바로 사라졌다. 내친김에 한승조와 만난 걸 어떻게 알았는지 묻고 싶었지만 참았다. 여기까지가 최선이었다.

메시지가 더 올 줄 알았는데 답이 없었다.

10분 정도 더 걸으니 힐스타운 정문이 보였다. 평소 보던 경비가 아닌 다른 아저씨가 인사를 했다.

8시까진 아직 50분 정도 남아 있었다. 화단 옆 벤치에 앉아 산뜻한 풀냄새를 들이마셨다. 요 며칠 일어난 일을 차분히 짚어볼 필요가 있었다.

그러고 보니 오늘 오후엔 804호 출근이었다. 서아는 아직 집에 있을까?

'누나가 오는 날, 서아를 그 사람에게서 빼내주세요.'

서우의 말이 떠올랐다.

생각해보면 이상했다. 내가 출근하는 날엔 서아는 빼돌려진다고 했는데 나보고 무슨 수로 빼내라는 걸까? 오히려 서아가 집에 있을 때 셋이 힘을 모아 빼내자는 쪽이 현실적이지 않은가.

핸드폰을 꺼내 시간을 보니 7시 20분이었다. 고민 끝에 주차장으로 걸음을 옮겼다.

층계로 내려가 1동 전용 주차장으로 들어섰다. 아직 차가 빽빽하게 차 있었다.

정면에 3, 4호 라인이 보였다. 차 없는 자리나 기둥 주변 외에는 사람이 몸을 가릴 만한 곳이 없었다. 일단 3, 4호 라인과 가까운 기둥 뒤로 갔다. 핸드폰을 꺼내 시간을 확인했다.

7시 25분.

잠시 뒤, 자동문이 열리는 소리가 들렸다. 얼른 기둥 뒤로 몸을 숨겼다.

문이 열리고 모습을 드러낸 건 남색 정장 차림의 한승조였다. 혼자였다. 어디를 봐도 서아는 없었다. 들고 있는 거라곤 노트북이나 들어갈 법한 서류가방뿐이었다.

혹시나 자동문이 또 열리진 않을까 살피는데 한승조가 기둥을 정면으로 보고 뚜벅뚜벅 걸어왔다. 슬쩍 보니 기둥 바로 옆 검은색 벤츠를 향해 다가오고 있었다.

하필이면 한승조의 차 바로 옆이라니!

벤츠 쪽에선 안 보이는 기둥 옆면으로 돌아가려 해도 자칫하면 보일 수도 있었다. 기척이라는 게 보이지 않는다고만 숨길 수 있는 게 아니었다. 그러나 왠지 보이지 않을 거라는 막연한 확신이 들었다.

그 찰나에 그의 휴대폰이 울렸다. 벨소리를 듣고 승조가 걸음을 멈췄나.

"어."

전화를 받는 목소리가 들렸다.

"그래. 병원? 서아 이제 괜찮다니까."

목소리나 억양이나 모두 차분했지만 묘하게 짜증 섞인 어조였다.

나는 '서아'라는 말에 귀를 쫑긋 세웠다. 그가 살짝 한숨을 쉬는 게 들렸다.

"고작 감기 가지고. 내가 당신에게 그런 것까지 일일이 말해야겠어?"

사적인 대상에게 하는 말투로 보아 상대는 유경인 모양이었다. 자연스럽게 승조의 냉정한 목소리 너머로 유경이 전화기 앞에 무릎을 꿇고 있는 모습이 보이는 듯했다. 씁쓸했다.

그는 얘기를 듣는 듯 잠시 조용했다. 고개를 빼서 확인하고 싶었지만 그럴 수 없으니 답답했다.

"그래, 신경 쓸 일 만들지 마."

얼마 안 있어 승조가 말을 꺼냈다. 침을 뱉는 것 같은 어투였다.

전화를 끊었는지 그가 점점 가까워졌다. 구두소리가 지면에 부딪혀 선명한 소리를 냈다. 보일까 봐 고개를 내어 확인할 수도 없었다.

조금만 더, 조금만 더…….

걸음 소리에 귀를 세우고 있는데 난데없이 주머니에서 진동이 울렸다. 소리를 지를 뻔했다. 손으로 더듬더듬 전원버튼을 찾아 길게 눌렀다. 한숨 돌리는데 걸음 소리가 들리지 않았다. 목덜미가 싸늘해졌다.

에라, 모르겠다는 심정으로 발소리를 죽여 벤츠 반대편으로 돌아서자마자 기다렸다는 듯 발소리가 다시 들렸다. 곧 가까이서 문을 여닫는 소리가 뒤따르더니 시동이 걸렸다.

배기음이 멀어지고 나서야 확인하니 주차장 입구를 빠져나가는 검은색 뒤꽁무니가 보였다. 그제야 핸드폰에서 손을 뗐다. 손바닥이 온통 땀으로 축축했다.

나는 한승조의 차가 떠나고도 그 자리에 붙박인 채 자동문을 노려보고 있었다. 이렇게 기다리고 있으면 서아가 나오기라도 할 것처럼.

* * *

504호로 출근하기 위해 엘리베이터를 탔다. 아직도 심장이 빠르게 뛰고 있었다. 씨근덕거리는 숨이 비어져 나왔다.

띵, 소리와 함께 엘리베이터 문이 열렸다.

"엇."

고개를 숙이고 내리는데 앞의 사람과 어깨가 부딪혔다. 놀라서 고개를 드니 504호 지호가 서 있었다.

"안녕하세요."

반사적으로 인사를 했다.

"일찍 오셨네요."

지호가 살짝 고갯짓을 하며 말했다. 35분쯤 엘리베이터를 탔으니 평소보다 15분 정도 빠른 출근이었다.

"네."

잠이 안 왔다고 둘러델까, 고민했지만 간단히 대꾸했다. 지호가 방긋 웃었다.

"수고하세요."

나를 스쳐 엘리베이터에 올라탄 지호가 인사를 건넸다. 다정한 어조였다. 고개를 꾸벅 숙였다. 문이 닫히고 엘리베이터는 아래로 내려갔다.

현관문을 열고 들어서면서 오늘이 금요일이라는 데 생각이 미쳤다.

그러고 보니 방금 전 본 지호는 이전에 봤던 것과 달리 편한 캐주얼 차림이었다. 출근하는 복장이 아니었다. 동물병원 입구에서 본 진료표가 떠올랐다.

'수요일 진료 휴무'

이날 빼고 지호가 오전에 쉬는 날은 없었다. 진료표대로라면.

혹시 일하는 시간과 겹칠까 봐 주의 깊게 봤기 때문에 정확했다.

출근 시간을 늦추고 운동이라도 가는 걸까?

504호로 들어서자마자 거실 블라인드부터 올렸다. 그러다 문득 핸드폰 전원을 꺼둔 게 생각나 전원을 켰다. 완전히 켜진 핸드폰이 지잉, 울렸다. 갑자기 한승조의 차 옆에 서 있던 순간이 떠올라 몸이 굳었다. 돌아볼수록 그를 살피러 간 내 행동이 낯설게 느껴졌다.

'조심해요.'

7시 27분에 온 메시지가 메신저 액정에 떠 있었다. 서우였다.

조심해요……. 짧은 메시지를 몇 번이고 반복해서 읽었다.

아이러니하게도 조심하라고 보낸 메시지가 온 그순간에 나는 위험을 느끼고 있었다.

위험. 정말 위험이었을까?

집에서 내려온 한승조는 고작 서류가방 하나 들고 있었을 뿐이다. 나는 충동적으로 그를 살피러 갔고 지나치게 긴장했다. 과민했는지도 모른다. 고작 수십 분 전에 있었던 일인데 아득히 먼 일처럼 현실감각이 없었다.

서아는 어디 있을까.

올리다 만 블라인드 줄무늬를 뚫고 쨍한 햇살이 쏟아졌다. 거실 바닥에 드리워진 줄무늬 모양 그림자가 흡사 창살처럼 보였다.

804호로 향하는 걸음이 몹시 무거웠다.

점심엔 밥이 넘어가지 않아 결국 반 이상 남겼다. 20분이나 일찍 도착했지만 들어갈 엄두가 안 나 현관문 앞에 우두커니 서 있었다. CCTV가 나를 굽어보고 있었다.

'804' 숫자를 가만히 보다가 카드키를 찍고 들어갔다. 804호는 고요에 휩싸여 있었다. 모든 게 그대로였다.

가방을 현관 앞에 두고 거실로 들어갔다. 공기는 차분했고 살짝 싸늘했다. 유경은 일찌감치 나간 듯했다. 블라인드가 다 내려가 있어 어두웠다. 다가가서 블라인드를 올리려다가 잠깐 멈칫했다.

'거실 블라인드는 끝까지 올리지 말 것.'

갑자기 그게 생각난 탓이었다. 하지만 그건 803호 주의사항이었고, 여긴 804호였다. 고개를 젓고 블라인드를 올렸다.

그와 동시에 지잉, 하고 도무지 익숙해질 수 없는 소리가 거실에 퍼졌다.

블라인드가 끝까지 올라가며 햇볕이 쏟아졌다. 지잉, 지잉, 기계소리가 계속 들렸다. 같은 곳에서 나오는 소린지 가늠이 되지 않았다.

일의 순서를 바꿨다. 나는 원래 청소로 시작해서 요리로 마무리를 지었다. 깨끗한 집에서 정성껏 요리한 음식이 최대한 온기를 잃지 않고 집주인을 맞았으면 하는 바람이었다. 오늘은 정반대로 요리를 먼저 시작했다.

주방에는 유경이 메모해둔 장봐야 할 물품 목록이 놓여 있었다. 이전과 비슷한 내용이었다.

마침내 서재에 다다랐을 땐 긴장으로 나도 모르게 주먹을 쥐고 있었다. 누가 보지도 않는데 비장하게 서 있다는 걸 알아채자 머쓱함이 몰려왔다. 월요일부터 갑작스럽게 몰아친 일들로 신경이 날카롭게 버려진 칼처럼 날을 세우고 있었다.

서재 문을 열었다. 안으로 느리게 들어가자 모든 풍경이 천천히 파노라마처럼 펼쳐졌다. 나는 흡, 소리 나게 숨을 삼켰다.

책꽂이에 가지런히 꽂혀 있던 책들이 어지럽게 바닥에 널브러져 있었다. 책상 위에서 제자리를 지키던 만년필과 노트가 바닥 한구석에 있었다. 오와 열을 맞춘 듯 질서정연했던 공간이 오늘부터 무질서를 표방하기로 작정한 모양새였다.

그 와중에 금색 USB만 본래 있던 자리에서 빛을 반사하고 있었다.

나는 책상으로 다가갔다. 이번엔 숨이 멎었다. 번쩍번쩍 나오는 빛이 두 개였다.

조심스럽게 손을 뻗어 USB를 만져보았다. 금세 지문이 찍혔다. 옆에 것도 손을 대니 마찬가지로 지문이 찍혔다. 똑같은 디자인의 USB가 두 개 있었다. 그 자리에, 한 치의 어긋남 없이, 똑같은 모습으로. 흐트러진 서재에서 유일하게 질서를 지키고 있는 물건이었다.

천천히 숨을 내쉬었다. 숨이 얕고 길게 흘러나와 흩어졌다.

이게 뭘 의미하는 걸까.

지잉, 부지런한 기계음이 귀를 때렸다.

서재 안에도 카메라가 있는지 궁금해졌다. 한승조가 나를 보고 있는지, 어떤 표정으로 보고 있는지 상상해봤지만 잘 되지 않았다. 가슴팍이 빠르게 오르락내리락했다.

무질서하게 널브러져 있는 책들을 모아 책꽂이에 꽂고 만년필과 노트를 제자리에 올려 두었다. 두 개의 USB에는 더 이상 손대지 않았다. 손을 대면 안 될 것 같았다. 언제나 하던 것처럼 책장 먼지를 털고 책상 위를 닦았다. 무질서 속에서 자리를 지킨 러그는 여전히 부드러웠다.

서재를 나와 '서아 방' 문패를 마주하자 느닷없는 공포가 밀려들었다. 앞치마에서 핸드폰을 꺼내봤지만 새로 온 메시지는 없었다. 서우와 메시지를 나눴던 메신저 방으로 들어갔다.

'조심해요.'

그게 마지막이었다.

땀이 조금 배어나온 손을 앞치마 자락에 문질러 닦았다.

고장 난 로봇처럼 그 자리에 한참 서서 서우의 메시지만 바라보고 있었다. 서우의 왼쪽 팔뚝에 있는 흉터가 생각났다.

'칼이 이렇게 무서운 거라고 직접 보여주더라고요. 상상이 돼요?'

뒤따라 들리는 목소리도 생생했다.

지잉, 진동이 울렸다. 어디 있는지도 모르는 홈카메라가 아니라 내가 들고 있는 핸드폰 알람이었다. 5시 50분. 퇴근 준비를 하라는 알람이었다.

현관문을 나서기 전 804호를 휘둘러보았다.

집은 들어올 때와 지금이나 똑같았다. 블라인드도 원래 그랬던 것처럼 끝까지 내렸고, 모든 물건이 제자리에 있었다.

현관문을 열고 나오는데 앞에 사람이 서 있었다. 한승조였다.

"안녕하세요."

승조가 인사를 건넸다. 아침에 본 옷차림 그대로였다. 나는 흠칫 놀라 물러섰다가 이내 후회했다. 승조의 표정을 살피려 흘깃 곁눈질을 하자 그의 오른손에 붙들린 작은 손이 보였다.

"서아, 인사해야지."

내가 그 손을 물끄러미 보는 걸 알아채고 승조가 말했다.

시선을 내리다가 아이와 눈이 마주쳤다. 메마른 눈이었다. 눈빛을 손으로 훔쳐낼 수 있다면 그 눈에선 퍼석퍼석한 먹색 가루가 떨어질 것 같았다.

"제 막내딸입니다."

승조가 인사를 채근하듯이 서아의 손을 힘주어 잡았다.

서아는 나를 빤히 보았다. 가족사진으로 본 표정을 그대로 찍어낸 듯 똑같았다. 승조와 유경의 얼굴이 모두 있었다. 이상하게도 그 얼굴에서 서우는 보이지 않았다.

"일찍 오셨네요."

서아를 보던 눈을 들어 승조를 마주보았다. 긴장으로 목이 뻣뻣하게 굳었다. 그는 나와 서아를 관찰하듯이 보고 있다가 입꼬리를 올려 부드럽게 웃었다.

"일찍 마쳐서요."

그의 눈은 웃지 않았다.

나는 엘리베이터 내림 버튼을 눌렀다.

그때서야 손끝이 미세하게 떨리고 있는 걸 알았다. 엘리베이터가 움직이면서 나는 기계음이 어색한 침묵을 깨고 들어왔다. 11층에서 내려오고 있었다.

"저는 이만……."

고개를 살짝 숙이다가 서아의 이마가 눈에 들어왔다. 앞머리로 가려져 있었지만 퍼런 멍이 들어 있었다.

갑자기 어릴 때 기억이 떠올랐다. 지금의 서아와 똑같은 나이인 여섯 살 때, 왼쪽 이마부터 광대뼈까지 멍이 든 적이 있었다. 엄마에게 손찌검하던 아빠를 말리다 문턱에 얼굴을 세게 부딪쳐 생긴 멍이었다.

술을 마시면 아무것도 보이지 않는 아빠조차 놀랄 만큼 큰 소리가 났다. 소스라치게 놀란 엄마가 달려와서 나를 끌어안았고, 아빠는 그 자리에 잠시 망설이다 나가버렸다. 뺨은 엄마의 푹신한 가슴에 닿자마자 몹시 욱신거렸다. 뼈가 달그락거리는 소리가 들리는 것 같았다.

시간이 얼마 지나지 않아 왼쪽 얼굴이 부어오르더니 가면처럼 이마부터 광대뼈까지 퍼런 멍이 들었다. 눈 아래 음푹 파인 부분엔 마치 푸른색 물이 고인 것 같았다.

사람의 피부가 그렇게 약하다는 걸 여섯 살 아이 때 알았다. 멍이 빠질 때까지 유치원에 가지 않았다. 부끄러워서 도저히 친구들에게 얼굴을 보여줄 수 없었다.

유치원에 다시 돌아가기까지는 한 달 가까운 시간이 걸렸다. 유치원에 들어서자마자 아이들의 눈빛을 마주한 나는 그 뜻을 읽을 수 있었다.

'여기에 네 자리는 없어.'

얼굴이 다시 욱신거렸다.

땅, 엘리베이터 알람 소리가 유독 크게 울렸다. 덕분에 기억에서 빠져나왔다. 내가 안으로 들어가 문이 닫힐 때까지 승조와 서아는 나란히 서서 나를 바라보고 있었다. 자꾸만 서아의 이마로 시선이 가닿았다. 동시에 서아가 그때의 나처럼 어디에도 속하지 못한 입장이라는 생각이 들었다. 나는 이를 앙 다물었다.

두 사람이 완전히 시야에서 사라지고 나서야 심장 뛰는 소리가 시끄럽게 들렸다. 승조의 웃지 않던 눈과 서아의 퍼석한 눈이 번갈아 떠올랐다.

경고였다.

그는 나에게 경고하고 있었다. 어딘가에 숨겨두었던 서아의 손을 잡고 일부러 그 자리에 서 있었던 것이다. 나를 기다리며.

엘리베이터 문이 열리자마자 뛰듯이 튀어나왔다.

막 정문을 지나자 아파트로 들어오는 유경이 보였다. 작은 가방을 든 롱스커트 차림이었다. 경비에게 가볍게 목례를 하고 느릿하게 걸어오고 있었다.

"보민 씨."

1동 앞에 다다를 때까지 골똘히 생각에 잠겨 있던 유경이 가까이 와서야 나를 발견하고 인사를 했다.

"퇴근하시나 봐요."

유경이 웃었다. 억지로 만들어 낸 웃음 같았다.

"네, 이제 가려고요."

고개를 끄덕이며 인사를 했다.

"조심해서 들어가세요."

유경도 고개를 까닥거리고 나를 지나쳐 들어갔다.

막 발을 떼려다가 돌아보았다. 움츠러든 좁은 어깨가 보였다.

"저……."

말이 먼저 튀어나갔다. 가방에서 카드키를 꺼내던 유경이 손을 멈추고 나를 보았다.

"서아를 봤어요."

멀찍이 떨어진 거리에서도 유경의 눈이 흔들리는 게 보였다.

그녀가 느리게 고개를 숙이고 두 손을 모았다. 안 그래도 가녀린 어깨가 더 좁아 보였다. 무슨 생각을 하는지 양손을 매만지기만 했다. 감정적인 반응이 나올 줄 알았는데 의외였다. 다른 반응이 더 나오기를 기다렸다. 바람에 나뭇잎이 푸스스 떨어져 우리 사이로 떨어졌다.

"그날, 서우한테 하신 말…… 들었어요."

유경이 속삭이듯이 말했다. 귀를 기울여야 들릴 정도로 작은 소리였다.

어디서 봤냐거나 어땠냐거나 하는 질문이 돌아올 줄 알았는데, 전혀 예상치 못한 말이었다.

내가 눈만 끔벅이고 있자 고개를 든 유경이 눈을 마주쳤다. 그녀의 눈빛은 차분하게 가라앉아 있었다. 나는 그런 눈빛을 이미 알고 있었다. 오랜 시간 포기하는 데 익숙해진, 무기력을 학습한 눈.

어떤 말을 꺼내야 할지 몰라 가만히 있었다

얽히기 싫다고 말해놓고 이제 와서 오지랖 떨지 말라는 걸까.

유경의 표정만 살펴도 그건 아니었다. 나를 원망하거나 화를 내는 기색은 없었다. 애원하는 표정도 아니었다. 도와달라며 눈가를 붉히던 그때와는 상상할 수 없을 만큼 담담한 얼굴이었다.

"조심히……."

인사말처럼 나직이 말하며 유경이 고개를 숙였다.

오늘만 해도 조심하라는 말을 두 번이나 들었다. 아침에는 서우가 말했고, 저녁에는 유경이 말했다.

대체 뭘 조심하라는 거예요?

묻고 싶었지만 유경은 이미 안으로 사라지고 없었다.

5

이튿날 출근 준비를 하던 참에 완수 아저씨에게 전화가 왔다.

"여보세요."

"어, 보민아."

아저씨는 그렇게만 말하곤 한참 말이 없었다. 순간 전화가 끊어졌나 싶어 액정을 볼 정도였다. 어색한 침묵이 흘렀다.

"아저씨, 저 출근 준비 때문에."

결국 기다리지 못하고 내가 먼저 입을 뗐다. 그제야 아저씨가 내 말을 잘랐다.

"오늘 새벽에 804호에서 전화가 왔는데……."

아저씨가 거기까지 말해놓고 또 머뭇거렸다. 804호라는 말을 들으니 온몸의 털이 곤두서는 느낌이었다.

"다음 주부터 안 나와도 된다고 하더라."

수화기에서 건너온 말은 의외였다. 나도 모르게 가만있으니 아저씨가 한숨을 내쉬었다.

"무슨 일 있었니?"

아저씨가 걱정스럽게 건넨 질문에 수많은 일들이 머릿속을 지나 갔다.

'무슨 일'이라는 말로 치부하기엔 너무 많은 일이 있었다. 뭐부터 얘기해야 된단 말인가? 모자 간에 있었던 소동? 갑자기 어지럽혀진 서재? 서아 앞머리 아래 감춰진 멍? 아니면 처음부터 내내 나를 괴롭혔던 잠긴 서아 방문? 어제 나를 물끄러미 관찰하던 승조의 눈빛 이 떠올랐다.

"한승조 씨가 전화한 거예요?"

짐을 챙겨들며 묻자 아저씨가 또 짧은 한숨을 쉬었다.

"아니, 이유경 씨."

나는 방을 나서다 말고 우두커니 멈춰 섰다. 어제 나를 보고 인사 하던 유경의 좁은 어깨가 떠올랐다. 짙은 체념의 빛이 서렸던 얼굴 까지.

"괜찮은 거냐?"

아저씨가 물었다.

"네, 괜찮아요."

애써 덤덤하게 대답했다. 가라앉는 마음을 추스르려 숨을 가다듬 었다.

잘된 일이다. 선을 넘지 않기 위해 얼마나 부단히 노력했던가. 804호에 갈 때마다 신경쇠약에 걸린 것처럼 불안하고 초조했던 것 도 이젠 끝난 것이다. 물론 할머니에겐 당분간 말할 수 없을 테고, 그만큼 벌이는 줄어들겠지만.

아저씨가 뭐라 더 말하고 싶어 하는 기색이 느껴졌다. 하지만 수화기 너머로 건너오는 건 잠깐의 침묵 뒤에 이어지는 옅은 한숨 소리뿐이었다.

"그래, 키는 다음 주 오전에 들러서 줘."

용건을 모두 말한 건지 아저씨가 전화를 끊으려 했다.

"아저씨."

내가 급하게 불렀다. 아저씨가 전화를 끊으려다 멈칫하는 기색이 느껴졌다.

"혹시 803호에서 또 연락 왔어요? 그 잃어버린 물건."

"아니, 따로 없던데."

간결한 대답이 건너왔다.

"알겠어요."

전화를 끊었다.

힐스타운으로 가면서 이제까지 있었던 일을 곰곰이 되짚어보았다. 보란 듯이 어지럽혀진 서재를 정리하고 퇴근하면서 한승조와 그 옆의 서아를 보았다.

그걸 유경에게 얘기했더니 바로 다음 날 나를 잘랐다. 유경의 표정이 자꾸 떠올랐다. 가슴이 욱신거렸다.

벗어날 수 없는 폭력은 사람에게 무기력을 학습시킨다. 약점이 있을수록, 그 약점이 중대할수록 그랬다. 엄마가 극한까지 몰리면서도 아빠를 벗어나지 못한 건 나 때문이었다.

아빠가 술을 마시고 휘두르는 폭력은 사람을 가리지 않았다. 엄마는 번번이 어린 나를 가로막고 지켰지만, 나는 클수록 아빠의 손길을 피하지 못하는 날이 많았다. 서아 앞머리에 가려져 있던 이마의 멍처럼 몸에는 흔적이 남았다. 엄마의 필사적인 표정은 몸 대신 마음에 남았다.

마침내 엄마가 모든 걸 내던지고 집을 나갔을 때, 난 도저히 마음 놓고 원망할 수가 없었다. 엄마는 행복해야 했다. 그래서 엄마를 포기했다. 내게 가족은 할머니만 남았다.

폭력은 무조건 상흔을 남긴다. 그리고 상흔은 꼭 몸에만 남는 게 아니다.

하지만 이제 와서 내가 어쩔 수 있을까. 애초에 내가 할 수 있는 게 있긴 했나?

스마트폰을 꺼내 서우와의 채팅 방을 한참 들여다봤다. 서우는 어제 이후 연락이 없었다. 고개를 저어 애써 생각을 털어내고 504호로 올라갔다. 504호에서는 여전히 사람 냄새가 났고 덕분에 마음이 점차 가라앉았다.

오전 일을 마치고 나와 803호로 올라가기 전 혹시 몰라 우편함으로 내려갔다.

잃어버린 물건에 대해 사무실에 말하는 대신 여기에 따로 남겨놓지 않았을까 기대했는데, 우편함은 비어 있었다. 803호로 올라가 이번엔 제일 먼저 발코니로 향했다.

선반 앞에 바짝 엎드려 바닥을 보았다. 바닥은 먼지만 가라앉아 있을 뿐 별 다른 물건은 없었다.

바로 일어나려는데 문득 구석의 어두운 얼룩이 눈에 들어왔다.

얼룩은 문이 숨겨진 바닥과 닿아 있었다. 힘을 주어 물티슈로 닦아내니 거뭇한 먼지와 함께 적갈색 얼룩이 묻어났다. 처음엔 선반의 어떤 부분이 녹이 슨 건가 했다. 그러나 자세히 보니 익숙한 얼룩이었다.

분명 피였다. 내가 오지 않은 날 알 수 없는 경로로 생겨 거기서 굳어버린 핏자국이었다. 나는 한동안 물티슈에 묻어난 그 자국을 바라보고 있었다. 일을 시작하기까지 오랜 시간이 걸렸다.

일을 마치고 집으로 돌아가는데 전화가 왔다. 할머니였다.

"어, 할머니."

'보민아, 올 때 국간장 좀 사와.'

"국간장? 알겠어."

집 쪽으로 가던 길을 틀어 희망동물병원 사거리 방향으로 향했다. 평소엔 자주 못 가는 큰 마트가 근처에 있었다.

토요일이라 그런지 사람이 많았다. 화장품 가게 앞에서 호객 행위를 하던 여자가 나를 붙잡았다.

"오늘까지 50프로 세일이에요. 보고 가세요!"

여자가 내 손에 억지로 화장솜을 쥐어주었다. 나는 괜찮다고 어색하게 굴며 여자의 손을 빠져나왔다. 화장품 가게 입구의 큼직한 거울에 내가 비쳤다.

문득 뒤에 있는 사람들 틈에 솟아나온 단정한 포마드 머리가 눈에 띄었다. 한승조와 같은 스타일이었다. 돌아보았지만 특별히 눈에 띄는 사람은 없었다.

다시 마트를 향해 걸었다. 신경과민이었다. 지나는 사람들이 평범하게 보이지 않는 건 그런 이유 때문일 것이다.

마트는 입구를 활짝 열어두고 전단지를 덕지덕지 붙여놓았다. 할인하는 품목 중 삼겹살이 눈에 띄었다. 오랜만에 할머니랑 고기라도 먹을까.

카트를 끌고 안으로 들어갔다.

"어서 오세요. 오늘 삼겹살 30프로 세일합니다."

쩌렁쩌렁 외치는 목소리가 들렸다. 안에는 사람이 많아 시끄럽고 복잡했다. 카트를 밀고 나가는데 몇 번이나 멈춰야 했다.

할머니가 사오라 한 국간장을 찾으려고 왼쪽으로 카트를 틀었다. 순간 멀찍이 훅 지나가는 남자가 시야에 걸렸다. 정장차림에 포마드 머리.

나는 멈춰서 그쪽을 다시 보았다. 다정하게 팔짱을 끼고 지나가던 젊은 부부가 나를 이상하게 보았다. 고개를 저었다.

국간장을 집어넣고 정육 코너로 발을 돌렸다. 냉장 코너와 붙어 있어 갈수록 냉기가 뿜어져 나왔다. 고래고래 소리를 지르던 정육점 아저씨가 나를 보고 '어서오세요' 밝게 인사했다.

"삼겹살 한 근 주세요."

"잘라드릴까요?"

"네."

"잠시만요."

쾌활하게 대답한 아저씨가 안으로 쑥 들어갔다. 나는 유리 너머 붉은 조명 아래 쌓인 고기들을 의미 없이 훑었다. 그러다 문득 유리에 비치는 형체가 눈에 들어왔다. 정육 코너까지 직선으로 쭉 뻗은 뒤쪽에 정장 차림의 남자가 서 있는 게 보였다. 양 옆은 낮은 냉장고뿐이니 지금 돌아보면 누군지 알 수 있었다.

"자, 여기 있습니다."

고개를 돌리려던 참에 안으로 들어갔던 아저씨가 나와 고기를 내밀었다. 얼떨결에 받아들었다.

"파절이도 챙겨드렸어요."

아저씨가 눈을 찡긋하며 웃어 보였다. 어설프게 따라 웃으며 고개를 돌려보았지만, 이미 그쪽엔 북적이는 사람들뿐 정장 차림의 남자는 없었다.

가슴 깊숙한 곳에서 불안한 감정이 스멀거리며 올라왔다. 서둘러 마트를 빠져나왔다. 사거리는 여전히 복잡하고 사람이 많았다.

이대로 집에 가도 될까?

집 쪽으로 걸음을 옮기다 갈피를 못 잡고 우왕좌왕했다. 내가 예민한 것일 수도 있었다. 하지만 만에 하나, 자꾸 눈에 들어오던 그 남자가 정말 한승조라면?

전화가 울렸다. 액정에 '우리 할머니' 글자가 보였다.

"어, 할머니."

'국간장 하나 사오는 데 왜 이리 오래 걸려? 배고파 죽겠어.'

"어어, 금방 가."

할머니가 전화를 뚝 끊었다.

계산을 하고 나와 걸음을 서둘렀다. 그래, 이건 신경과민이다. 한승조가 무슨 이유로 일도 없는 토요일에 나를 쫓아다닌단 말인가? 집을 알아내려면 사무실로 전화 한 통 하면 그만일 텐데. 설령 완수 아저씨가 안 알려준다 해도 그러면 다른 수단으로도 얼마든지 알아낼 수 있을 것이다.

애써 마음을 가라앉히고 집으로 뛰듯이 걸었다. 멀리 할머니가 집 앞에서 서성이는 게 보였다. 무심코 할머니를 부르려다가 나도 모르게 뒤를 휙 돌아보았다. 골목엔 아무도 없었다.

"보민아!"

나를 발견한 할머니가 손을 흔들었다. 얼른 집으로 다가갔다.

"할머니, 왜 나와 있어?"

"왜 이렇게 늦게 와."

"주말이라 사람이 너무 많아서. 들어가요, 얼른."

괜히 초조해져서 할머니 팔을 잡아끌었다. 몸을 돌리던 할머니가 뭘 발견한 듯 내 어깨 너머로 골목 끝을 응시했다. 순간, 가슴이 덜컥 내려앉았다.

할머니의 눈길을 따라 돌아보았지만 방금 전처럼 아무것도 없었다.

"할머니, 뭐 봐?"

"이상하네. 아는 사람인가 했는데."

할머니가 고개를 갸웃거렸다. 나도 모르게 할머니 어깨를 붙잡았다.

"사람? 어떤 사람? 어떻게 생겼는데?"

"얘가 왜 이래."

"빨리 말해봐!"

소리를 지르자 할머니가 움찔 몸을 떨었다. 곧 할머니 입에서 한숨처럼 하이고, 탄식이 흘러나왔다.

"키가 멀대같이 큰 남자가 저기서 나한테 인사하는 것 마냥 고개를 까닥이잖아. 아는 사람인가 했지. 금세 어딜 갔나 몰라."

할머니가 대수롭지 않은 일인 양 어깨에 놓인 내 손을 치웠다. 나는 무력하게 손을 떨구었다. 손이 덜덜 떨렸다. 바스락거리는 소리를 들은 할머니가 내 손에서 봉지를 뺏어갔다.

"국간장 사오랬더니 웬 고기를 사왔대."

봉지를 들여다본 할머니가 심드렁하게 말하며 안으로 들어갔다.

확실한 게 하나 있었다. 진실과 상관없이 나는 궁지로 몰리고 있었다.

어떤 일이 있어도 선을 지키려 했던 건 평화롭게 살기 위해서였다. 남의 영역을 엿보고 싶지도, 나를 엿보이고 싶지도 않았다. 외딴 섬처럼 살아남을 수 있다면 불편함은 감수할 수 있었다. 그러나 그건 어디까지나 상대도 마지노선을 지켰을 때의 얘기였다. 이미 내 평화는 조금씩 깨지고 있다는 걸 깨달았다.

***

월요일에 504호 일을 마치고 나온 나는 1동이 바로 보이는 정원에 앉았다.

스마트폰을 꺼내 서우에게 메시지를 보냈다.

'어제 서아를 봤어요.'

우선 그 말부터 했다. 전송을 누르자 채팅 창에 메시지와 읽음 표시 숫자 1이 떴다. 숫자 1은 한참 사라지지 않고 자리를 지켰다.

'그리고 저 잘렸어요.'

또 전송 버튼을 눌렀다.

'지금 804호에 들어갈 거예요. 다시 연락할게요.'

마지막으로 보내고 전원 버튼을 꾹 눌렀다.

채팅 창에 있던 숫자 1이 사라지는 게 보였다. 전원이 꺼지며 화면이 어두워지는 동안 스쳐가듯 본 거라 확신할 수 없었다. 나는 1동으로 걸음을 옮겼다.

804호 문 위에서 여전히 텅 빈 눈동자 같은 CCTV가 현관 앞을 비추고 있었다.

지금도 여길 보고 있을까? 아직 갖고 있는 카드키를 찍고 804호로 들어갔다.

동시에 혹시나 유경과 마주칠까 봐 마음의 준비를 했다. 그러나 804호는 텅 비어 있었다. 내가 일할 때 유경이 자릴 비운 건 일부러 그런 게 아니라 실제로 정해진 스케줄을 따른 모양이다.

거실을 휘 둘러봤다. 모든 게 그대로였다. 이젠 이 공간을 마주하는 것만으로도 마음이 서늘하게 식었다. 나는 망설임 없이 서재 쪽으로 걸음을 옮겼다. 위잉, 하는 홈카메라 소리가 들렸다. 어디서 나는 건지 귀를 세웠지만 거실 방향이라는 것 외에 정확한 위치는 종잡을 수 없었다.

서재는 깔끔하게 정리된 그대로였다. 책상 위를 확인했다. 보란 듯이 두 개 나란히 놓여 있던 USB는 다시 한 개가 되어 있었다.

나는 손을 뻗다 말고 USB를 물끄러미 쳐다보았다. 머릿속이 갑자기 차분하게 가라앉으면서 순식간에 생각들이 들이닥쳤다. 돌이키려면 지금이어야 했다. 내가 뭔가를 놓친 게 아닐까? 지나치게 냉정을 잃었던 건 아닐까?

그가 정말 내게 경고한 거라면 물러서는 게 맞는 길일지도 모른다.

문득 이제는 기억도 흐릿한 엄마 얼굴이 떠올랐다. 폭력은 결코 한 번으로 끝나지 않는다.

나는 USB를 들어 주머니에 쏙 집어넣었다. 나도 모르게 숨을 참고 있었는지 주머니가 USB 무게만큼 묵직해지자 숨이 탁 트였다.

거친 숨이 흘러나왔다.

서재에서 나와 서아 방 앞에 섰다. 습관처럼 문고리를 잡아 돌렸지만 잠겨 있었다. 가까운 곳에서 위잉, 기계 소리가 들렸다.

복도를 빠져나와 현관으로 뛰듯이 걸었다. 이번엔 좀 더 가까운 곳에서 위잉, 소리가 들렸다. 마치 내가 걷는 그대로 소리가 쫓아오는 것 같았다. 다리가 뻣뻣해졌다. 이를 악물고 현관을 뛰쳐나왔다. 엘리베이터를 기다리면서 스마트폰 전원을 눌렀다. 뒤에서 이상한 소리가 났다. 귀를 기울여야 들을 수 있는 미세한 기계음이었다. 804호 CCTV라는 데 생각이 닿았다. 마침 도착한 엘리베이터에 도망치듯 몸을 실었다. 뒤는 돌아보지 않았다.

스마트폰을 꺼내 메시지를 확인했다. 서우에게서 사진과 함께 메시지가 들어와 있었다.

'도망쳐요.'

사진에는 1동 4호 라인에 주차된 한승조의 검은색 벤츠가 찍혀 있었다. 그걸 들여다보다가 의미를 깨닫는 순간 발끝에서부터 소름이 올라왔다.

급하게 엘리베이터 화면을 확인했다. 7층을 막 지나고 있었다.

한승조는 어디에 있을까. 주차장에서 엘리베이터를 기다릴까? 그렇다면 그냥 원래대로 1층으로 나가면 되는 일이다. 아니면 여기까지 계산하고 1층에 있진 않을까. 혹시 계단에서 동향을 살피고 있는 건 아닐까.

손끝이 떨리기 시작했다. 엘리베이터는 이제 막 6층을 지나고 있었다. 나갈 길을 빨리 정해야 했다. 5층까지 내려온 엘리베이터가 갑자기 땅 소리를 내며 멈췄다.

내 마음도 덜컥 내려앉았다. 문이 서서히 열리며 안에 있는 사람과 눈이 마주쳤다.

"지호 씨?"

김지호였다. 그가 왜 여기에?

"내리세요, 보민 씨."

"네?"

"빨리요."

느닷없는 말이었지만 나도 모르게 엘리베이터에서 내렸다.

지호는 엘리베이터가 닫히고 내려가는 것까지 확인한 후 504호 문을 열었다.

"들어오세요."

지호가 나를 돌아보았다. 상황 파악이 안 되어 얼떨떨하게 쳐다보자 그가 내 팔을 잡아끌었다. 쿵, 문이 닫혔다.

"미안해요. 놀랐죠?"

팔을 가만히 놔준 지호가 걱정스럽게 물었다. 내가 답을 구하는 눈빛으로 쳐다보자 그가 긴 한숨을 내쉬었다.

"일단 들어가서 얘기해요."

지호의 목소리는 몹시 가라앉아 있었다. 나를 소파에 앉히고, 그는 주방으로 가서 핫초코를 타왔다.

"진정하는 데는 커피보다 나을 것 같아서요."

맞은편에 앉은 지호가 그렇게 말하고 에어컨을 켰다.

우리는 한참 동안 침묵했다. 나는 멍하니 앉아 핫초코가 담긴 잔을 손가락으로 쓸었고, 지호는 적당히 벌린 무릎만 물끄러미 보고 있었다. 갑자기 지호의 스마트폰이 요란하게 울렸다.

"어, 그래. 집이야."

기다렸다는 듯 전화를 받은 지호가 몸을 일으켰다.

"잠깐만."

현관문으로 곧장 나가더니 문을 열었다. 나는 갑작스러운 상황에 놀라 현관을 돌아보았다. 문이 열리고 불쑥 들어온 사람이 급하게 온 듯 거칠어진 호흡을 몰아쉬더니 나를 똑바로 보았다.

"누나."

한서우였다. 나는 벌어진 입을 다물 생각도 못 하고 눈을 깜박거리기만 했다.

한서우와 김지호.

생각도 못 한 조합이었다.

운동화를 아무렇게나 벗어둔 채 서우가 거실로 성큼성큼 걸어 들어왔다. 지호는 문틈으로 고개를 내밀어 둘러본 뒤에야 들어왔다.

"내가 얼마나 놀랐는지 알아요? 이렇게만 보내면 어떡해요!"

맞은편에 풀썩 주저앉은 서우가 스마트폰을 들이밀며 소리쳤다.

얼굴이 상기되어 있었다. 지호가 진정하라는 듯 서우의 어깨를 꾹 쥐었다.

나는 서로에게 이미 익숙한 사이로 보이는 둘을 번갈아 보았다. 지금이야말로 입을 떼야 했다.

"……뭐예요, 둘이?"

내 말을 듣고서야 서우와 지호가 서로를 힐끔 보았다. 누가 얘기할지 눈치를 보는 듯했다.

잠시 후 지호가 서우에게 고개를 끄덕였다. 설명할 사람은 지호로 보였다.

그러나 누가 말해주든 그건 중요해 보이지 않았다. 중요한 건 내가 왜 이 두 사람과 한 공간에 있어야 하는 건지 알 수 없다는 것이다. 어쩌다 이런 비밀스런 분위기에서 마음을 졸여야 하느냐는 것이다. 내 의지와는 아무 상관없이 갇혀버린 것 같은 참담한 기분을 느끼면서.

지호는 내 심정을 헤아릴 틈도 없다는 듯 바로 말문을 열었다.

"서우와는 작년에 처음 만났어요."

작년 겨울, 새벽에 느닷없이 서우가 병원으로 뛰어 들어왔다고 했다. 초주검이 된 고양이를 품에 안은 채였다.

지호는 병원을 운영한 3년 동안 그렇게 처참한 모습은 처음 봤다고 했다.

"사람이 작정하고 해놓은 거예요."

지호가 설명했다. 표정이 어두워졌다.

"차라리 찔렀다면 나았을 텐데……."

고양이 몸에는 칼로 단번에 찌른 게 아닌 비스듬히 찢어놓은 상처가 한가득이었다고 했다.

의도적으로 힘을 다 주지 않은 듯 상처들은 모두 얕고 자잘해서 그 꼴을 하고도 고양이는 숨을 쉬고 있었다.

"서우 얼굴이 눈물범벅이었죠."

지호가 서우를 보며 피식 웃었다. 억지로 짓는 쓸쓸한 미소였다. 서우가 '내가 뭐!' 하며 짧게 대꾸했다.

무거운 분위기를 풀어보려는 노력이 엿보였다.

나는 자연스럽게 그때의 상황을 상상했다. 피투성이가 되어 울고 있는 서우와 당황했다가 이내 분노가 치밀어 오른 지호.

"한승조 씨가 고양이를 키우게 됐어요?"

문득 떠올라서 물었다. 사실 승조나 유경 어느 쪽도 어울리지 않지만, 고르자면 승조 쪽이 훨씬 낯설었기 때문에 그의 이름을 댔다.

"그 사람이 서아 정서발달용으로 허락한 거예요. 오히려 엄마가 싫어했고요."

서우가 대답했다. 옆에 있던 지호가 '정서발달용'이라고 하는 부분에서 미간을 찌푸렸다. 잠시 얘기가 멈췄다. 지호가 우리를 살피더니 다시 입을 뗐다.

"제가 신고하겠다고 했어요. 그날."

고양이는 수술대에서 뭘 해보기도 전에 결국 숨을 거뒀다. 지호는 비통한 심정에 젖어 사무실로 서우를 불렀다고 했다.

"처음에 누가 이런 짓을 했냐고 물었을 땐 길에서 주운 고양이라 하더군요."

지호의 말에 서우가 머쓱한 듯 목덜미를 긁었다.

"말이 되는 소리냐고 했죠. 죽었는지 살았는지 분별하기도 힘든 길고양이를 이 새벽에 안고 달려온 것. 그 고양이 때문에 얼굴이 통통 붓도록 운 것. 길에서 주웠다고 해놓고 잠옷 차림인 것. 몇 번이고 고양이 이름을 부르며 애원한 것. 어디에서 납득해야겠냐고 했더니 그때 털어놓더군요."

"……."

"아빠란 사람이 그랬다고."

거기까지 말한 지호가 눈탁한 숨을 내뱉었다.

무거운 침묵이 우리 사이로 내려앉았다. 서우가 무릎에 올려놓은 양손을 꼼지락댔다.

"그거 아세요?"

지호가 나를 빤히 쳐다보고 물었다. 말없이 지호를 마주보았다.

"사람을 찌르고 해치는 대다수가 처음엔 동물로 시작해요. 살의에 길들여져 사람으로 옮겨가는 거죠."

진지한 표정으로 말하며 지호가 서우를 돌아보았다.

"도울 수밖에 없었어요, 저는."

그가 단호한 어조로 얘기를 끝맺었다.

나는 그의 말을 곰곰이 되씹었다. '도울 수밖에 없었다'니.

남의 일, 그것도 위험한 남의 일을 도울 수밖에 없어서 뛰어 들었다니.

살다보면 이해할 수 없는 무조건적인 선의와 오지랖으로 무장한 사람들을 종종 마주친다. 내겐 지호가 그런 사람으로 보였다.

"그럼 왜 저한테도 도와달라고 했어요?"

서우를 보며 물었다. 나는 이제껏 유경과 서우가 간절했던 건 대항할 사람이 둘뿐이어서 그렇다고 생각해왔다. 그렇게 생각하면 그들의 절망도 그나마 이해할 수 있었다. 유경은 길들여져 있고, 서우는 힘이 없으니까. 하지만 지호는 달랐다.

사회적으로 번듯한 신분에다 독립성을 갖춘 성인 남자였다. 왜 내가 필요했는지 이해할 수 없어졌다.

"그건…….."

지호와 서우가 서로를 바라보았다. 둘은 머뭇거렸다.

나는 주머니에서 USB를 꺼내 테이블 위에 탁, 소리 나게 올려놓았다. 지호와 서우가 동시에 USB를 보았다.

"전 지금 이걸 가지고 804호를 나왔어요. 한승조 씨 서재에서요."

힘을 주어 말했더니 둘이 의미 모를 시선을 교환했다.

"이유가 있었죠. 하지만 언제든 다시 돌려놓고 모른 척할 수 있어요. 전 이제 그 집 파출부가 아니니까."

사실 한승조의 눈에 띈 이상 불가능한 일인 걸 알고 있지만 애써 의연한 척 말했다. 서우의 눈이 흔들렸다.

"그게!"

서우가 상체를 앞으로 내밀며 말을 꺼냈다. 지호가 재빨리 팔을 들어 막았다.

지호의 눈치를 살핀 서우가 뒤로 물러났다.

"803호 때문이에요."

지호가 날 보며 말했다. 입을 다문 나는 그 말을 이해하려 애썼다. 번뜩 803호 발코니에 숨겨진 문이 뇌리를 스쳤다.

"저희는 거기 있을 거라고 생각해요."

내 표정을 살피던 지호가 짧은 침묵 뒤에 덧붙였다.

"서아가요."

감정을 최대한 억누른 목소리였다.

6

803호 집주인, 김민우가 사무실로 전화를 걸어온 건 내가 지호, 서우와 얘기를 나눈 다음 날이었다.

"잃어버린 물건은 찾았습니다. 신경 안 쓰셔도 됩니다."

그가 한 말은 그 한 마디가 전부였다. 아저씨는 그의 말투가 몹시 딱딱하고 사무적이었다고도 전해주었다.

전화를 끊고 난 후 나도 모르게 바지 주머니 깊숙이 넣어둔 USB를 확인했다.

손끝에 걸리는 차갑고 딱딱한 촉감이 마음을 가라앉혀주었다. 어제 803호 얘기를 듣고 나서 나는 USB에 대해 지호와 서우에게 털어놨다.

같은 물건이 803호에 있었던 것과 한승조가 보란 듯이 서재에 두 개를 나란히 놓았던 것.

USB 내용을 확인하는 것에 대해선 지호와 서우의 입장이 달랐다.

"지금은 확인하지 않는 게 나을 것 같아요. 내용을 봤다가는 돌이킬 수 없을 겁니다. 보민 씨가 위험해질 거예요. 무기로 쓸 생각이라면 일단 가지고만 있어요. 나중에 결정해요."

어제 지호가 내게 한 말이었다. 그때 USB는 테이블 위에 있었다.

세 사람은 한동안 USB에서 눈을 떼지 못했다. 누가 먼저 그 작고 빛이 나는 물건으로 손을 뻗을지 긴장하고 있었다.

서우가 답답한 듯 교복 넥타이를 거칠게 풀더니 테이블을 탕 소리 나게 내리쳤다.

"어차피 보려고 갖고 나온 거 아니에요? 그 사람이 이 시간에 왜 여기 있겠어요? 없어진 것도 알고 누구 짓인지도 알 텐데, 이미 위험한 거 아니냐고요. 그럼 당장 확인해야죠."

서우의 입장이었다. 분명 일리 있는 말이었다.

문득 한승조는 지금 어디에 있을까 궁금해졌다. 5층에 멈춘 뒤 내려온 엘리베이터 안에 내가 없는 걸 바로 봤을까?

아니면 1층이 아닌 다른 곳에서 대기하다가 날 놓쳤다고 생각하고 있을까?

504호 문을 열고나서는 순간 서아를 데리고 날 기다렸던 것처럼 또 기다리고 있을까 봐 겁이 났다.

"보민 씨가 결정하세요. 아까 말씀하신 것처럼 돌려놓고 모른 척하실 수도 있겠죠."

지호는 내 마음을 꿰뚫어본 것 같았다.

"어차피 그 사람은 이미 안다니까."

서우가 불퉁스럽게 반박했다.

나는 테이블 위에 놓인 USB를 물끄러미 내려다보았다. 내 의지로 가지고 나온 물건이긴 했지만 지호와 서우의 얘기를 들으면서 의지가 허물어졌다.

한승조가 무서운 사람이란 건 알았어도, 고양이를 난도질할 정도로 분별없이 잔혹한 사람일 줄은 예상하지 못했다. 오히려 교활한 뱀같이 능숙하고 잔인한 사람인 줄만 알았다.

이 일에 지호가 개입되어 있다는 사실도 혼란을 가중시켰다. 서우와 유경까지만 알았을 때는 그럭저럭 납득했지만, 지호는 온전히 믿을 수 없었다.

감정적인 서우의 태도도 마음에 걸렸다. 시한폭탄 같았다. 이쯤 되니 정말 USB만 제자리에 갖다놓고 해고된 파출부 자리로만 돌아간다면 돌이킬 수 있지 않을까, 하는 덧없는 기대도 스쳤다.

여기까지 생각하니 지호의 말대로 지금 내용을 확인하는 건 오히려 위험을 재촉하는 꼴이었다.

"지호 씨 말대로 일단 가지고 있을게요."

서우는 여전히 불만스러운 표정을 했지만 뭐라고 하진 않았다. 지호가 USB를 내 앞으로 슥 밀어주었다.

"그럼 도와주기로 하신 걸로 알고 있어도 되나요?"

USB로 손을 뻗는 나를 지호가 빤히 보며 물었다. 내 손이 허공에 멈췄다. 나는 지호의 눈을 피하지 않고 마주보았다.

"……803호에 대해서만 그럴게요. 단, 두 분이 제게 아무것도 숨기지 않아야 해요. 그래야만…… 해요."

지호가 고개를 끄덕였다. 나는 USB를 챙겼다. 서우는 아직도 불만스러운 표정이었다.

"내용이 뭔지도 모르는데 이게 어떻게 무기가 돼요? 보고 움직이는 게 낫지.”

“어쨌든 지금은 아냐.”

서우의 말에 지호가 딱 잘라 선을 그었다.

“그럼 대체 언제 되는데요?”

그 질문에는 지호도 답이 없었다.

그리고 오늘 아침 기다렸단 듯이 803호 김민우에게서 연락이 온 것이다. 잃어버렸던 물건을 찾았다고.

나는 803호에서 없어진 물건이 USB일 거라고 확신하고 있었다. 실제로 한승조의 서재에는 두 개였던 USB가 하나로 줄어 있었다. 이게 우연일까?

스마트폰을 꺼내 지호, 서우와 함께 세 명이 참여한 채팅 방으로 들어갔다. 서우가 만든 거였다.

“저랑 서우는 수요일 오전에 만나고 있어요.”

어제 헤어지기 전 지호가 알려주었다. 그제야 그의 진료 시간표에서 느꼈던 의문이 풀렸다. 동시에 여전히 지호는 이해할 수 없는 사람이란 생각이 들었다. 쉬는 시간을 할애하면서까지 생판 모르는 남을 돕다니. 그 이유가 고작 선의라니.

그만큼 믿기 어려운 선택으로 보였다. 그래서 온전히 지호를 믿어서는 안 된다고 머리 어느 한쪽에서 느린 속도로 깜빡이고 있었다.

“수요일 오전이 창의적 체험활동시간이거든요. 동아리나 봉사활동 같은 거.”

옆에 있던 서우가 내 표정을 살피더니 덧붙였다. 내 표정에 떠오른 의심을 다른 쪽으로 짐작한 것 같았다.

채팅 방에 803호에서 연락 왔다는 걸 쓸지 말지를 고민했다.

803호에 관련된 것만큼은 돕기로 약속했으니 알려줘야 했다. 그러나 내키지 않았다. 이게 정말 그 정도로 중요한 내용일까? 아니, 이런 이유는 다 핑계고 사실 적극적으로 돕는 게 아직도 내키지 않았다. 스마트폰을 주머니에 넣었다. 오늘 알아보려는 걸 다 알아보고 난 뒤에 연락해도 충분할 것 같았다.

오전 일을 마치고 여느 때처럼 우편함을 확인했다. 우편함은 비어 있었다. 문득 김민우가 왜 굳이 사무실로 전화를 했는지 궁금해졌다. 지금까지 지켜본 그는 자기 모습을 드러내는 걸 꺼려하는 사람이었다.

우편함을 확인하라 한 것도 같은 맥락이라 생각했는데, 전화를 한 건 의외였다. 오늘 오후면 내가 출근하니까 우편함에 넣어놨으면 되는 일이건만 굳이 왜 그래야만 했을까.

803호로 출근해, 먼저 가방을 정리하고 주방으로 향했다.

한낮인데도 회색 블라인드가 창끝까지 덮고 있어 집은 전체적으로 어두웠다.

쓰레기봉투에 쓰레기들이 아무렇게나 욱여넣어져 있었다. 일요일에 사온 유부초밥 포장박스와 생과일주스 병, 찢어내듯 벗겨낸 랩 같은 게 한데 뭉쳐 있었다.

분리수거를 하려고 쓰레기봉투를 헤집다가 하나씩 끄집어내기 힘들어 쓰레기봉투를 엎었다. 쓰레기가 쏟아지면서 날벌레 몇 마리가 날아다녔다.

재활용쓰레기를 따로 빼놓고 휴지뭉치 두어 개를 집어넣다가 문득 이상한 얼룩이 삐져나온 걸 보았다. 자세히 보지 않으면 알 수 없는 정도였다. 휴지 뭉치를 펼쳐보았다. 쓱 훑어낸 것처럼 묻은 핏자국이었다. 코피를 닦은 것처럼.

다른 휴지 뭉치들도 하나씩 펼쳐보았다. 나머지는 깨끗했다. 나는 스마트폰을 꺼내 자국이 묻어 있는 휴지를 찍었다. 이런 걸 사진으로 찍어보는 건 처음이었다. 그런 다음 차곡차곡 분리수거를 했다.

청소를 다 마치고 마지막으로 발코니로 향했다. 사실 오늘 확인하고 싶은 건 저번에 발견한 그 문이었다. 그걸 다시 봐야 마음을 다잡을 수 있을 듯했다. 물러서는 쪽이든, 뛰어드는 쪽이든 확실히 하고 싶었다.

뛰어들기로 결심해놓고도 마음 한구석에선 자꾸만 물러서라는 목소리가 들려서 괴로웠다.

선반을 옆으로 밀어냈다. 바로 문이 드러났다. 목구멍으로 침이 꿀꺽 넘어가는 게 느껴졌다. 목덜미부터 어깨까지 긴장으로 굳어 뻣뻣했다.

스마트폰을 꺼내 옆에 밀어낸 선반까지 같이 보이게 문을 사진으로 찍었다.

후, 길게 심호흡을 하고 문고리를 잡았다.

서아 방처럼 문고리 위에 잠금장치가 하나 더 있었다. 덜컥 소리가 나며 문고리가 헛돌았다. 당연히 걸려 있을 거라고 짐작했지만, 잠긴 걸 확인하자 한편으로 아쉬웠다.

한 번 더 숨을 길게 들이마시고 이번엔 노크를 했다. 똑똑.

생각보다 가벼운 소리가 났다. 여기에도 반응이 없었다. 이번엔 어깨로 문을 쿵 밀어보았다. 문은 생각보다 견고한 듯 어깨로 찌릿하는 통증이 일었다.

문 안은 처음엔 조용한 것 같았다. 그러나 점차 희미한 소리가 들리기 시작했다. 목소리 같기도 하고 울음소리 같기도 했다. 소리가 담고 있는 의미는 알 수 없었다.

문에 귀를 바짝 가져다댔다. 소리가 아득히 먼 곳에서 나는 것처럼 들렸다. 힘을 다해 분간하려고 애썼지만 실패했다. 사람 목소리인지조차 자신이 없었다. 작고, 멀고, 미세한 파닥거림 같은 소리였다. 기묘한 기분이 들었다. 서아일까?

선반을 다시 문 앞으로 옮긴 후 아무렇지 않게 발코니를 청소했다. 머릿속엔 색이 다른 레고 블록을 엎어놓은 것처럼 모든 단서들이 뒤죽박죽으로 흩어져 있었다.

일을 끝내고 채팅 방에 차례차례 사진을 올렸다. 작은 핏자국이 묻은 휴지와 발코니 선반 뒤쪽의 문을 찍은 사진이었다.

보내고 나니 짐을 덜어낸 듯 마음이 후련했지만, 그건 아주 잠깐이었다. 내가 확인할 읽음 표시 숫자는 이제 1에서 2가 되어 있었다. 2 중에서 1이 곧장 줄어들었다.

'이게 뭐예요?'

서우였다.

'803호에서 봤어요, 오늘.'

엄밀히 말하면 문이 있다는 건 이전부터 알고 있었지만 그렇게 썼다. 읽음 표시 숫자가 2에서 한 번에 없어졌다.

'저거 피예요? 저 문은 어디 있는 건데요?'

서우의 메시지가 뜨자마자 바로 지호의 메시지가 올라왔다.

'한승조 씨보다 803호 집주인에 대해서 먼저 알아봐야 될 것 같네요.'

나는 그의 메시지를 찬찬히 읽었다. 다 읽은 뒤 다시 한 번 더 읽었다.

분명한 것들이 생겼다. 사진은 모두 의심을 살 만한 것들이었고, 우리 셋은 말하지 않아도 똑같이 분명한 암시를 받고 있었다.

지호의 말대로 해야 한다는 확신이 마음속에 서서히 번졌다. 거기서부터 시작해야 했다.

***

퇴근하려고 1동을 나서는데 정면으로 보이는 벤치에 승조가 앉아 있었다.

눈이 마주쳤다. 나는 놀라서 멈춰 섰다. 그의 눈에 나는 부자연스럽게 어깨를 떠는 모습이었을 것이다. 아랫입술을 지그시 깨물었다. 가슴이 쿵쾅쿵쾅 뛰었다. 마치 온몸에서 심장이 뛰는 것 같았다.

"안녕하세요."

그가 입꼬리를 끌어올려 웃었다. 눈은 웃지 않은 채 나를 뚫어져라 관찰하고 있었다.

순간 나는 그가 분명 CCTV나 홈카메라 영상을 가지고 왔을 거라 생각했다. 그걸 빌미로 나를 협박하고 USB에 대해 추궁할 거라고.

"안녕하세요."

고개를 숙여 인사했다.

"퇴근하시나 봐요."

"네."

침묵이 내려앉았다. 그가 말을 더 꺼내길 기다렸지만 조용했다. 나는 다시 고개를 숙였다.

"그럼 이만."

돌아서려고 걸음을 떼는데 승조가 벤치에서 일어나 내 쪽으로 걸어왔다.

"제가 말을 꺼내길 기다리시네요."

그가 나를 힐끔 내려다봤다. 내가 당황하는 걸 스스로도 느낄 수 있었다.

"네?"

겨우 목소리를 짜내듯 되물었지만 미처 다듬지 못해 쉰 목소리가 새어나왔다. 승조는 뱀 같은 눈으로 나를 빤히 보았다.

"하긴 우리 할 얘기가 있죠."

"무슨 말씀이신지……."

드디어 올 게 왔다고 생각했다. 그러나 그의 입에서 나온 말은 의외였다.

"저희 집 일을 그만두셨다고 들었습니다."

나도 모르게 또 '네?'를 외칠 뻔했으나 이번에는 꾹 참았다.

"아쉽네요. 잘해주셨는데."

승조가 날 보며 웃었다. 의연한 척 서 있는 것까진 할 수 있었지만 마주 웃는 것까진 무리였다. 나는 어설프게 고개를 주억거렸다.

그는 또 한참 조용하게 있었다. 적막한 틈으로 퇴근하는 차들이 내는 소리, 초여름 바람이 아파트 정원을 파도처럼 훑고 가는 솨, 하는 소리, 멀리서 아이들이 까르르 웃는 소리들이 들렸다.

이번엔 길게 기다릴 수가 없었다. 아직 내가 걸친 바지 주머니 깊숙한 곳에 그의 USB가 있었다.

"저 그럼 이만 가보겠습니다."

다시 고개를 숙였다. 쐐기를 박듯이. 승조는 이번엔 날 붙잡지 않았다.

돌아서서 걸음을 뗐다. 느리지도, 빠르지도 않게. 항상 그랬듯이.

"남보민 씨."

뒤에서 나지막하게 나를 부르는 소리가 들렸다. 낮게 가라앉은 목소리였다.

돌아보니 승조가 아까 그 자세 그대로 나를 보고 있었다. 그가 어떤 앙심도 없이 편하게 웃는 것처럼 보였다. 아니, 저게 웃는 걸까. 내 눈엔 기계적으로 눈과 입가가 따로 움직이는 것처럼 보였다. 입은 웃고, 눈은 노려보고.

"마음을 확실히 하는 게 좋을 겁니다."

앞뒤를 다 잘라먹은 말이었지만 곧바로 알아들을 수 있었다. 가슴이 다시 쿵쾅거렸다.

무슨 말을 하시는 건지 물어야겠다고 생각했다. 그러나 입이 열리지 않았다. 승조는 한 번 더 여유롭게 웃고 난 다음 먼저 돌아섰다.

구두 소리가 저벅저벅 멀어졌다.

'키가 멀대같이 큰 남자가 저기서 나한테 인사하는 것 마냥 고개를 까닥이잖아. 아는 사람인가 했지.'

문득 지난주 토요일에 있었던 일이 생각났다. 할머니 목소리가 아직도 생생했다.

나는 바지 주머니에 손을 넣어 USB를 확인했다. 손톱 끝에 USB가 툭 걸렸다.

'내용이 뭔지도 모르는데 이게 어떻게 무기가 돼요? 보고 움직이

는 게 낫지.'

서우의 말이 귓가에 맴돌았다.

***

집으로 돌아오자마자 소파에 무너지듯 앉았다. 주방에서는 할머니가 저녁을 차리고 있었다.

지난주 토요일 일 이후로 나는 내내 할머니의 행동에 촉각을 곤두세웠다. 혹시 수상한 사람을 만나진 않았는지, 아니면 이상한 전화를 받지 않았는지.

멀쩡하게 밥을 차리고 오늘 폐지 줍다가 일어난 일에 대해 얘기하는 걸 보면 그런 일은 없어 보였다. 굳이 말을 꺼내서 확인하진 않기로 했다. 밥을 먹는 동안 계속 USB가 식은 밥덩이처럼 식도에 걸려 있는 기분이 들었다.

방으로 들어와 노트북을 켰다. 몇 년 전에 산 뒤로 한동안 프로그램으로 가계부를 쓰거나 영화를 보다가 구석에 처박아둔 것이었다.

전원이 느리게 켜지더니 윈도우 화면이 떴다. 잠시 고민했다. 내가 지호와 서우, 두 사람 없이 이 내용을 먼저 확인해도 되는 걸까. 그러나 곰곰이 생각해보니 전제가 틀렸다는 걸 깨달았다. 내가 두 사람 앞에서 내용을 확인하고 싶지 않았던 건 말 그대로 그 두 사람이 앞에 있어서였다. 위험을 무릅쓰고 꺼내온 USB의 내용을 곧장 공유하기엔 둘을 완벽히 믿지 않았던 것이다.

노트북 옆 포트에 USB를 꽂았다. 새 디스크 표시와 함께 폴더가 열렸다.

USB 안에는 '804호' 짧은 제목으로 된 폴더 하나만 있었다.

클릭해서 들어가니 하위 폴더 두 개와 텍스트 파일 하나가 드러났다. 폴더의 이름은 각각 '이유경', '한서아'. 텍스트 파일 명은 '패스워드'였다.

나는 맨 위에 있는 이유경 폴더를 열었다. 날짜별로 나열된 파일이 주르륵 떴다.

확장자 명을 보니 동영상이었다. 날짜는 작년 겨울부터 있었다. 매일 기록한 건 아닌지 날짜가 띄엄띄엄했다. 마우스 위에 얹은 손가락 끝까지 맥박이 두근두근 뛰었다.

할머니는 언제나 감당할 수 있는 일에만 접근하라고 했다. 이건 내가 감당할 수 있는 일일까. 망설이는 마음을 읽은 것처럼 스마트폰이 울렸다.

한숨 돌릴 겸 확인하니 지호, 서우와 함께 있는 채팅 방이었다.

'누나, 내일 누나 사무실에 연락해서 그 사람 정보 좀 알아올 수 있어요? 803호요.'

서우였다.

나는 서우의 메시지를 몇 번 읽다가 키패드를 눌렀다.

'알겠어요.'

전송버튼을 누르고 나서 다시 노트북 화면을 보았다.

'20181209_013526.mp4' 파일 위에 마우스 커서가 깜빡이고 있었다. 마우스를 움직여 이전 위치로 돌아갔다. 감당할 수 있는 일만. 그래, 그래야 했다. 803호 일을 돕기로 한 것만으로도 이미 충분했다.

막 노트북을 덮으려다 '패스워드' 텍스트 파일이 눈에 들어왔다.

파일 맨 끝 '크기' 항목에 1KB라고 표시된 게 보였다. 아주 작은 크기였다. 클릭하니 메모장 파일이 바탕화면 가운데로 떠올랐다. 거기엔 단 한 줄만 써 있었다.

'20140315'

나는 그 여덟 자리 숫자를 머릿속에 새기고 또 새길 것처럼 뚫어져라 보았다. 날짜라는 건 어렵지 않게 알 수 있었다. X자를 눌러 파일을 닫고 노트북을 덮었다.

또 스마트폰이 울었다.

'파이팅.'

서우가 움직이는 이모티콘과 함께 보낸 메시지였다.

읽음 표시 숫자 1은 그대로였다. 지호는 바쁜 모양이었다.

파이팅. 뭘 위한 파이팅일까.

나는 떠밀린 사람처럼 뒤로 누웠다. 피로가 파도처럼 몸을 덮었다.

7

출근하기 전 사무실에 들러 완수 아저씨에게 804호 카드키를 건넸다.

키를 받는 아저씨 표정이 심란해 보였다.

"할머니는 좀 어떠시냐?"

분위기를 전환하려는 듯 애써 표정을 밝게 지으며 물었다.

"많이 나아지셨어요. 다시 폐지 주우러 돌아다니시고요."

"또? 하이고, 그 양반. 가만있는 법이 없어."

내 말에 아저씨가 고개를 절레절레 저었다.

"저, 아저씨. 803호 말인데요."

애써 쾌활한 척하는 그의 얼굴을 살피다 입을 열었다.

"보여주셨던 파일 좀 다시 볼 수 있을까요?"

"그건 왜?"

"집주인이랑 연락을 좀 하고 싶어서요."

"803호 집주인?"

아저씨가 의아하다는 표정으로 나를 보았다. 나는 말없이 고개를 끄덕였다.

아저씨는 잠시 고민했다. 일을 소개할 때 편하게 보라며 내밀었던 때와 다른 태도였다. 그러나 곧 자리에서 일어나 파일을 가져다주었다.

"자, 여기."

아저씨가 파일을 건네면서 짧게 한숨을 쉬었다.

파일 앞면엔 힐스타운이라고 써 있었다. 파일을 열어보니 몇 주 전 소개받을 때 봤던 문서들이 그대로 있었다. 나는 803호 문서를 스마트폰 카메라로 찍었다. 집주인 김민우 옆 연락처 칸에 있는 번호는 휴대폰 번호가 아니라 일반 지역번호였다.

"보민아."

지켜보고 있던 아저씨가 나를 나직이 불렀다. 내가 김민우 휴대폰 번호에 대해 물어보려고 고개를 들던 찰나였다. 눈이 마주쳤다.

"연락하지 마라."

"네?"

"어차피 연락도 안 되겠지만."

아저씨의 표정이 진지했다. 나는 미간을 찌푸렸다.

"그게 무슨 말이에요?"

내가 되묻자 아저씨는 입을 다물고 나를 빤히 보았다. 시선을 피하지 않고 마주보자 그가 마른세수를 한 번 하더니 담배를 꺼내 물었다.

"803호 그 양반 좀 이상해."

대꾸 없이 다음 말이 나오길 기다렸다. 아저씨는 얼굴을 옆으로 돌리고 담배연기를 뿜었다. 담배연기가 아니라 한숨을 쉬는 것 같았다.

"몇 번 전화 오는 걸 받다 보니 아저씨 감이 그래. 네가 연락한다니까 하는 말이지만 사실 거기 번호도 없는 번호야."

"없는 번호요?"

"그래, 애초에 그 번호도 안 알려주려던 걸 받아 적은 거고."

나는 803호 문서를 물끄러미 보았다. '김민우' 이름이 눈에 들어왔다. 당신 대체 누구야?

"번호를 꼭 기록해야 되냐고 그러더라고, 그 양반이. 그때부터 영 거슬렸는데 갈수록 하는 짓이 요상해."

아저씨가 재떨이에 담배를 비벼 끄고 나를 보았다.

"돈이 꼬박꼬박 들어오니까 말 안 한 거야. 무슨 일인지는 몰라도 굳이 부딪치지 마라."

아저씨는 마치 내가 앞으로 하려는 일을 아는 사람처럼 말했다. 순간 목덜미가 서늘했다. 나는 손 안의 파일을 몇 번 만지작거렸다. 서아가 803호에 있을 거라던 지호의 말과 숨겨져 있는 문, 핏자국을 떠올렸다. 방법이 없을까. 그러다 아저씨가 없는 번호가 적혀 있는 파일을 주면서 굳이 왜 경고하는지 의문이 떠올랐다. 어차피 부딪힐 기회가 없을 텐데.

아저씨가 생각보다 꼼꼼한 사람이라는 데 생각이 닿았다.

"이저씨."

내가 부르자 아저씨가 나를 가만히 보았다.

"김민우 씨 진짜 번호 알죠?"

그 눈빛 안에 이미 답이 있었다.

7시 반쯤 사무실을 나섰다.

주머니 안엔 아저씨가 건넨 포스트잇이 있었다. 김민우가 간과한 건 우정인력 같은 조그만 인력사무실도 발신번호가 표시되는 전화기를 쓴다는 것이다. 일회성으로 다녀가는 사람이 많은 곳인 만큼 아저씨에겐 데인 경험이 많았다. 당연히 그런 부분에 민감했다.

"보민이 너는 못 당하겠다."

포스트잇에 적힌 김민우 번호는 맨 처음 번호를 안 알려주려던 때 바로 기록해둔 거라고 했다. 그러면서 아저씨는 덧붙였다.

"그 뒤에 오는 전화는 다 발신번호 표시제한이더라."

그 말 안에도 '굳이 부딪치지 말라'는 뜻이 숨어 있었지만 나는 모른 척 포스트잇을 받았다.

504호로 출근하니 현관에 익숙한 운동화가 놓여 있었다.

"왔어요, 누나?"

중문을 힘차게 열어젖히며 서우가 씩 웃었다. 어느새 그 목소리도 익숙하게 들렸다.

거실로 들어서니 지호가 소파에 반듯하게 앉아 있었다.

"이제 굳이 밖에서 따로 안 봐도 될 것 같아서요."

지호가 날 보자마자 말했다.

두 사람에게 더 이상 숨기지 말아달라고 한 건 나였는데도 그 말을 들으니 거북한 감정이 들었다.

서우가 자연스럽게 지호 옆에 앉았다. 내가 맞은편에 앉자 지호가 차를 내오겠다며 자리에서 일어났다. 맞은편에서 서우가 나를 물끄러미 보고 있었다. 부담스러워서 시선을 피하니 서우가 피식 웃었다.

"왜 이렇게 긴장했어요?"

그 말에는 서우를 똑바로 볼 수밖에 없었다. 내가 긴장을 했다고?

"긴장 안 했어요."

"에이."

단호하게 말했더니 서우가 장난스럽게 눈을 흘겼다.

마침 주방에서 나온 지호가 내 앞에 찻잔을 놓았다.

"얘기 끝나면 우린 바로 나갈 거예요. 너무 신경 쓰지 마세요, 보민 씨."

지호가 나를 달래듯이 말했다. 슬쩍 고개를 끄덕였다. 거북했던 감정이 조금 가라앉았다.

나는 아까 사무실에서 찍었던 사진을 액정에 띄우고 두 사람 앞에 내밀었다.

사진을 보려고 가까이 붙어 앉은 두 사람이 화면을 꼼꼼히 살폈다.

"여기 이 번호 진짜인가요?"

고개를 들고 지호가 물었다. 내색은 안 했지만 깜짝 놀랐다. 주머니에서 주섬주섬 포스트잇을 꺼내 건넸다.

"아뇨, 그건 없는 번호고 처음에 연락 온 번호를 따로 적어뒀더라고요."

지호가 그런 줄 알았다는 표정으로 포스트잇을 받았다.

"지역번호길래 아무래도 이상해서요."

내 표정을 살피며 지호가 덧붙였다. 속을 들킨 기분이었다.

"이걸로 뭘 할 건데요?"

서우가 지호 손에 들린 포스트잇을 힐긋 보았다.

"넌 좀 아는 거 없어?"

어깨를 으쓱이더니 지호가 되레 되물었다.

서우는 내 스마트폰을 테이블 위에 툭 내려놓더니 고개를 저었다.

"모르겠어요. 그 사람 주변 사람일 줄 알았는데……. 이름만 보고 어떻게 알겠어요? 나는 사진이라도 있을 줄 알았지."

퉁명스럽게 말하던 서우가 제 머리를 헝클어뜨렸다.

그 모습을 보다가 문득 떠오르는 게 있었다.

"유경 씨는요?"

그러자 두 사람의 움직임이 갑자기 멈췄다. 공기에 어색한 침묵이 섞였다.

"유경 씨라면 알 수도 있잖아요."

제3자인 지호나, 같이 살지도 않는 서우보다야 매일 승조와 살을 맞대고 사는 유경이 정보 면에선 훨씬 유리할 터였다. 또한 유경은 제일 처음 내게 도와달라고 말한 사람이기도 했다. 여기서 배제되어 있는 게 이상하다는 생각이 들었다.

지호와 서우는 뜻 모를 눈빛을 서로 교환했다. 교환했다는 게 맞을 것이다. 더 확신을 얻기 위해 나는 둘의 표정을 살폈다.

"숨기지 않기로 했던 거 잊었어요?"

나도 모르게 날이 선 말이 튀어나갔다.

지호가 작게 한숨을 쉬더니 포스트잇을 내려놓았다.

"유경 씨는 당분간 같이 할 수가 없어요."

체념이 섞여 있는 어조였다. 나는 지호가 허벅지 위에 놓은 양손을 힘주어 말아 쥐는 걸 보았다.

"엄마 상태가 안 좋아요. 종종 그래요."

서우가 재빨리 말을 이었다. 지호는 고개를 숙인 채 가만히 있었다. 나는 그의 정수리를 물끄러미 보다가 아랫입술을 지그시 깨물었다.

처음엔 은근히 부아가 치밀었다. 그럼 나는?

나는 이 일에서 완벽한 타인이었고, 그들을 도우면서 스스로 위험을 자초한 꼴이 되었다. 그렇다고 내게 이득이 있는 것도 아니었다. 그러다 불현듯 얼마 전 마주친 유경의 모습이 떠올랐다. 무기력하게 움츠러든 어깨와 체념에 잠긴 눈빛. 내내 신경 쓰였던 것들.

화가 점차 가라앉으며 걱정과 호기심이 슬금슬금 스며들었다. 유경의 상태가 안 좋다는 건 무슨 말일까. 그것도 한승조 때문일까?

거기까지 생각이 닿자 짙은 한숨이 새어나왔다. 인정하기 싫었지만 유경이 걱정되기는 했다. 그녀를 나도 모르게 신경 쓰고 막연히 호감을 품은 건 그 눈빛 때문이었다. 익숙한 눈빛. 나를 내내 괴롭힌, 그 빌어먹을 눈빛.

"……한승조 씨가 폭력을 쓰나요?"

내 말에 지호와 서우가 동시에 눈을 크게 떴다. 서우가 곧장 손을 내저었다. 지호는 얼이 빠져 있었다.

"그런 타입은 아니에요. 오히려 교묘하게 사람 미치게 하는 쪽이지. 그게 더 무섭다고요."

"하지만 그런 적이 있잖아요."

내가 서우의 팔뚝을 가리켰다. 지호가 서우 팔뚝을 힐긋 보았다. 서우가 씁쓸하게 웃었다.

"우리 엄만 그 사람 앞에서 칼로 재주 부리진 않거든요."

나는 서아 이마에 있던 멍을 떠올렸지만 입을 다물었다. 서우가 거짓말을 하는 것 같진 않았다. 서아가 그랬다는 것까지 말했다간 괜히 감정만 고조시킬 것 같았다.

"보민 씨가 도와주셔서 감사하게 생각해요. 큰 힘이 되고요."

지호가 분위기를 바꾸려고 했다. 차분한 표정이었다.

"서아가 있는 것만 확인하면 그땐 저희끼리 하겠습니다. 무슨 수를 써서라도 보민 씨가 그 이상 말려들지 않게 할게요."

반면 어조는 살짝 절박하기까지 했다. 나는 그의 얼굴을 가만히 보았다. 지호 당신에게는 이 일이 무슨 의미가 있는 걸까? 유경의 얘기가 나왔을 때, 그가 주먹을 말아 쥐던 모습을 떠올렸다.

어쩌면 그게 답일지도 모른다.

"알겠어요."

모른 척 고개를 끄덕였다. 이 호기심 역시 내게는 선을 넘는 일이다. 적어도 나를 말려들지 않게 해주겠다는 말만은 믿기로 했다. 실제로 지호는 날 한 번 구해준 사람이기도 하니까. 그때 한승조와 정면으로 맞닥뜨렸을지도 모른다고 생각하면 지금도 오금이 저렸다.

나는 지호 앞에 놓인 포스트잇과 내 스마트폰을 가리켰다.

"그럼 우리끼리 뭘 알아낼 수 있죠?"

지호가 포스트잇과 스마트폰 액정을 번갈아 보더니 머리를 쓸어 올렸다.

"글쎄요."

"여기서 쓸 만한 정보가 뭐 있어요? 번호밖에 없지."

서우가 손가락으로 포스트잇을 툭툭 쳤다. 지호가 고개를 끄덕였다.

"연락해보는 수밖에 없죠."

우리 사이에 잠시 침묵이 맴돌았다.

"누가요?"

내가 물었다. 지호가 포스트잇을 다시 집어 들었다.

"제가 할게요."

"그걸 왜 형이 해요? 차라리 누나가 낫지 않나?"

서우가 끼어들었다. 그 말을 듣고 고민해봤지만 어느 게 더 나은지 언뜻 판단이 서지 않았다.

지호가 고개를 저었다.

"내가 나아."

"왜요?"

"생각해봐. 번호를 숨기려고 한 사람이야. 그런데 보민 씨가 전화를 하면 어떻게 되겠어?"

서우가 입을 다물었다. 지호가 고개를 돌려 나를 보았다.

"제가 할게요. 최대한 많이 알아내려면 어떻게 해야 할지 고민을 해야겠지만."

그의 눈빛이 워낙 다부져서 나는 이끌리듯 고개를 끄덕였다.

포스트잇을 챙긴 지호가 자리에서 일어났다. 그러곤 데려다주겠다며 서우의 팔을 잡아끌었다. 서우가 얼떨결에 따라 일어났다.

"저도 바로 병원으로 갈 거예요."

지호가 내게 말했다.

"아, 좀. 가방 좀."

지호가 자꾸 잡아끌자 서우가 짜증을 부리며 소파 아래 놓인 가방을 어깨에 멨다. 나는 현관까지 둘을 따라갔다.

"아참!"

널브러져 있던 운동화 짝을 맞춰 신던 서우가 바지 주머니를 뒤적거렸다.

"이거요."

주머니에서 나온 건 힐스타운 카드키였다.

서우가 내 앞으로 내밀었다. 표면에 '804' 숫자가 보였다. 내가 말없이 카드키만 멀뚱히 보자 서우가 손을 더 뻗었다.

"받아요."

"이걸 왜……."

"쓸 일이 있을지도 모르잖아요."

지호가 옆에서 우리를 물끄러미 보고 있었다.

카드키를 보자마자 거절해야겠다고 생각했다. 하지만 '804' 글자를 보고 있자니 어쩌면 서우의 말이 맞을 수도 있다는 생각이 들었다. 처음엔 서우의 번호도 쓸 일이 없을 거라 단언했었지만 결국은 여기까지 오고 만 것처럼.

나는 804호 카드키를 받았다. 서우가 씨익, 웃었다.

"잘 부탁해요, 보민 씨."

현관문을 열고 지호가 나를 돌아보았다. 내가 눈을 끔뻑이자 그가 부드럽게 웃었다.

"오늘 저녁이요, 맛있게 해주세요."

장난스러운 말투였다. 지호가 나가고 서우가 내게 손을 흔들더니 따라 나갔다.

현관문이 쿵, 닫혔다. 그제야 내가 두 사람을 믿지 않기로 했던 게 기억났다.

***

유경이 날 해고한 뒤로 804호에서 일했던 월, 수, 금 오후는 완벽하게 자유시간이 되었다.

처음엔 할머니가 알게 될까 봐 다른 곳에서 시간을 때웠지만, 그것도 한계였다. 다행히 할머니는 일을 다시 시작한 이후론 낮 시간엔 집에 없었다. 왜 그런가 싶었는데, 몇 번 떠보니 한창 밝을 시간에 최대한 많이 돌아다녀야 한다고 했다.

오늘은 504호에서 퇴근하자마자 곧장 집으로 향했다.

내가 직접 알아내야 한다 생각했던 803호 일이 두 사람 손에 넘어가자 마음이 좀 편해졌다. 그리고 나니 집에 있는 804호 USB가 자꾸 눈에 밟혔다.

차라리 USB까지 두 사람에게 넘겨버리는 게 어떨까? 그러나 그러기엔 문제가 있었다. 한승조가 USB를 빼돌린 사람이 나인 걸 안다는 것이었다. USB는 방도를 찾기 전까진 내게 있어야 했다.

방 가운데 놓인 상 위에 노트북과 USB가 나란히 놓여 있었다. 출근하기 전과 똑같은 풍경이었다.

나는 그 앞에 앉아서 USB를 한 번 매만졌다. 밝게 빛나는 금색 USB 표면에 고민하고 있는 내 얼굴이 작게 일그러진 모양으로 비쳤다.

노트북을 켜고 USB를 꽂았다.

처음엔 충동적으로 804호에서 빼내온 이 물건이 무기가 될 수 있을 거라 생각했다. 하지만 그건 지호가 서우와 유경을 돕고 있다는 사실을 알기 전에 한 판단이었다. 그는 위험을 감수할 의지가 있었지만, 나는 달랐다. 803호에 대해 알아봐주는 게 끝나면 무사히 일상으로 돌아와야 했다. 거기까지만 할 생각이었다.

나는 USB에 있던 파일을 전부 선택해 바탕화면으로 복사했다.

생각할수록 USB를 계속 갖고 있는 건 내게 좋을 것 같지 않다는 판단이 섰다. 이미 한승조의 타깃이 되긴 했지만, USB 문제가 해결되고 일이 진행되면서 그가 지호의 존재를 눈치채면 내겐 더 이상 신경 쓰지 않을지도 모른다.

그러면 나는 그의 관심에서 벗어나 이전처럼 지내기만 하면 된다.

그럼에도 이 파일들을 복사한 건 혹시 모를 안전장치였다. 한승조는 철저한 사람이니까 내 판단이 틀릴 확률을 무시할 수 없었다. 이후라도 위험해지면 대항할 만한 뭔가를 갖고는 있어야 했다. 이건 내가 위험을 감수하고 빼온 무기였다.

바탕화면에 차례차례 이유경, 한서아 폴더와 패스워드 파일이 떴다.

나는 노트북에서 USB를 빼고 바탕화면을 한참 동안 물끄러미 보았다. 아무런 반응도 하지 않는 화면. 도대체 저 안에 있는 게 뭐야? 왜 그런 거냐고. 왜 내 눈앞에 있는 거냐고!

굳게 잠긴 서아 방의 문고리를 보았을 때처럼 그 폴더 안의 영상을 보고 싶은 충동이 불쑥 치밀었다.

'지금은 확인하지 않는 게 나을 것 같아요. 내용을 봤다가는 돌이킬 수 없을 겁니다. 보민 씨가 위험해질 거예요. 무기로 쓸 생각이라면 일단 가지고만 있어요. 나중에 결정해요.'

지호의 말이 환청처럼 떠올랐다.

'어차피 보려고 갖고 나온 거 아니에요? 그 사람이 이 시간에 왜 여기 있겠어요? 없어진 것도 알고 누구 짓인지도 알 텐데 이미 위험한 거 아니냐고요. 그럼 당장 확인해야죠.'

거기에 반박하던 서우의 말도 잇따라 메아리쳤다.

'마음을 확실히 하는 게 좋을 겁니다.'

한승조의 말까지.

마우스를 움직여 '이유경' 폴더를 클릭했다.

동영상 모양의 파일이 날짜별로 쭉 떴다. 맨 위의 '20181209_013526. mp4' 파일도 그대로였다. 그 위에 커서를 놓았다. 커서가 깜빡이며 나타났다 사라졌다를 반복했다.

'내용이 뭔지도 모르는데 이게 어떻게 무기가 돼요? 보고 움직이는 게 낫지.'

서우의 말이 바로 옆에서 듣는 것처럼 생생하게 기억났다. 홀린 듯이 파일을 클릭했다.

CCTV영상이었다. 천장 안쪽 구석에서 방 전체를 들여다보고 있는 구조였다. 야간촬영인지 흑백으로 보였다. 방은 가본 적이 없는 곳이었지만 낯설진 않았다. 한쪽 면이 다 책장이었다. 작은 침대도 있었다. 침대 아래쪽에 누군가 웅크리고 앉아 있었다.

나는 눈을 가늘게 떴다. 좁게 움츠러든 어깨가 낯설지 않았다. 유경이었다. 유경은 떨고 있었다. 치맛자락 아래 맨발이 눈에 들어왔다. 그 아래가 거뭇했다.

유경이 몸을 틀고 팔을 들면서 반짝이는 게 보였다. 칼이었다. 놀라서 눈을 홉떴다. 유경은 몇 번이고 팔을 들고 내렸다. 힘없이 흐느적거리는 몸짓이었다. 화면에서 섬광이 나타났다가 사라지기를 반복했다. 그녀의 치맛자락 아래 작게 보이던 거뭇한 얼룩이 점점 더 번져갔다. 몸의 떨림 역시 심해지고 있었다.

십 초, 십오 초 시간이 흘러가고 유경이 자리에서 비틀비틀 일어나려 했다. 그 와중에 몸을 가누기 힘든지 침대를 잡았다가 찬물을 뒤집어쓴 것처럼 화들짝 놀라며 손을 떼고 풀썩 쓰러졌다. 그리고 다시 비틀비틀 몸을 일으키더니 카메라 쪽으로 몸을 돌렸다.

나는 손을 들어 입을 막았다.

색이 없는 화면에서도 유경이 피투성이인 걸 알 수 있었다. 유경이 양쪽 팔을 힘없이 늘어뜨리자 한쪽 손에서 칼이 툭 떨어졌다. 헐벗은 발이 핏물 속에서 유독 창백해 보였다.

유경은 카메라를 똑바로 보면서 울고 있었다. 눈이 마주쳤다. 얼굴이 온통 눈물범벅이었다. 어깨는 하염없이 떨리고 있었다.

그녀의 발치에 놓인 건 엉망진창이 된 고양이였다.

8

영상이 다 끝나고도 한참이나 움직임이 없자 절전모드로 까맣게 변한 노트북 화면에 내 얼굴이 비쳤다. 충격과 두려움, 혼란으로 가득 찬 표정이었다.

언제부터였는지 나도 모르는 사이 입을 손으로 막고 있었다. 비명이 새어 나갈까 봐 두려워하는 사람처럼 보였다.

내가 지금 본 게 대체 뭐지?

영상 속에 있는 사람은 유경이 분명한데도 잘못 본 게 아닐까, 곰곰이 되씹었다.

'사람을 찌르고 해치는 대다수가 처음엔 동물로 시작해요. 살의에 길들여져 사람으로 옮겨가는 거죠.'

지호의 목소리가 머릿속에 맴돌았다. 나는 그 목소리를 부정하듯 고개를 저었다.

말도 안 된다. 유경은 그럴 사람이 아니다.

그러나 곧 마음 깊은 곳에서 반발심이 들었다. 유경이 그럴 사람이 아니란 걸 내가 어떻게 알 수 있지?

노트북을 그대로 쾅 닫아버렸다. 지호와 서우 얼굴이 뇌리에 스쳤다. 두 사람은 알고 있을까.

'유경 씨는 당분간 같이 할 수가 없어요.'

'엄마 상태가 안 좋아요. 종종 그래요.'

두 사람이 했던 말이 차례대로 떠올랐다 흩어졌다. 모든 게 혼란스러웠다. 노트북 옆에 놓인 USB가 눈에 들어왔다. 이걸 정리해둔 게 한승조라면 그는 무슨 의도로 갖고 있는 걸까?

스마트폰 벨소리가 울려서 화들짝 생각에서 벗어났다.

액정을 보니 '한서우' 이름이 떠 있었다. 벌써 오후 1시가 다 되어가는 시간이었다.

"여보세요?"

"누나."

전화를 받자 시끌시끌한 소리에 섞인 서우 목소리가 건너왔다.

"무슨 일이에요?"

나도 모르게 목소리에 불안감이 섞였다. 서우는 잠깐 침묵했다가 곧 작은 소리로 웃었다.

"이거 봐요. 또 긴장하고 있잖아요."

할 말이 없어 입을 꾹 다물자 서우가 웃음기가 남은 어조로 말을 이었다.

"점심 먹고 생각나서 전화했어요. 걱정돼서요."

여전히 시끄러운 소리가 섞여 들렸다. 북적북적한 학교 풍경이 자연스럽게 머릿속에 떠올랐다. 생기 넘치는 공간 안에서 쾌활하게 떠드는 서우.

우리가 지금 처한 환경을 생각하니 이질감이 느껴졌다.

"누나?"

내가 한참 말이 없자 서우가 의아한 듯 나를 불렀다.

"괜찮아요."

겨우 입을 떼 말하자 다시 침묵이 건너왔다. 곧 서우가 작게 한숨을 내쉬는 소리가 들렸다.

"카드키 준 거 말인데요, 너무 부담 갖지 마시라고요. 제가 막무가내였나 싶어서…… 원래 좀 그래요. 화나면 아무것도 안 보이고."

딱히 대꾸할 말을 찾지 못해 머뭇거리자 서우가 다시 웃었다. 웃음을 꾸며내는 소리처럼 들렸다.

"도와줘서 고마워요, 누나. 엄마나 저는 손도 못 썼던 일인데 이제야 뭔가 될 것 같은 기분이 들어요."

서우의 목소리로 '엄마'라는 말을 듣자 나도 모르게 흠칫 어깨가 떨렸다. 카메라를 똑바로 보고 서서 울던 피투성이의 유경이 떠올랐다.

"그럼 끊을게요. 들어가야 돼서."

서우는 내 침묵에 머쓱한 듯 통화를 알아서 마무리 지으려 했다.

"저……."

내가 얼른 입을 열었다. 서우가 멈칫하는 기색이 전화 너머로 느껴졌다. 나는 깊이 숨을 들이마셨다. 서우는 평소답지 않게 재촉하는 기색 없이 기다려주었다.

"고양이 말인데요. 작년 겨울, 그 고양이."

서우에게선 말이 없었다. 건너오는 시끌벅적한 소리로 전화가 끊어진 게 아니란 걸 알았다.

정말로 한승조 씨가 한 짓이 맞아요?

그 말이 목 끝까지 차올랐지만 끝내 입 밖으로 내진 못했다. 나는 괜히 헛기침을 하며 목을 가다듬었다.

"한승조 씨는…… 무슨 이유로 그렇게 한 거예요?"

잠깐 침묵이 흘렀지만 곧 자조 섞인 웃음소리가 들렸다. 나직하고 짧은 소리였다.

"미친 사람에게 무슨 이유가 있겠어요."

그렇게 말한 서우는 진짜 끊어야 된다며 더 말할 겨를도 없이 전화를 끊었다.

나는 황망한 심정으로 스마트폰을 붙들고 액정만 바라보고 있었다. 서우가 지금 말하는 게 다 연기라고 생각하긴 어려웠다. 그가 호흡 하나하나까지 조절하는 게 아닌 이상 이건 진실이었다. 그렇게 느꼈다. 머리가 지끈거리기 시작했다.

때마침 지호와 서우가 함께 있는 채팅 방에 메시지가 떴다.

'보민 씨, 내일 803호로 가시죠?'

지호였다.

나는 그의 메시지를 가만히 보다가 프로필을 눌렀다.

아무 사진도 없는 지호의 프로필과 까만 노트북 화면을 번갈아 보다가 '통화하기' 버튼을 눌렀다. 신호음이 어딘가 깊숙이 빨려 들어가는 것처럼 아득하게 들렸다.

＊＊＊

지호는 갑자기 보자는 말에 잠깐 놀란 듯했으나 순순히 알겠다고 대답했다.

그의 진료가 끝나는 8시에 동물병원 네거리에서 보기로 약속하고 전화를 끊었다.

기다리는 시간 동안 집에서 차분히 그에게 할 말을 정리하려 노력했지만 잘 되지 않았다. 6시 반쯤 들어온 할머니와 저녁을 먹고 시간 맞춰 집을 나섰다.

카페로 들어서니 지호는 이미 와 있었다. 시계를 보니 7시 50분밖에 되지 않았다.

"빨리 오셨네요."

서둘러 다가가 인사차 말을 건네자, 고개를 들고 지호가 편안하게 웃었다.

"일찍 끝내고 왔어요."

내가 고개를 갸웃거리는 걸 보며 지호가 일어났다.

"보민 씨가 이렇게 따로 부를 정도의 일이 뭔지 궁금해서요."

농담조로 던지는 말 같아도 내용은 가볍지 않았다.

우리는 카운터에서 음료를 주문하고 받아서 자리로 돌아와 서로 마주 앉았다. 지호는 다리를 꼬고 앉아 허리를 세우고 커피를 마셨다. 저녁 산책이라도 나온 것처럼 느긋한 태도였다. 나는 바싹 마른 입안을 적시기 위해 음료를 마셨다.

어떤 말로 운을 떼야 할지 입이 떨어지지 않아 일단 주머니에서 USB를 꺼내 테이블에 두었다.

지호의 표정이 곧장 긴장으로 굳었다.

"내용을 봤어요."

내 말에 지호가 눈살을 찌푸렸다.

"왜 갑자기⋯⋯."

"봐야 한다는 생각이 들었어요."

지호는 단호한 내 태도에 놀랐는지 잠시 말이 없었다. 길게 한숨을 내쉬고는 지호가 나를 똑바로 응시했다.

"뭐가 있던가요?"

나는 챙겨온 노트북을 테이블 위로 꺼냈다. 지호는 갑작스럽다고 느꼈는지 주춤 뒤로 상체를 뺐다. 켜진 노트북에 USB를 꽂고 자동으로 뜬 '804호' 폴더를 클릭하고 들어가니 '이유경', '한서아' 폴더와 '패스워드' 파일이 떴다. 내가 움직이는 대로 화면을 살피던 지호가 눈을 가늘게 떴다.

나는 '이유경' 폴더를 열어 문제의 동영상 파일을 클릭하기 전, 그의 얼굴을 보았다.

"어떻게 말씀드려야 하나 고민했는데 보여드리는 게 최선인 것 같아서요."

심상치 않게 들렸을 말에 그의 눈빛이 불안하게 흔들렸다.

나는 맨 위 동영상 파일을 클릭하고 노트북에서 물러나 앉았다.

화면에 시선을 고정하고 있던 지호는 눈을 부릅뜨더니 아랫입술을 지그시 깨물었다. 영상이 다 끝난 후에 찬물을 맞은 듯 지호가 머리를 마구 흔들었다. 그러고는 의식적으로 주변을 조심스럽게 살폈다. 주변엔 밝은 표정으로 재잘거리는 사람들밖에 없었다.

다시 고개를 수그린 지호가 창백한 얼굴로 마른세수를 했다. 모든 행동이 당황해서 허둥거리는 사람처럼 보였다. 그런 태도가 이미 알고 있던 걸 내게 들켜서 그런 건지, 아니면 전혀 몰랐던 사실을 알게 돼서 그런 건지 나로선 판단이 되지 않았다.

"알고 있었어요?"

내가 나직이 묻자 지호가 부스스 고개를 들었다. 고작 몇 분이 지났을 뿐인데 몹시 지친 표정이었다.

"전혀요."

그가 힘없이 고개를 저었다. 나는 잔을 감싸 쥔 지호의 손가락이 잘게 떨리는 걸 보았다. 그는 제 손에 고정된 내 시선을 눈치채고 손을 빼서 머리카락을 한 번 쓸어 올렸다.

"짐작은 했었는데…….."

들릴 듯 말 듯 작은 목소리였다. 나는 눈을 크게 떴다.

"짐작을 했다고요?"

내 말에 지호가 눈을 똑바로 마주쳤다. 진지한 눈빛이었다.

"고양이 몸에 있던 상처가 얕고 자잘하다고 했던 거 기억해요?"

나는 말없이 고개를 끄덕였다. 차라리 찔렀다면 나았을 거라고 했던 말까지도 생생했다. 지호가 가느다랗게 한숨을 내쉬었다.

"그건 의도적으로 고통을 주기 위해 한 짓이라는 뜻도 되지만, 치명상을 줄 만큼의 의지나 힘이 없다는 뜻도 돼요. 보민 씨는 모르겠지만, 작은 고양이라고 해도 단번에 죽이는 건 생각보다 버거운 일이거든요. 그래서 전 한승조 씨가 굉장한 악질이라고 생각했어요. 그 사람이 작은 고양이 하나를 못 죽일 만큼 악한 사람도 아니니 이건 의도적인 짓이구나 했죠."

거기까지 말한 지호가 아랫입술을 한 번 깨물었다 놓았다.

"그런데 한승조 씨에 대해 알아갈수록 이상하다는 생각이 들더라고요. 서우가 한승조 씨는 교묘하게 사람을 미치게 한다고 했던 말, 기억하죠?"

"네."

"그 말이 맞아요. 한승조 씨는 물리적으로 폭력을 휘두르는 타입이 아니에요. 눈에 보이게 행동하는 사람도 아니고요. 사람을 심리적으로 압박하고 통제하고 궁지로 몰아넣는 타입이죠. 그렇게 판단하고 나니 의문이 생기더라고요."

말을 끊고 지호가 나를 똑바로 쳐다보았다.

"고양이를 해친 게 과연 한승조 씨일까."

지호의 나직한 음성을 따라 발끝부터 소름이 끼쳤다. 내가 했던 생각 그대로였다. 나는 애써 음료를 한 모금 마시며 내 기분을 숨기고자 애썼다.

우리 사이엔 무거운 침묵이 맴돌았다. 지호가 남겨놓은 질문에 대한 답은 어느새 까맣게 덮인 노트북 화면 안에 있었다. 고양이를 해친 건 한승조가 아니었다.

"다른 파일도 봤어요?"

지호가 문득 생각난 것처럼 물었다. 나는 말없이 고개를 저었다.

지호는 노트북의 터치패드에 손가락을 얹어 화면이 다시 밝아지게 하고는 물끄러미 보기만 했다. 그의 표정을 보다가 패스워드 파일도 봤던 게 기억났다.

"그러고 보니 메모장 파일도 봤어요. 다른 건 안 봤지만."

"메모장? 여기 패스워드라고 된 거요?"

"네."

지호가 심각한 표정으로 손가락을 움직여 클릭했다.

"어디 비밀번호일까요?"

그가 그렇게 물어도 나는 대답을 할 수 없는 질문이었다. 낮에 서우와 나눈 통화가 떠올랐다.

"서우가 알지 않을까요?"

내 말에 지호가 입을 꾹 다물었다. 그는 다시 노트북 화면을 차근차근 살폈다. 표정만 봐도 무슨 생각을 하는지 확연했다. 서우라면 패스워드 파일뿐 아니라 다른 파일도 일일이 보자고 난리를 칠 터였다.

"나머지를 지우고 그 파일만 보여주면 어떨까요?"

내가 묻자 지호가 눈썹을 치켜떴다.

"이걸 다 지우자고요?"

"제 노트북에 따로 빼놨어요. 바탕화면을 보세요."

지호가 터치패드를 움직여 바탕화면을 살피고 나서 고개를 끄덕였다.

"그렇게 해요, 그럼. 우리는 아무것도 모르니까."

나는 그의 얼굴을 가만히 살폈다. 침착하게 가라앉아 있었지만 묵은 피로가 배어나왔다.

"다른 건 안 보고 싶어요?"

커피를 마시며 눈가를 꾹꾹 누르던 지호가 멈칫하고 나를 보았다. 눈자위가 조금 충혈되어 있었다. 그는 혀로 아랫입술을 적시더니 고개를 저었다.

"지금은 안 보는 게 좋겠어요. 한승조 씨 의도대로 휘둘리는 기분이 들거든요."

그의 말은 카메라를 똑바로 바라보고 울던 유경의 얼굴을 떠올리게 만들었다. 나는 납득한 것처럼 고개를 몇 번 끄덕였다. 사실 아직도 그 영상의 충격이 가슴 한편에 뻐근하게 자리하고 있었다.

지호는 다소 작위적인 내 고갯짓을 빤히 보다가 USB 속 폴더의 파일을 모두 지우고 패스워드 파일만 남겼다.

"사실 보민 씨에게 내일 803호에 가면 해달라고 부탁할 게 있었어요."

지호가 노트북을 탁 소리 나게 닫더니 내 쪽으로 내밀었다. 내가 표정으로 뒷말을 추궁하자 그가 부드럽게 웃었다.

"김민우 씨와 한승조 씨에 대해서 알아보고 있는데…… 좀 부족해서요. 혹시 그 집에 단서가 있지 않을까 했거든요."

나는 황량하고 어두운 803호 전경을 떠올렸다. 단서랄 게 있다면 진작 발견되고도 남았어야 했지만 거긴 아무것도 없었다. 오히려 발코니에 뜬금없이 놓여 있던 USB나 미세하게 핏자국이 묻어 있던 휴지를 발견한 게 의아할 정도였다.

지호는 내 생각을 짐작한 듯 가만히 웃었다.

"이제 의미 없는 부탁인 것 같아요. 이 패스워드에 대해 알면 나머진 더 알아볼 필요가 없을지도 모르겠어요."

정말 그럴까?

"그러기를 바라고요."

지호가 여전히 내 생각을 읽고 있는 것처럼 덧붙였다.

"알아낸 건 좀 있어요?"

나는 그가 알아냈다는 것들이 궁금해져 화제를 돌릴 겸 물었다. 지호는 가볍게 어깨를 으쓱였다.

"아직 별다른 건 없어요. 아, 하나 특이한 게 있었어요."

"뭔데요?"

"한승조 씨가 미국 출장을 자주 가는데 특별한 사유가 없어요. 일 정도 들쑥날쑥이고요. 명목상 출장일 뿐이지 업무상 출장이 아닌 것 같아요."

그 말에 나는 좀 놀랐다.

"어떻게 그렇게 자세히……."

말을 끝맺기도 전에 지호가 대답했다.

"서우가 한승조 씨 회사에 연락하면서 알게 된 거예요. 제가 더 자세히 알아보고 있는 거고요."

나는 머쓱해져서 말없이 고개를 끄덕였다. 지호의 입꼬리엔 여전히 잔잔한 웃음기가 묻어 있었다. 문득 다른 의문이 생겼다.

"근데 그게 서아랑 관련이 있어요?"

지호의 얼굴에서 서서히 웃음기가 가셨다. 그는 나를 물끄러미 보다가 조심스럽게 입을 뗐다.

"글쎄요. 여러 가지 알아가다 보면 관련이 되어 있다는 게 보일 수도 있으니까요."

차분한 어조였다.

***

지호와 함께 유경의 영상을 확인한 후 마음이 한결 나아졌다. 그가 짐작은 했었다고 말한 것도 위로가 되었다. '내가 처음부터 잘못 짚어왔던 건 아닐까' 하는 불안을 '그래, 이 정돈 비켜갈 수 있지' 정도로 납득하게 해주었기 때문이다.

고양이를 찌른 게 한승조가 아니었다고 해서 달라지는 건 없었다. 그는 여전히 제 딸을 아무도 모르는 곳에 감금하고, 집에는 수많은 CCTV를 달아 가족을 감시하는 학대범이었다.

지호와 헤어지고 집에 돌아와서도 유경의 눈빛은 내내 나를 괴롭혔다.

유경이 이쪽을 똑바로 바라보면서 울고 있던 얼굴이 잊히질 않았다. 그 눈빛은 나를 옴짝달싹 할 수 없게 옭아매고 발을 딛고 있는 현실에서 끌어내렸다. 내가 그 방의 CCTV가 되어 유경을 감시하는 기분마저 들었다.

잠에 들 시간쯤 되자 유경의 얼굴은 희한하게 변모했다. 나를 바라보고 울던 유경의 얼굴 위로 다른 사람의 얼굴이 겹쳐 어른거렸다. 맥이 펄떡거렸다. 방금 전에 본 것처럼 선명한 얼굴. 엄마였다.

엄마의 얼굴을 한 유경이 고양이를 찌르고 허옇게 드러난 종아리며 팔목을 피로 적신 채 나를 보며 울었다. 시야가 아찔하게 흔들렸다.

그러고 보니 피로 얼룩진 유경의 얼굴을 몇 번이나 떠올렸으면서도 이유에 대해선 생각해보려 하지 않았다. 그건 엄마 때문이었다.

엄마는 집을 나가기 직전, 이상한 행동을 보이기 시작했다. 처음에는 아주 사소한 일들이었다.

어느 날 유치원을 갔다 돌아오니 엄마가 집에 없었다.

"엄마!"

마당으로 뛰쳐나가다가 구석에 웅크리고 앉은 엄마의 등을 보았다.

"엄마, 거기서 뭐해?"

나는 한결 안도하며 그쪽으로 다가갔다. 부산스럽게 움직이던 엄마의 움직임이 뚝 멎었다. 엄마가 귀신을 본 것 같은 표정으로 나를 돌아보았다.

"어, 보민아……."

엄마가 입은 카디건 소매 끝과 얼굴이 온통 흙투성이였다. 엄마는 맨손으로 흙구덩이를 파고 있었다.

그때 나는 어린 마음에 엄마도 두꺼비집 놀이를 하나? 엉뚱한 생각을 했다.

그러다 흙구덩이에 놓인 물건이 눈에 띄었다. 아빠의 작업복이었다. 중견기업의 생산라인 공장에 출근할 때마다 입는 작업복은 아빠에겐 성공과 출세의 상징이었다. 가슴 부분에 큼직한 기업 로고가 박혀 있었다. 아빠가 술자리에 갈 때마다 꼭 입고 가는 옷이기도 했다. 사정이 고만고만한 술친구들 사이에서 자신을 뽐내기 위해서였다.

"아빠 옷 버리는 거야?"

나는 불안하게 물었다. 아빠가 알면 가만히 안 있을 텐데.

엄마는 화들짝 놀라 흙구덩이에 넣은 아빠 옷을 꺼내들었다. 사이사이에 낀 흙덩어리들이 후두둑 떨어졌다.

"아니, 아니야. 들어가자."

엄마가 내 등을 떠밀었다. 갈 데 잃은 눈빛이 흔들리고 있었다.

그닐도 아빠는 그 작업복을 꺼내 입고 술을 마시러 나섰다. 돌아와서 폭언을 내뱉고 손찌검을 시작하는 건 당연한 수순이었다.

나는 한동안 혹시라도 작업복이 흙구덩이에 있다 나온 걸 눈치채지 않을까 아빠를 관찰했다. 다행히 그런 일은 없었다. 그냥 지겨운 폭력만 반복해서 이어질 뿐이었다.

제일 선명한 기억은 엄마가 집을 나가기 바로 하루 전 일어난 일이었다. 유치원에서 집으로 들어오자 집에서 술 냄새가 진동을 했다.

나는 코를 틀어막고 안으로 들어갔다. 머리가 빙글빙글 돌았다.

"엄마?"

엄마는 주방에 있었다. 내가 불렀는데도 등을 돌린 채 멍하니 앉아 있었다.

"엄마, 나 왔어."

내가 쪼르르 달려가서 어깨를 툭 치자 엄마가 놀라운 속도로 나를 돌아보더니 손을 획 들었다. 손에서 뭐가 반짝 빛났다.

깜짝 놀란 나는 그게 뭔지도 모르고 눈을 질끈 감았다. 침묵이 이어졌다.

조심스럽게 눈을 뜨자 손을 바닥에 축 늘어뜨린 엄마가 부들부들 떨고 있었다.

"엄마."

"어, 보민이 왔니?"

엄마가 차분하게 가라앉은 목소리로 묻더니 떨리는 손가락으로 머리를 쓸어 올렸다. 다른 쪽 손에 쥐어진 유리조각이 보였다.

그제야 어깨 너머로 엉망이 된 바닥이 보였다. 깨진 유리조각들이 널브러져 있었다. 초록색 조각들은 눈에 익었다. 둥그런 병 주둥이를 보고 나서야 알았다. 소주병이 깨진 흔적이었다.

"엄마, 이게 뭐야?"

내가 묻자 엄마는 화들짝 놀라 돌아보더니 '어, 엄마가 실수로 깨뜨렸네' 하고 중얼거렸다.

손 씻고 방에 들어가 있으면 간식을 준다고 해서 찝찝한 기분을 거두고 욕실로 들어갔다.

엄마가 빗자루로 유리 조각을 쓸어내는 소리가 들렸다.

신경질적으로 돌아보던 엄마의 눈빛은 오랫동안 뇌리 속에 남아 나를 괴롭혔다. 핏발이 곤두서고 흰자위가 번들거리는 눈이었다. 그 날은 악몽을 꾸었다.

그게 엄마와 보낸 마지막 밤이었다. 아침이 밝고 나니 엄마는 어디에도 없었다. 그리고 앞으로도 볼 수 없었다.

내가 그 일들이 내포한 의미를 알아챈 건 훌쩍 자라고 난 뒤였다. 그때 엄마는 미쳐가고 있었다. 엄마의 속에서 자란 그 '덩어리'는 시간이 지날수록 몸집을 키우고 결국 그녀를 잡아먹으려 들었을 것이다. 악몽을 꾸게 했던 마지막 날을 떠올리면 가슴을 칼로 베이는 아픔을 느꼈다.

그날 무심코 딸을 향해 유리조각을 치켜들었던 그녀가 느꼈을 절망을, 나는 감히 헤아릴 수 없었기 때문이다.

잠에 들기 전 자리에 누워 채팅 방 화면을 한참이나 들여다보았다.

'같이 USB 내용을 확인해보고 싶어요.'

지호의 뜻에 따라 아까 같이 있을 때 내가 보낸 메시지였다.

그때로부터 20분쯤 시나 서우가 답을 보냈다.

'좋아요! 빨리 모여요. 시간 맞춰서 잠깐 나갈게요.'

그 뒤로 지호가 내일 자신의 퇴근시간에 맞춰 병원에 모이자고 제안한 메시지가 있었다.

서우는 석식 시간을 틈타 들르겠다고 답을 보냈다.

나도 퇴근 후 바로 가겠다고 한 뒤로, 다른 메시지는 없었다.

USB에서 이미 이유경, 한서아 이름으로 된 폴더를 지운 상태였지만, 영상을 보면 서우의 반응이 어떨지 내심 궁금하기도 했다. 그러나 곧 고개를 저어 생각을 털어냈다. 그간 서우가 보여준 모습을 생각하면 영상을 본 서우의 반응은 애써 짐작하지 않아도 자연스럽게 그려졌다.

다른 파일이 궁금한 건 나도 마찬가지였고, 지호 역시 분명 그럴 테지만 그의 말대로 지금은 아니었다.

가슴이 쿵쾅거려 도무지 잠이 오질 않았다. 내일을 기점으로 많은 게 바뀔 거란 예감이 들었다.

***

짐작대로 다음 날 출근한 803호에 특별히 눈에 띄는 건 없었다.

다만 평소와 달리 이번엔 우편함에 편지가 있었다.

'오늘 퇴근할 때 쓰레기를 버려주세요.'

컴퓨터로 타이핑한 글자였다. 그전까지 언제 버리라고 정해준 날이 없어 정리만 해둔 채로 쓰레기가 계속 늘어나는 상황이라 반가운 지시였다. 803호 다용도실 한구석에는 아직도 피 묻은 휴지가 담긴 봉지가 그대로 있었다.

퇴근하면서 모아놓은 쓰레기를 버리고 나니 산뜻한 기분마저 들었다. 희망동물병원으로 향하는 발걸음이 한결 가볍게 느껴졌다.

특별히 눈에 띄는 게 없다는 게, 특별히 달라진 게 없다는 게 이렇게 사람의 마음을 가볍게 할 줄은 몰랐다. 그러나 그건 감정을 가장한 것에 불과했다. 여전히 803호는 그 자체로 특별한 무엇이었고, 그게 뭔지 모른다는 것 때문에 803호는 갈수록 특별해지고 있었다.

간호사의 안내를 받아들어선 동물병원 응접실에는 이내 서우가 와 있었다.

지호는 테이블에 노트북을 세팅하는 중이었다.

"누나, 왔어요? USB는요?"

서우가 나를 보고 자리에서 벌떡 일어났다. 지호가 닫힌 문을 한 번 보더니 그를 향해 조용히 하라는 제스처를 했다. 서우가 일부러 목소리를 낮췄다.

"USB 갖고 왔죠?"

나는 대답 대신 주머니에서 금빛으로 빛나는 USB를 꺼내 내밀었다. 얼른 받아든 서우가 요리조리 둘러보더니 가슴을 쓸어내렸다.

"아, 긴장된다."

지호는 아직도 문가에 서 있는 나를 힐긋 쳐다보았다. 나도 그를 보았다. 우리는 말없이 눈빛을 교환한 뒤 약속한 것처럼 시선을 피했다.

내가 자리에 앉자 지호가 차를 내오겠다며 잠깐 밖으로 나갔다. 전원이 켜진 노트북만 테이블 위에 덩그러니 남았다.

"누나."

허벅지 위에 놓은 손끝만 만지작거리는데, 갑자기 시우기 니를 불렀다. 속삭이듯 낮은 목소리였다. 나도 모르게 가슴이 쿵, 하고 내려앉는 것처럼 놀랐다. 혹시 뭔가 눈치라도 챈 걸까?

고개를 들어 서우를 보니 양 볼이 발갛게 상기되어 있는 게 보였다.

"정말로…… 정말로 한 번도 안 봤어요? 이거."

서우가 USB를 들어 보였다. 나는 홀린 듯 빤히 보았다. 갑자기 머릿속에 유경이 울고 있는 얼굴이 스쳐갔다. 한 번 떠오른 얼굴은 속수무책으로 머릿속을 어지럽히기 시작했다. 내가 대답이 없자 서우가 나를 의아한 표정으로 응시했다. 식은땀이 날 것 같았다.

철컥 소리와 함께 다시 들어온 지호가 나를 구해줬다.

"여기요, 보민 씨."

내 앞에 찻잔을 놓고 지호가 심상치 않은 분위기를 눈치챈 듯 우리 둘을 힐끔거렸다.

"안 봤어요."

나는 아주 갑작스럽게 말했다. 목구멍에 걸려 있던 말이 견디다 못해 튕겨나간 것처럼.

"정말로."

그렇게 덧붙였더니 서우는 대수롭지 않다는 듯 고개를 끄덕이기만 했다. 오히려 지호가 놀란 얼굴로 나를 돌아보았다. 나는 그의 눈을 피했다.

"이제 진짜 한 번 볼까요?"

지호가 자리에 앉으며 서우를 돌아보았다.

서우는 정말로 긴장했는지 침을 꿀꺽 삼키더니 노트북에 USB를 꽂았다. 우리는 동시에 화면으로 시선을 돌렸다. '804호' 폴더가 뜨자 지호가 폴더를 더블클릭해서 들어갔다.

"……에게?"

서우가 황당하다는 듯 고개를 갸웃거렸다. 폴더 안에는 '패스워드' 파일 하나만 있었다.

"이게 다예요?"

서우가 나와 지호를 번갈아 보았다. 나는 뜨끔해서 지호를 보았고, 그는 태연한 얼굴로 어깨를 으쓱했다.

"우리도 모르지."

다시 노트북 화면으로 시선을 가져간 서우가 직접 파일을 클릭했다.

'20140315'

익숙한 숫자 여섯 자리가 쓰인 메모장만 덩그러니 떴다.

서우는 미간을 찡그린 채 그 숫자를 노려보았다.

"짐작 가는 거 있어?"

지호가 물었다. 그 말을 못 들은 건지 숫자만 한참 노려보던 서우가 제 머리를 아무렇게나 헤집었다.

"뭐 어쩌라는 거지?"

서우의 말을 듣자 굳게 잠겨 있던 서아 방문이 떠올랐다. 그러나 거긴 열쇠구멍이지, 번호 키가 아니었다. 803호의 가려진 방 역시 마찬가지였다.

지호가 답답한 듯 서우 쪽으로 바짝 다가갔다.

"패스워드라잖아. 짐작 가는 곳 없어?"

지호를 한 번 보더니 서우가 생각에 잠겼다.

"아! 혹시 거긴가?"

얼마 지나지 않아 서우가 짝 소리가 나도록 손뼉을 쳤다.

"거기가 어딘데?"

"누나는 짐작 가지 않아요? 누나도 알 텐데."

초조하게 되묻는 지호를 본체만체하고는 서우가 대뜸 내게 화살을 돌렸다. 둘의 시선이 동시에 내게 닿았다. 나는 당혹스러워 고개를 저었다.

"정말 짐작 안 가요? 그 사람 서재 가봤잖아요."

서우가 추궁하듯이 말했다. 반쯤은 장난 섞인 어조였다.

나는 한승조 서재에 들어갔던 기억을 더듬어봤지만 역시 단번에 떠오르는 곳은 없었다. 그도 그럴 것이 그의 서재에선 오래 머물지 않으려고 노력했던 기억만 선명했다.

"서재에 있는 그 사람 책상 아래 금고가 있어요. 금고면서 번호키로 되어 있어서 쓸데없다고 생각했었거든요."

내 표정을 살피던 서우가 답을 얻을 수 없을 거라 생각했는지 곧바로 대답했다.

그제야 그의 책상 아래 구석에 있던 작고 네모난 금속상자가 떠올랐다. 정사각형 모양으로 아담하고 예뻐서 장식물인 줄 알았지 금고라곤 생각도 못 했다.

"이게 그 금고 패스워드란 말이야?"

"나도 모르죠. 눌러봐야 알지."

서우가 태연하게 대답하자 지호가 눈을 동그랗게 떴다.

"눌러본다고?"

"두 분이 자꾸 까먹나 본데 저도 거기 가족이에요. 들어가는 건 일도 아니고요."

지호와 내가 시선을 주고받았다. 서우 말대로 직접 들어가서 눌러보면 끝나는 일이지만 선뜻 그래보자고 얘기할 수가 없었다.

"위험하잖아요."

내가 말하자 서우가 풉, 소리 나게 웃었다.

"내가 내 집 들어가는데 뭐가 위험해요?"

"보민 씨 말이 맞아. 위험한 것 같아."

"그 사람, 정신병자긴 해도 어쨌든 내 아빠예요. 죽이기야 하겠어요?"

서우는 이미 마음을 먹은 듯 표정이 결연했다. 우리가 대답을 못하고 있자 서우가 USB를 노트북에서 빼냈다. 화면에 떠 있던 폴더가 순식간에 사라졌다.

"자요."

내 앞으로 내민 USB를 얼떨결에 받아들자, 서우가 바지를 털며 자리에서 일어났다. 당황한 지호가 따라 일어나 서우를 붙들었다.

"한서우."

"둘 다 진짜 얼빠진 사람처럼 왜 그래요? 이제 와서 겁이라도 먹었어요?"

서우가 나와 지호를 번갈아 보았다. 지호가 한숨을 내쉬었다.

"그게 아니라 너무 갑작스러워서."

"지금도 충분히 늦었어요. 형은 내가 그 피 사진 보고 무슨 생각 했는지 모를 거예요. 서아는 치료가 필요해요. 치료는 빠를수록 좋다는 거 몰라요?"

'서아는 치료가 필요하다.'

익숙한 말이라 생각했는데, 서우를 처음 봤던 날 들었던 말이었다. 문득 서아 이마에 있던 멍 자국이 생각났다.

지호는 말리기를 포기한 듯 붙삽았던 손을 놓았다. 가족에게 닥친 일에 나와 지호가 열의를 보인다 한들 서우만큼 강렬할 수 없는 건 당연했다. 말릴 명분도 없었다.

"연락할게요."

급하게 뛰어나가는 서우의 뒷모습을 무력하게 지켜보던 지호가 소파에 털썩 주저앉았다. 나는 내내 곱씹고 있던 숫자를 채팅 방에 띄웠다.

'20140315. 이거예요.'

1분도 안 지나 메시지를 확인하고 서우가 메시지를 올렸다.

'알아요. 내 동생 생일도 못 외울 정도로 바보는 아니에요.'

의사 가운 주머니에서 스마트폰을 꺼내 내용을 확인한 지호가 열린 응접실 문을 보았다. 말릴 틈 없이 나가버린 서우의 발걸음을 쫓듯이.

9

서우가 나간 지 30분 정도 지났다.

희망동물병원에서 힐스타운까지는 약 10분에서 15분 정도 걸렸다. 아무리 느려도 15분을 넘진 않았다. 우리는 초조하게 서우의 연락을 기다렸다.

그동안 지호는 병원 업무로 간호사들이 연신 부르는 통에 몇 번이나 들락날락했다.

"보민 씨, 식사하실래요? 뭐 시킨다고들 하는데."

또 불러서 나갔다 온 지호가 고개만 빼꼼 들이밀고 물었지만 고개를 저었다. 입맛이 전혀 없었다.

지호가 알겠다며 나갔고 나는 생각난 김에 할머니에게 전화를 해서 늦는다고 알렸다.

시침은 어느새 8시를 향하고 있었다. 서우가 6시 40분쯤 나갔으니 나간 지 한 시간이 넘었다.

승조는 번번이 퇴근이 늦는다고 했지만 오늘은 예외적으로 일찍 들어오는 날일 수도 있었다. 서우가 아무리 무모해도 그가 일찍 퇴근한 걸 눈치챘다면 바로 행동하진 않았을 것이다.

못 들어갔다면 오늘은 불가능했다는 연락을 했을 텐데. 안으로 들어간 데 성공한 거라면 그 숫자가 정말 서재 금고의 패스워드가 맞는지 얘기할 때도 됐는데, 어느 쪽으로든 연락이 없었다.

지호가 커피 두 잔을 들고 안으로 들어왔다.

"저도 오늘은 입맛이 없네요. 집에 보민 씨가 차려놓은 저녁도 있고."

애써 너스레를 떨면서 커피 잔을 내려놓더니 벽에 걸린 시계를 힐끔 쳐다보았다. 이제 8시였다. 지호가 가운 주머니에서 스마트폰을 꺼냈다.

"연락 없죠?"

내 표정을 살핀 지호가 조심스럽게 물었다.

"네."

나는 아무렇지 않은 듯 대답했지만 목소리를 내어 대답하자마자 기분이 더 가라앉는 걸 느꼈다.

우리는 한동안 말없이 앞에 놓인 커피만 홀짝댔다. USB는 여전히 테이블 위에서 반짝이고 있었다. 똑딱이는 시계 초침 소리가 유독 크게 들렸다. 지잉, 크게 울리는 진동 소리가 아니었으면 한참을 멍하니 앉아 있었을 것이다.

진동은 내 폰에서 울리는 것이었다. 액정에 '우리 할머니' 글자가 떠 있었다.

"어, 할머니."

'대체 언제 와? 무슨 일 있냐?'

할머니의 퉁명스러운 목소리가 수화기를 뚫고 나왔다. 지호가 나를 보는 게 느껴졌다. 나는 얼른 볼륨 키를 눌러 소리를 낮췄다.

"일은 무슨. 그런 거 아니야. 그냥 친구들 만나고 있어."

'다 큰 계집애가 요즘 세상 무서운 줄 모르고. 얼른 들어와!'

"할머니, 내가 무슨 애야? 걱정하지 마. 알겠어."

얼른 대답하고 전화를 끊다가 지호와 눈이 마주쳤다. 그는 내내 나를 보고 있었던 듯했다.

"할머니랑 같이 사시나 봐요."

"아, 네."

"어르신들은 걱정하실 만하죠. 들어가세요, 보민 씨."

지호가 부드럽게 웃었다.

"하지만 아직 서우가……."

"괜찮아요. 제가 여기서 기다릴게요. 별일 있으면 연락 오겠죠."

그의 말에 속이 편해지기는커녕 더부룩해졌다. 내가 서우를 804호로 들어가게 등을 떠민 기분이었다. 여기 더 있는다고 답이 없긴 마찬가지라 못 이긴 척 자리에서 일어났다.

"그럼 저 먼저 들어갈게요."

지호가 따라 일어나려 하기에 얼른 만류했다.

"나오지 마세요."

잠시 망설이던 지호가 다시 자리에 앉았다.

"가볼게요."

"들어가세요."

걸음을 떼는데 발목에 모래주머니를 매단 듯 묵직한 감각이 느껴졌다.

당장이라도 채팅 방 알람이 울리고 서우가 '알아냈어요!' 할 것 같았다. 하지만 희망동물병원을 나설 때까지도 주머니 속 스마트폰은 조용했다.

네거리의 풍경이 평소와 너무 똑같아서 오늘 하루 있었던 일이 아득히 먼 일 같기만 했다.

집으로 걸어가는 골목은 어두컴컴했다.

일정한 거리를 두고 선 가로등 중 하나가 까막까막했다.

그 탓에 더욱 으스스한 분위기였지만, 무섭지는 않았다. 골목 끝에 까랑까랑하게 소리를 내지르며 달려올 할머니가 있다는 걸 알기 때문이었다.

이전엔 할머니가 이렇게까지 나를 옭아매고 기다리는 게 마냥 싫고 불편했던 적도 있었다. 당연한 말이지만 처음 할머니와 나 사이엔 메울 수 없는 간극이 있었다. 노인과 청년이라는 나이 차부터 떨어져 살았던 세월, 당신의 딸을 도망치게 만든 남자의 자식이라는 죄책감 따위가 할머니와 나 사이를 좁힐 수 없게 만들었다.

눈치 빠른 할머니는 내가 느끼는 거리를 나보다 더 절감하고 있었을 것이다. 그럼에도 의연하고 꿋꿋하게 나를 대했다. 애정을 받을 줄도 모르는 어설픈 나는 그게 성가시고 불편하기만 했다. 그런 내가 변한 계기가 있었다.

2년 정도 사귀던 남자와 결혼 얘기가 나올 무렵이었다. 막 가사도우미 일에 적응하고 있을 때였다. 남자는 나에게 '너와 함께 미래를 그려보고 싶다'고 했다. 진부한 말이지만 나도 그러고 싶었다. 그와 함께 안정적이고 따뜻한 가정을 꾸려가고 싶었다.

결론적으로 그 바람은 이뤄지지 못했다. 남자 쪽 집안에서 크게 반대했기 때문이다. 아직 한창인 나이에 남의 집안일이나 봐주는 여자라는 말 뒤에 부모도 없는 천애고아라는 말이 따라붙었다.

그들은 잘못 알고 있었다. 내겐 할머니가 있었다. 어디서 뭘 하고 사는지는 모르겠지만 엄마도 있었다. 자리를 박차고 나오는 동안 남자는 따라오지 않았다. 구질구질한 핑계를 댈 필요 없는 깔끔한 이별이었다.

할머니에겐 '결혼 못 하게 됐다'고만 했다. 할머니는 '그러냐'고만 했다. 점심식사 메뉴를 들었을 때와 다를 바 없는 태도였다.

겉으로 꼿꼿한 체 지내자 속에서 부작용이 일어나기 시작했다. 잠이 오지 않아 해가 뜰 때쯤 까무룩 기절하듯 잠을 잤다. 오전부터 일을 했기 때문에 한두 시간씩 자는 날이 이어졌다.

저녁밥을 먹다가 할머니가 멍하니 나를 보기에 코밑을 쓱 훑었더니 피가 묻어나는 일이 종종 있었다. 할머니가 오다 주운 것처럼 약국에서 파는 수면유도제를 던져주기도 했다.

사실 별로 효과는 없었다. 그나마 효과적인 건 술이었다. 덕분에 하지도 못하는 술을 일주일에 네다섯 번씩 마셨다.

그날도 동네 술집에서 혼자 술을 기울이다가 잔뜩 취해 집으로 돌아오고 있었다. 익숙한 골목이 지진이라도 난 것처럼 흔들리고 발은 저절로 갈지자를 그렸다.

멀찍이 집이 보였다. 바로 앞 가로등 아래 작은 형체가 기민히 서 있었다. 몇 발짝 더 다가가자 할머니인 걸 알 수 있었다. 갑자기 울컥 눈물이 솟구쳤다. 할머니가 마중을 나온 지 꼬박 한 달째였다. 내가 술에 기대어 자기 시작한 기간과 동일했다. 둑 터진 듯 줄줄 흐르는 눈물을 정신없이 훔쳐내며 다가갈 때였다.

"희영아……."

할머니가 중얼거렸다. 의식 없이 무심코 내뱉은 소리였다.

나는 그 자리에서 발이 묶인 듯 우뚝 멈춰 섰다. 희영은 엄마의 이름이었다. 나는 할머니가 그런 목소리를 낼 수 있다는 걸 그때 처음 알았다. 그전까지 내게 할머니는 심드렁한 목소리로 툴툴대거나 왁왁 소리를 질러대는 사람이었다.

할머니는 엄마를 기다리고 있었다.

내가 할머니 키를 훌쩍 넘어 큰 그때까지도.

"보민아!"

귀를 찌르는 목소리에 번뜩 정신을 차렸다. 골목 끝에서 할머니가 나를 보고 있었다. 그때처럼 똑같이. 그리고 정확히 내 이름을 부르고 있었다.

***

서우는 다음날까지도 연락이 없었다.

나는 새벽 내내 서우가 채팅 방에 메시지를 띄우지 않을까, 전화라도 하지 않을까 기다리느라 잠을 설쳤다.

504호로 출근하니 평소와 달리 지호가 나를 기다리고 있었다. 문을 열자마자 와서 인사를 건네는데, 그도 나처럼 제대로 못 잔 듯 눈가 아래가 거뭇하게 푹 들어가 있었다.

"서우에게 따로 연락 온 거 있어요?"

현관에서 나를 맞자마자 지호가 물었다. 푸석한 얼굴과 달리 말끔한 출근 복장이었다. 목소리는 침착했지만 표정은 초조해 보였다. 나는 고개를 저었다.

"어제 병원으로 안 돌아왔어요?"

이번엔 내가 물었다. 지호가 머리를 쓸어 올리며 한숨을 내쉬었다.

"네."

우리는 약속이라도 한 듯 입을 다물었다. 나는 아직 집 안으로 들어가지도 못하고 현관에 있었고, 지호도 나를 맞이한 자세 그대로였다.

허공을 보며 생각하던 지호가 불현듯 깨닫고 아, 하더니 비켜섰다.

"들어오세요, 보민 씨."

나는 조심스럽게 안으로 들어갔다. 그는 여전히 현관에 그대로 서 있었다. 금세 또 생각에 잠긴 눈치였다.

"무슨 일이 생긴 걸까요?"

하고 싶지 않은 말이었지만 이런 말이라도 꺼내지 않으면 안 될 것 같은 분위기였다.

지호는 그 자리에서 그대로 고개만 돌려 나를 보았다. 그의 태도는 평소처럼 조용하고 차분했지만 아랫입술은 이로 꽉 물려 있었다. 그건 그 어떤 요란한 대꾸보다 내 마음을 소란스럽게 했다. 마음 깊숙한 곳에서 덩어리처럼 똬리를 틀고 있던 불안함이 서서히 번져가는 게 느껴졌다. 그와 나 사이 거리에 불쾌한 예감이 침묵을 흉내 내며 내려앉았다.

침묵을 깬 건 지호의 스마트폰 벨소리였다.

"네."

놀란 기색 없이 차분하게 전화를 받던 지호가 상대의 말이 한참 이어지는 듯 말없이 고개만 주억거렸다. 나는 내 몸이 자연스럽게 긴장하여 뒷목이 뻣뻣하게 굳는 걸 느꼈다.

"네, 아뇨. 이제 가려고 했어요. 이선생님께 연락했는데 못 들으셨어요?"

긴장한 근육은 그의 목소리를 들으며 서서히 풀어졌다. 희망동물병원에서 온 전화인 듯했다.

"알겠어요."

전화를 끊고 지호가 나를 돌아보았다.

"가보셔야 되죠?"

내가 먼저 묻자 지호가 고개를 끄덕이더니 잠시 머뭇거렸다. 할 말이 있는 태도였다.

"저, 보민 씨."

입만 몇 번 달싹이던 그가 겨우 입을 뗐다. 내가 말하라는 뜻으로 쳐다보는데도 머뭇거리다가 결심한 듯 한숨을 내쉬었다.

"지금 804호를 살펴봐주실 수 있어요? 혹시 모르니까."

말하면서도 망설여지는지 지호의 말은 느릿했다. 804호라는 말을 듣자마자 머리보다 몸이 먼저 반응했다. 가슴팍에 돌덩이를 얹은 듯 호흡이 둔중해졌다.

그는 양손을 마주 잡은 채 내 표정을 살폈다. 그의 얼굴엔 미안함과 초조함이 동시에 비쳤다.

'혹시 모르니까.'

이 말을 내뱉기까지 그의 머릿속엔 얼마나 많은 상상이 오갔을까. 오갈 때마다 상상력은 최악의 상황을 만들어내고 그게 지호를 이렇게 만들었을 것이다.

나도 그만큼은 아니지만 다르지 않았다. 어떤 일이 벌어졌든 일단은 서우가 걱정됐다.

'그 사람, 정신병자긴 해도 어쨌든 내 아빠예요. 죽이기야 하겠어요?'

서우가 승조를 '아빠'로 지칭한 건 그때가 처음이었다. 당차고 자신 있어서 내뱉은 말이 아니라 스스로를 납득시키려는 말에 가까웠을 것이다. 서우는 불안을 무릅쓰고 갈 만큼 간절했다. 그게 자꾸만 생각났다.

"알겠어요."

내가 선선히 대답하자 지호가 안도인지 탄식인지 모를 한숨을 길게 내쉬었다.

"저는 병원에 가봐야 될 것 같아요."

지호가 현관 쪽으로 걸음을 옮겼다.

나도 자연스럽게 뒤따라갔다. 문고리를 잡은 채 멈춰 서서 지호가 나를 돌아보았다.

"804호 안으로는 들어가지 마시고, 803호 쪽에서 살짝⋯⋯."

거기까지 말하고는 눈을 꾹 감았다 뜨더니 고개를 절레절레 저었다.

"갈게요."

지호가 문을 열었다.

"걱정 마세요."

그가 완전히 나가기 전 내가 말했다.

지호가 나가려다 말고 다시 나를 돌아보더니 슬쩍 웃음을 비쳤다. 그러곤 말없이 그대로 나갔다.

8층까지는 일부러 계단으로 걸어갔다.

비상구는 3호 라인 쪽 구석에 있어서 문을 열고 나가도 804호 CCTV에 찍히지 않고 8층에 갈 수 있었다.

힐스타운은 계단이 있는 비상구 공간조차 다른 아파트보다 깨끗하고 널찍했다. 사람이 오가지 않는 곳이라 회색 대리석 사이로 냉기가 감돌았다.

8층에 도착했다. 803호 쪽에서 보니 804호는 음푹 들어간 여유 공간 때문인지 어둠처럼 보였다. CCTV 특유의 기계음조차 없어 8층은 삭막할 정도로 고요했다. 803호 벽면 쪽에 몸을 숨기고 804호를 살폈지만 이래서는 아무것도 알 수 없었다.

이상한 건 움직임이 없을 때도 미세한 기계음을 내뿜던 CCTV 소리가 하나도 안 난다는 것이었다.

조용한 가운데 어둑하게 보이는 804호를 지켜만 보고 있으려니 답답하고 불안했다. 손이 자연스럽게 주머니에 있는 804호 카드키로 향했다. 딱딱하고 둥근 카드키 모서리를 손가락으로 더듬으면서 한참 생각을 골랐다.

지호와 내가 유난스러운 건지도 모른다. 서우가 스스로 말했듯 서우는 804호의 가족이고 승조는 위협적인 인물이긴 하나 물리적으로 폭력을 가하는 타입은 아니다.

설령 서우가 물리적인 위협에 처했다 해도 이미 키가 훌쩍 큰 열여덟 남자애가 마냥 손 놓고 당하진 않을 터였다.

'카드키 준 거 말인데요, 너무 부담 갖지 마시라고요. 제가 막무가 내였나 싶어서…… 원래 좀 그래요. 화나면 아무것도 안 보이고.'

하지만 서우가 혹시 '뭔가'를 봤다면?

그게 서우를 화나게 만들고 분별력 없이 뛰어들게 했다면?

거기까지 생각이 미치자 더 이상 가만있는 건 사치라는 판단이 들었다. 나는 조심스럽게 발을 떼고 803호 벽 밖으로 몸을 내밀었다.

그동안의 경험에 따르면 804호 CCTV는 찍는 범위 내에 움직임이 있으면 급작스럽게 큰 소음을 내며 제 존재를 알리곤 했다. 나는 한 발짝씩 804호 쪽으로 걸음을 옮겼다. 느리고 침착한 걸음이었다. 고작 두 집 사이의 거리일 뿐인데 벽을 돌기 전까진 온전히 보이지 않는 현관문 때문일까, 804호 쪽 어둠은 끝없이 이어질 것처럼 멀고 깊게 느껴졌다.

마침내 CCTV가 찍는 거리까지 발을 디뎠을 때 나는 고개를 들었다. 살아있는 사람을 대하듯이 CCTV와 시선을 마주했다. 텅 빈 동공 같은 CCTV가 나를 내려 보고 있었다. 여전히 아무 소리도 나지 않았다. 나는 현관문에 찍힌 '804' 숫자를 노려봤다. 거기도 마찬가지로 조용하기만 했다.

현관문 앞까지 조심스럽게 다가갔다. 803호 쪽에서 올 때보다도 조심스럽게 걸었다. 문 앞까지는 금방이었다. 나는 다시 한 번 주머니 속 804호 카드키를 만졌다. 눈앞에 드러나지 않는 위협보다 당장 '주거침입'이 될 수도 있다는 현실적인 위험이 머릿속을 번뜩 스쳤다.

카드키를 주머니에 그대로 두고 문에 귀를 댔다. 귓바퀴에 닿는 문의 감촉은 놀랍도록 서늘했다.

어떤 소리도 들리지 않았다. 나는 이게 힐스타운의 놀라운 방음 때문인지 804호에 아무도 없기 때문인지 가늠할 수가 없었다. 귀를 떼고 몸을 바로 세운 뒤 들어갈지 말지를 고민하며 스마트폰을 꺼냈다. 예상은 했지만 지호나 서우에게 온 새로운 연락은 없었다.

일단은 물러나는 게 맞는 듯했다. 804호 현관문에서 눈을 떼지 않고 천천히 뒷걸음질로 걸었다. 들고 있던 스마트폰을 주머니에 넣으려다가 순간 손이 미끄러졌다. 아차, 하는 찰나였다.

대리석에 떨어진 스마트폰 액정이 그대로 박살나면서 둔탁하면서도 날카로운 파열음이 울렸다.

적막한 가운데 울려 퍼진 소리는 쾅, 터지는 폭발음만큼이나 강렬했다. 나도 모르게 소름이 바짝 돋았다. 주저앉아 스마트폰을 집었는데 지직, 하는 소리가 들렸다. 놀라서 고개를 드니 804호 현관문 옆 인터폰에서 나는 소리였다. 나는 반사적으로 몸을 바짝 엎드렸다.

인터폰에서는 계속 지직, 지직, 신경을 긁는 기계음이 흘렀다.

누군가 인터폰 화면을 계속해서 지켜보고 있는 것이다.

스마트폰을 움켜쥔 손에 땀이 차기 시작했다.

이 시간에 누구일까. 서우? 하지만 서우라면 소리를 듣자마자 나오지 않았을까.

끊임없이 들리는 인터폰 기계음이 발목을 잡아끄는 족쇄처럼 들렸다. 나는 몸을 바닥에 바짝 엎드린 상태로 기듯이 뒤로 빠져나갔다. 일단은 벗어나야 한다. 긴장되어 속이 울렁거렸다. 스마트폰을 쥔 손에 힘이 들어갔다. 손가락이 깨진 액정에 벤 듯 순간 아찔한 고통이 느껴졌다.

"아!"

나도 모르게 외마디 소리가 튀어나갔다. 그 짧은 외침조차 급하게 삼켰는데도 잇속으로 빠져나간 외침은 기어이 침묵을 갈랐다. 갑자기 인터폰 소리가 뚝 멎었다. 동시에 심장이 미친 듯이 뛰기 시작했다.

뜬금없이 서아 이마에 있던 멍 자국이 떠올랐다. 왜 사람은 위험하다 판단하는 순간에 그다지 좋을 것도 없는 기억을 떠올리는 걸까?

나는 자리에서 벌떡 일어나 급하게 걸음을 옮겼다. 소리를 죽일 정신도 없었다.

철컥, 문 열리는 소리가 들렸다.

그 소리에 다리가 뻣뻣하게 굳어서 고장 난 로봇처럼 멈춰 섰다.

순간 누군가 내 팔을 끌어당겼다. 또 다른 팔이 입을 틀어막아 비명이 터져 나오려는 걸 막았다.

거의 끌려가듯 비상구로 따라가 문이 자동으로 느리게 닫힐 때쯤 뒤에서 한 번 더 문 열리는 소리가 났다.

"미쳤어요?"

나를 끌어당긴 건 서우였다. 목소리를 한껏 낮춘 서우의 벌게진 얼굴을 보자마자 긴장이 풀리면서 눈이 저릿해졌다. 이 상황에 부끄럽게도 갑자기 눈물이 나올 것만 같았다. 울음이 터질 것만 같았다. 울먹이는 모습을 보이고 싶지 않아 마냥 고개를 숙이고 있었다.

서우는 비상구 문을 연신 힐끔대느라 그런 내 사정을 인지하지 못했다.

잠시 뒤, 서우가 내려가자는 손짓을 했다. 우리는 걸음 소리를 죽이고 7층으로 내려갔다.

금방이라도 위에서 비상구 문이 열릴 것만 같았다. 위에선 아무 소리도 들리지 않았다.

504호 지호의 집까지 다다라서야 숨을 맘껏 쉴 수 있었다. 카드키를 찍고 들어가 벗어났다는 생각이 들자마자 분위기가 어색해졌다.

"거길 가면 어떡해요?"

서우가 내게 힐난하듯 물었다. 아니, 묻는 게 아니라 따지는 것이나 다름없었다. 갑자기 속에서 울컥 감정이 치받았다.

"애초에 한승조 씨 서재에 간다고 나가놓고 연락 안 된 게 누군데요!"

"아니, 그건…… 하!"

서우가 당황한 듯 목을 슥 매만졌다. 내 눈에 눈물이 그렁그렁 맺혀 있어 어쩔 줄 몰라 했다. 어떻게든 참아보려 했지만 맺히는 것까진 참을 수 없었다. 내가 왜 이런 끔찍한 상황에 놓였을까. 도저히 못 할 일을 하고 있는 것만 같았다.

"미안해요. 그러려고 한 게 아니라 거기 진짜 아무것도 없어서 폰 충전을 못 했어요. 나가게 되면 얘기하려고 했어요."

소매로 대놓고 눈가를 훔쳐냈다. 어른이 애 앞에서 울다니. 부끄러워야 했지만, 이젠 그런 생각도 들지 않았다.

서우의 '거기'라는 표현에 눈을 깜박이며 의미를 더듬었다.

그러고 보니 8층에서 문이 열리는 소리를 두 번 들었다. 첫 번째 문소리에 혼비백산했지만, 그건 다시 돌아보니…….

"803호에 있었어요?"

놀라서 나도 모르게 목소릴 높이자 서우가 입가에 손가락을 대고 쉬, 속삭였다. 입을 다물자 서우가 고개를 끄덕였다.

"네."

"어떻게……?"

"엄마가 도와줬어요."

"유경 씨가요?"

"803호 카드키를 준 것도 엄마고요."

"알아듣게 말 좀 해봐요."

서우의 말은 들을수록 영문을 알 수가 없었다.

"우리 여기서 계속 이럴 거예요?"

서우가 손가락으로 바닥을 가리켰다. 우리 둘은 아직 현관에서 마주 선 채였다.

"들어가요. 누나 손가락도 치료 좀 하고요. 저 폰 충전도 해야 돼요."

서우가 먼저 안으로 들어섰다. 그제야 지호에게 알려야 된다는 생각이 들어 스마트폰을 들었지만 박살난 액정은 아무리 눌러대도 반응이 없었다. 베인 손가락에서는 진득한 피가 묻어나왔다. 이제까지 아픈 줄도 몰랐는데 상처를 보자 욱신거리기 시작했다.

"안 들어올 거예요?"

안에서 서우가 외치는 소리가 들렸다.

서우는 제 집처럼 익숙하게 구급상자를 찾아내 소독약과 반창고, 연고를 꺼내고 있었다. 테이블에 하나씩 올려두고 나서 서우가 나를 보았다.

"이걸로 일단 상처부터 치료해요."

나는 말없이 맞은편에 앉아 소독약 뚜껑을 열었다. 내가 상처를 치료하는 사이 서우는 충전기를 꽂은 스마트폰을 켜서 키패드를 톡톡 두드리기 시작했다.

허벅지 옆에 놓은 내 스마트폰이 액정은 보이지도 않으면서 위잉,
울렸다. 몇 분 안 지나서 서우의 폰으로 전화가 왔다.

"네, 형."

서우가 태연하게 전화를 받았다. 보지 않아도 지호인 걸 알 수 있
었다.

"지금 형네 집이에요. 아니, 괜찮아요. 네, 일이 있었어요. 누나요?
같이 있어요."

통화를 하면서도 내가 치료를 끝낸 걸 보았는지 서우가 자연스럽
게 소독약과 반창고를 구급상자에 넣고 정리했다.

"얘기하려면 좀 길어요. 형 오늘 야간까지 하지 않아요?"

거기까지 말한 서우는 지호의 말이 길어지는 듯 한참 듣기만 했
다. 그러다가 곧 심각한 표정으로 고개를 끄덕였다.

"알겠어요. 형도 이따 얘기해줘요."

전화를 끊고 나서 서우가 어깨를 으쓱이며 심드렁하게 말했다.

"점심시간에 잠깐 온대요."

"뭘 얘기해준다는 거예요?"

"아, 뭐 알아낸 게 있대요. 자세한 건 얘기 안 해서 모르겠어요."

역시나 대수롭지 않게 여기는 투였다. 그동안의 서우 태도를 생
각하면 이상할 정도였다.

서우가 구급상자를 들고 자리에서 일어났다. 도로 가져다 두려는
듯했다.

"금고는 열렸어요?"

내가 묻자 막 걸음을 떼려던 서우가 날 돌아보며 고개를 저었다.

침울하게 가라앉은 표정이 서우의 심정을 고스란히 드러내고 있

었다.

"금고 비밀번호가 아니었어요."

어쩐지 너무 쉽게 풀린다 싶더니.

서우는 그대로 서서 생각에 잠겨 있었다. 얼굴이 어두웠다. 문득 유경이 생각났다. 과정은 알 수 없지만 서우의 말대로 유경이 803호 카드키를 건네준 거라면 그 카드키 출처는 어디일까.

아무리 생각해도 그건 승조의 것이라는 생각만 들었다.

승조가 자의로 넘겨줬을 리는 없을 텐데.

"유경 씨는 괜찮아요?"

묻지 않는 게 나은 질문이었다. 그래도 물을 수밖에 없었다.

우두커니 서 있던 서우가 눈물을 툭 떨궜다. 내가 서우를 응시하고 있지 않았다면 순식간에, 그것도 아주 조용하게 지나갔을 정도로 갑작스러웠다.

내가 어떻게 해야 할지 몰라 말을 멈추자 서우가 팔뚝으로 거칠게 눈을 문질렀다.

"괜찮을 거예요."

감정을 잔뜩 억누른 것처럼 꽉 막힌 목소리였다.

서우는 그러고도 연신 팔뚝으로 눈가를 문질러댔다.

언제나 당당하고 패기 넘치던 서우의 다른 모습을 보고 있자니 형언하기 힘든 감정이 솟아났다. 관찰자가 된 기분이었다. 유경과 서우, 서아. 그들이 느끼는 공포가 뭔지, 탈출하고픈 처절함이 어디서 오는지, 그렇게 되기까지 어떤 세월이 이 네 가족 사이에 있었는지 아무것도 모른 채 우왕좌왕 테두리 밖에서 들어갈 듯 말 듯 맴돌던 관찰자.

나는 소파에서 일어나 서우에게로 다가갔다. 서우는 울진 않았지만 얼굴이 터질 듯 벌겋게 달아올라 있었다.

"고마워요."

뜬금없는 내 말에 서우가 나를 가만히 보았다. 눈가가 불그스름했다.

"아까 도와줘서."

말을 하고 나서야 이 말을 먼저 했어야 했다는 생각이 들었다. 가슴이 뻐근해졌다. 나는 지호와 서우에게 한 번씩 도움을 받았다. 누구도 나처럼 비겁하진 않았다.

"누나가 좀 요란했어야죠."

서우가 짐짓 장난스럽게 말했다. 잔뜩 가라앉은 목소리였다. 내 눈엔 어린아이가 아등바등 애를 쓰고 있는 것처럼 보였다.

"걱정하지 마요. 내가 어떻게든 도울 테니까."

내 말에 놀란 듯 서우가 나를 빤히 보았다. 입 밖으로 나간 말은 내 귀로 다시 들어와 주문처럼 마음에 박혔다.

"내가 도와줄게요."

나는 다짐하듯 한 번 더 말했다.

서우의 눈가가 촉촉이 젖는 걸 지켜보면서, 그 어깨를 모른 척 토닥이면서 이제야 비로소 이들의 테두리 안으로 들어갔다는 걸 실감했다.

10

어제 저녁부터 아무것도 먹지 못했다길래 간단하게 밥을 차려주었다.

서우가 밥을 다 먹어갈 때쯤 지호가 왔다. 시계를 보니 어느새 정오가 가까운 시간이었다.

현관에서 주방까지 성큼성큼 걸어온 그는 서우를 보자마자 무거운 한숨을 내쉬었다. 그러고는 맞은편 의자에 털썩 주저앉았다.

나는 싱크대 옆에서 둘을 지켜보고만 있었다.

"대체 어떻게 된 거야?"

서우는 대답 대신 우물거리기만 하다가 괜스레 싱크대 옆에 선 나를 힐끔 쳐다보았다.

지호가 자리를 옮겨 앉으며 나를 보고 손짓했디.

"여기 앉으세요."

서우는 나까지 식탁에 앉자 번갈아 보더니 가만히 숟가락을 내려놓았다. 유리에 부딪힌 숟가락에서 탁 소리가 났다.

"어제 그렇게 나와서 가는 길에 엄마한테 전화를 했어요. 요즘 엄마 상태가 안 좋아서 고민하긴 했는데 그냥 가는 건 정말 아닌 것 같아서. 전화를 안 받길래 메시지만 남기고 주차장으로 가 그 사람 차 없는 거 확인한 다음 집으로 들어갔어요."

서우는 거기서 한 번 침을 꿀꺽 삼키더니 밥그릇 옆에 있는 물을 마셨다. 얼굴이 조금 어두워졌다.

"엄마는 집에 있었어요. 서아 방문 앞에."

더 잇지 못하고 서우가 잠시 말을 멈췄다.

지호와 나는 침묵이 길어지자 서로 암묵의 시선을 보냈다.

서우는 밥그릇만 물끄러미 바라보고 있었다.

"서우야."

지호가 서우의 이름을 나직이 불렀다.

"울고 있었어요."

울먹거리던 서우가 그제야 고개를 들어 우리를 보았다. 아까처럼 뭔가 잔뜩 참아내는 표정이었다.

"그제야 엄마 앞에 박살난 홈카메라가 있는 게 보이더라고요. 그걸 보자마자 알았죠. 아, 지금 여기 있으면 안 되겠구나."

그의 말을 듣는데 마치 내가 그 현장에 직접 있는 것처럼 섬뜩해졌다. 어디 있는지도 모르던 홈카메라를 기어이 찾아내 박살내고, 그 앞에 주저앉아 우는 유경의 모습을 상상했다.

그녀는 어떻게 울고 있었을까. 처연하게 앉아 가만히 눈물만 뚝뚝 흘렸을까. 아니면 울부짖는 짐승처럼 오열했을까.

"근데 억울하잖아요. 이렇게까지 했는데! 그래서 들어갔어요, 서

재로. 가서 무작정 비밀번호를 눌렀어요. 안 맞았어요. 그건 금고 비
밀번호가 아니었어요."

서우는 점차 감정이 고조되는 듯 가쁜 숨을 몰아쉬었다. 눈빛도
거칠게 흔들렸다.

"그때 알람이 울리더라고요. 전용 주차장에 주차하면 자동으로
울려요. 그걸 듣고 엄마가 갑자기 미친 듯이 와서 쥐어주더라고요."

서우의 시선이 내 얼굴에 똑바로 와 닿았다.

지호는 아직도 영문을 모르겠다는 표정으로 심각하게 듣고 있었다.

"803호 카드키요."

"803호?"

지호가 놀란 듯 되물었다. 서우가 차분히 고개를 끄덕였다.

"네, 803호."

"그게 왜 유경 씨한테……."

"몰라요, 나도. 어쨌든 정신없이 나왔죠. 엘리베이터가 올라오는
데 7층이더라고요. 뭘 생각하고 말 것도 없었어요. 그냥 들어갔어
요. 그리고 안 나왔어요, 오늘 아침까지. 그 사람이 이미 다 알고 거
기 서 있을 것 같아서요."

서우가 깊은 숨을 들이마셨다가 내쉬었다.

"누나 아니었으면 오후까지 버텼을지도 모르죠. 쪽팔리지만……
어제는 나도 겁났거든요."

지호가 나를 돌아보며 입을 다물었다. 내가 지호에게 설명하길
바라는 눈빛이었다.

아까……. 나는 입을 뗐다.

"아까 804호를 살피러 갔을 때 안에 누가 있었어요. 로비에서 폰

이 깨져서 소리가 나니까 804호에서 인터폰 소리가 났어요. 누가 절 지켜보는 것처럼. 그때 서우가 803호에서 나와 여기까지 절 끌고 온 거예요."

엉망이 된 스마트폰을 내보이자 지호가 말없이 깨진 액정과 밴드에 감긴 내 손가락을 번갈아 보았다. 입을 꾹 다물고 있던 그가 다시 서우에게로 시선을 옮겼다.

"유경 씨는 괜찮은 거야?"

지호 역시 나와 비슷한 생각을 했다. 나는 803호 카드키를 쥐어준 게 유경이란 사실만으로도 그녀를 걱정했지만, 지호는 박살난 홈카메라 얘기까지 들었으니 더 심각하게 상황을 짐작하고 있을 것이다.

서우는 아까보다 의연한 얼굴로 고개를 끄덕였다.

"괜찮을 거예요."

지호가 미간을 찌푸렸다.

"지금 네 얘기만 들어도 괜찮지 않을 게 뻔하잖아."

묘하게 책망하는 어조였다.

"형, 엄마는 괜찮아요."

서우가 그를 응시하더니 단호하게 말했다. 지호의 표정이 천천히 굳었다.

나는 둘 사이에 감도는 어색한 분위기에 입안이 말라가는 걸 느꼈다.

서우가 제 머리를 아무렇게나 흐트러뜨렸다.

"뭘 걱정하는지는 아는데요. 그 사람, 밖으로 보이는 것에 엄청 신경 쓰는 사람이에요. 두 분 생각보다 훨씬 더요."

서우가 피식, 웃음을 흘렸다. 자조하는 것 같다가도 진짜 우스워하는 것처럼 보이기도 했다.

"무슨 뜻인지 알아요? 밖으로 자주 내보이는 것일수록 흠집 안 낸다는 소리예요."

지호와 나는 할 말을 잃고 그를 보았다.

"그러니까, 엄마는 괜찮아요."

이제야 나는 서우의 웃음이 자조도, 우스워서 뱉는 웃음도 아닌 걸 깨달았다. 그건 괜찮은 체하기 위한 가면이었다.

지호는 심각한 표정으로 턱을 괴더니 생각에 빠졌다.

"내 얘긴 일단 이걸로 됐고. 형이 알아낸 건 뭔데요?"

서우가 분위기를 바꿔보려는 듯 아까보다 높은 목소리로 물었다.

생각에서 빠져나온 지호가 그를 물끄러미 보다가 주머니에서 스마트폰을 꺼냈다.

검색 창을 열어 키패드를 치더니 나와 서우의 중간 정도 위치에 올려놓았다.

"전화해볼 필요가 없었어요."

화면에는 병원 공식 사이트 화면이 떠 있었다.

사이트를 살피던 서우와 내가 동시에 고개를 들어 눈을 마주쳤다. 서우의 눈은 나보다 더 커져 있었다.

"정말 이 사람이 맞아요?"

내가 지호에게 물었다.

화사하게 꾸며진 사이드 메인 페이지 위로 '김민우 성신건상의학과'라는 명칭이 보였다.

김민우 정신건강의학과. 여기서 차로 20분 정도 걸리는 번화가에 위치해 있었다. 근처에 크고 유명한 한서종합병원이 있는 곳이었다.

서우가 메뉴를 눌러 의료진 소개 페이지로 들어갔다.

"네, 병원 측에 핸드폰 번호로 확인했어요."

지호가 나를 보고 확신에 찬 목소리로 말했다.

나는 의료진 소개 페이지에 뜬 김민우 사진을 보았다.

네모난 무테안경을 쓰고 흰색 가운을 입은 그는 한승조 또래 정도로, 매우 지적이고 차분한 사람처럼 보였다. 옆에 '원장 김민우'라는 직함이 고딕체로 써 있었다.

정신건강의학과 의사 김민우와 한승조. 혹은 한서아.

불현듯 예기치 않게 유경의 영상이 머릿속에 떠올랐다.

'엄마의 상태가 안 좋아서'라는 서우의 목소리까지 잇따랐다.

혹시 나는 지금까지 틀린 답을 정해놓고 그 길을 줄곧 따라왔던 게 아닐까?

지호의 표정을 살폈다. 그는 페이지를 살피는 서우의 손가락을 따라 차분하게 액정을 내려다보고 있었다. 이미 그는 조사한 내용에 적잖이 놀랐을 테고, 지금은 어느 정도 안정을 찾은 뒤일 것이다.

지호는 유경의 영상과 알아낸 정보 사이의 연관성을 어떻게 생각했을까.

서우는 소개 페이지에 나와 있는 김민우 정보와 인사말을 몇 번이고 읽었다.

"정신건강의학과……."

서우가 반복해서 중얼거렸다. 자기도 의식하지 못한 채 흘러나온 말인지 표정은 넋이 나가 있었다.

그때 물 컵 옆에 올려진 서우의 스마트폰이 울렸다. 우리 셋은 동시에 액정을 확인했다.

'한승조' 세 글자로 저장된 이름이 보였다. 분위기가 순식간에 얼어붙었다.

서우는 못 볼 것을 본 사람처럼 눈을 끔뻑거리다가 벨소리가 이어지자 전화를 받았다.

"네."

무미건조한 표정만큼이나 딱딱한 목소리였다.

지호가 귀를 톡톡 두드리는 제스처를 했다.

서우가 눈치를 채고 바닥에 스마트폰을 내려두면서 스피커 모드를 켰다.

'회사에 전화한 이유가 뭐야.'

승조의 목소리가 놀라울 정도로 냉랭했다. 내용은 분명 질문이었는데 억양의 높낮이가 거의 없었다. 도저히 아빠와 아들 사이의 통화 같지 않았다.

나는 며칠 전 지호가 했던 말을 떠올렸다.

'서우가 승조 씨 회사에 연락하다가 알게 된 거예요. 제가 더 자세히 알아보고 있는 거고요.'

그때의 일을 말하는 걸까.

서우가 멈칫거리다가, 아예 움직임을 멈췄다. 표정도 딱딱하게 굳어졌다. 자신감이 넘치던 평소의 모습은 온 데 간 데 없었다. 어쩔 수 없이 어린아이란 걸 실감하게 했다.

지호가 심각한 표정으로 지켜보았다.

'엄마가 내 출장이 길어져서 걱정한다고 했다며.'

그렇게 말하다가 승조가 피식 웃는 소리가 들렸다. 누가 들어도 비웃음이라는 게 분명했다.

'네 엄마가 지금 그런 거 신경 쓸 정신이 있겠어? 제정신이 아닌데.'

"그따위로 말하지 마요."

서우가 발끈했다. 눈앞의 아버지를 상대하는 것처럼 상체가 들썩이고 앞으로 튀어나갈 기세였다. 걱정스러운 마음에 지호를 쳐다보니 그 역시 눈썹을 찡그리고 있었다.

'그러니 거짓말을 하려면 성의 있게 했어야지, 한서우, 아빠가 잘 가르쳐줬잖아.'

승조는 기를 꺾어놓겠다고 작심이라도 한 듯 빈정거렸다. 서우의 얼굴이 벌겋게 달아올랐다. 눈동자가 이글거리는 것만 같았다.

"아빠라고 하지 마, 새끼야. 서아 어디 있어?"

'말버릇은 아직도 교정이 한참 필요해.'

"서아 어디 있냐고!"

'엄마 생각을 한다면 말조심해야지.'

점점 흥분하는 서우에 비해 승조는 조금도 동요하지 않았다. 본능으로 짖어대는 맹수를 다루는 노련한 조련사 같았다. 지호가 서우를 가라앉히려고 손을 뻗었지만 서우가 그 손을 신경질적으로 쳐냈다.

엄마 얘기에 겨우 진정한 서우가 가쁜 숨을 몰아쉬었다. 할 말을 찾는 듯 눈만 좌우로 굴려댔다.

'네 엄마가 아프니 아빠도 마음이 좋진 않아. 어린애처럼 휘젓는 건 여기까지로 하자. 잘 알다시피 난 참을성이 없다. 그러니까 넌 네 자리를 지켜.'

서우의 꽉 쥔 주먹이 부들부들 떨리는 게 보였다.

이번에는 내가 손을 뻗었지만, 서우는 고개만 절레절레 저었다.

전화는 그렇게 뚝 끊겼다. 서우가 쾅, 소리 나게 식탁을 내리쳤다.

"야, 한서우!"

지호가 반사적으로 소리쳤다. 서우가 이를 악다물었다.

조용해진 틈으로 똑딱똑딱 시침 소리가 귀를 찔렀다. 시계를 보니 어느새 12시 30분이 지나 있었다. 지호가 동시에 시계를 보며 말했다.

"보민 씨 출근해야 하죠?"

나는 고개를 끄덕였다. 이런 이야기를 나눈 뒤 803호로 출근한다는 사실이 이상하게 느껴졌다.

"들었지?"

지호가 서우를 보고 당부하듯 말했다.

"보민 씨는 출근해야 하고 나도 병원으로 들어가 봐야 돼. 어차피 이렇게 된 거 학교나 딴 데 가지 말고 여기 있어. 빨리 퇴근하고 올 테니까."

서우는 일부러 대답하지 않고 시선을 피했다. 지호가 손바닥으로 탁 소리 나게 식탁을 쳤다.

"알겠어?"

지호가 채근하자 서우의 눈이 매서운 빛을 띠었다.

"왜요? 알아낸 게 있는데 왜 그래야 해요? 형은 언제나 그래. 모르니까 그렇게 말할 수 있는 거예요. 내가 바보처럼 보이죠? 나도 그 사람을 몰랐다면 형처럼, 누나처럼 할 수 있어요. 근데 정말 좆 같은 게 뭐냐면 나는 그 사람을 너무 잘 알아. 왜냐면 그 사람이 빌어먹을 내 아빠니까! 모를 수가 없어요. 그러니까 난 여기까지 와서 가만있을 수가 없다고요!"

조용히 시작한 서우의 말은 끝맺을 때 이르러 거의 울부짖는 소리가 되어 있었다. 나는 더욱 붉게 달아오른 그 얼굴을 보면서 내 안에서 울컥 올라오는 감정을 느꼈다. 아빠의 우악스러운 손길에 잡혀 무력하게 멍들어가던 엄마의 얼굴이 떠올랐다. 눈가가 욱신거렸다.

지호가 버럭 소리를 질렀다.

"그러니까! 그러니까 가만히 있어! 네가 혼자 아무렇게나 가서 어떻게 됐는지, 지금 그 사람이랑 같이 있는 게 누군지 생각해. 네가 아니라 유경 씨잖아. 그 좆같은 사람 손에 네 엄마가 있는 거잖아!"

깜짝 놀란 나는 생각에서 벗어나 지호를 보았다.

잔뜩 일그러진 그의 얼굴도 붉게 달아올라 있었다. 표정만 봐선 단순한 분노를 넘어 처절하기까지 했다. 지호가 이런 표정을 지을 수 있으리라곤 상상도 할 수 없었다. 너무 놀라서인지 오히려 복잡한 머릿속이 평정을 찾기 시작했다.

서우도 그의 반응에 놀랐는지 두 눈을 껌뻑거리기만 했다. 어느새 흰 눈자위가 눈물로 번들거렸다.

"그러니까 제발, 제발 가만히 있어. 우리가 이렇게 돕고 있잖아."

지호는 거의 애원하듯이 말했다. 목소리가 금세 쉬어버렸다.

무거운 침묵이 내려앉았다. 숨이 막힐 정도로 빽빽한 밀도의 무거운 침묵이었다. 나도 무슨 말이라도 하고 싶었다. 방관자처럼 두 손 놓고 있는 게 아니라 두 사람을 위해 뭐라도 하고 싶어 입가가 근질거렸다. 그러나 도저히 할 말이 떠오르지 않았다.

지호가 먼저 자리에서 일어났다.

"병원 들어가 볼게요."

내게 짧게 인사를 건네고 그는 뭐라 말할 새도 없이 주방을 빠져 나갔다.

서우는 앉은 채로 지호의 뒷모습만 눈으로 쫓았다.

나는 급히 그를 따라 나갔다.

"지호 씨."

뭘 말하거나 대답할 틈도 없이 지호가 문을 열고 나가버렸다.

나는 현관문이 닫히는 걸 무력하게 지켜보다가 주방으로 돌아갔다. 서우는 꿈쩍도 하지 않았다.

"여기 있어요."

내 말에 서우는 대답하지 않았다.

나는 한숨을 내쉬고 가방을 챙겼다. 현관으로 가기 전에 한 번 더 돌아보았지만 서우의 등만 살짝 보일 뿐 별 다른 움직임은 없었다.

불안한 마음이 들었다. 지호가 어떤 심정이었을지 짐작이 갔다. 나 역시 할 수만 있다면 서우를 앉은 자세 그대로 묶어놓고 싶을 지경이었다. 어디로 튈지 모르는 공이라는 표현이 저절로 떠올랐다. 어디로 튈지 모르는 서우. 발이 떨어지지 않았다.

한편으로 그렇게 격한 감정을 내보이면서까지 지호가 당부했으니까, 서우 역시 알아듣고 따라주지 않을까 하는 기대도 있었다. 본인 말대로 화가 앞서면 천지분간 못 하고 날뛰는 망아지처럼 굴긴 하지만, 서우는 본질적으로 배려심이 깊고 착한 아이니까. 그렇게 해주지 않을까.

"갈게요."

들리도록 인사를 건넸지만 답은 돌아오지 않았다.

시계를 보니 어느새 12시 45분이었다.

나는 서우를 혼자 두고 504호를 나섰다.

***

803호로 출근하기 전에 로비로 내려와 우편함을 확인했다. 우편함은 텅 비어 있었다.

8층으로 올라가 803호 카드키를 찍고 들어갔다. 항상 그렇듯이 온기라곤 없었고, 어두웠고, 미세한 먼지 냄새가 났다.

가방을 놓고 거실로 들어가니 블라인드 틈으로 들어온 햇살이 거실 바닥에 반듯이 사선을 그어놓고 있었다. 문득 803호 주의사항 1번이 생각났다.

'거실 블라인드는 끝까지 올리지 말 것.'

나는 아까 액정 화면에서 보았던 차분하고 이지적인 김민우의 얼굴과 803호 주의사항들을 연결 지어보려 애썼다.

차가워 보이는 금속 무테안경을 끼고 컴퓨터 앞에 앉아 무미건조한 표정을 짓고 있는 김민우.

그는 803호를 무슨 목적으로 사용하고 있을까?

왜 하필 나를 고용했을까?

나는 충동에 휩싸여 블라인드 앞으로 갔다. 블라인드의 회색 줄과 흰색 줄이 교차하다가 생긴 작은 틈으로 침입한 햇살이 감질나게 얼굴을 긁었다.

나는 블라인드 끈을 붙들었다. 조금도 망설임은 없었다. 아니, 조금이라도 망설였다간 803호에서는 영원히 창밖을 볼 수 없을 것만

같았다. 줄을 획획 내려 당기자 반대로 블라인드가 올라가기 시작
했다.

회색과 흰색이 번갈아 눈앞을 스쳤다 사라졌다 반복하며 서서히
창이 드러났다.

804호에서 보는 것과 똑같은 광경이 펼쳐졌다.

힐스타운의 자랑이라는 예술적인 조경의 정원과 고급스러운 가
게들만 들어선 상가, 운동복 차림으로 여유롭게 우레탄 트랙을 오
가는 사람들.

그러다 문득 이질적인 누군가가 눈에 들어왔다. 정원에 우두커니
서 있는 정장 차림의 남자는 편한 차림새의 아이 엄마들과 운동복
차림의 사람들 틈에 잘못 끼운 퍼즐처럼 보였다. 그는 이쪽을 올려
다보고 있었다.

1동에서 정원까지 거리가 제법 있어 처음엔 내가 잘못 본 줄 알
았다. 힘주어 눈을 감고 떠도 그는 그 자리에 있었다. 흔들림 없는
자세로 이곳을 올려다보았다.

그를 빤히 보다가 눈이 마주쳤다. 아니, 마주친 것 같았다.

김민우.

머릿속에 김민우의 얼굴이 스쳤다. 사이트에 나와 있는 상체 사
진, 그것도 손봤을 게 분명한 얼굴 사진만 봤을 뿐이지만 분명 저기
서 있는 남자는 김민우였다.

심장이 두근거렸다.

왜 여기 있을까? 내기 블리인드를 올리는지 안 올리는지 점검이
라도 한단 말인가. 그 대단치도 않은 규칙 때문에? 그럼 이번이 처
음이 아닌 걸까?

이제라도 블라인드를 내려야 할지 바보 같은 고민을 하는데, 남자의 시선이 딴 곳을 향하는 게 보였다.

남자가 서 있는 위치에선 1동 3, 4호 라인 입구를 직선으로 곧장 볼 수 있었다. 나는 그의 시선을 따라 1동 입구 쪽을 보았다. 누군가 빠른 걸음으로 나가고 있었다. 교복 차림. 보폭이 크고 거침없는 걸음걸이.

나도 모르게 흡, 숨을 들이켰다.

서우였다. 서우가 망설임 없이 어디론가 가고 있었다. 그리고 그 알 수 없는 남자의 시선이 서우를 쫓고 있었다.

머릿속이 빙글빙글 돌기 시작했다. 서우 안에 반발심이 있을 거라곤 생각했지만 이렇게 바로 행동할 줄은 몰랐다. 배신감과 불안이 함께 솟구쳤다. 동시에 한구석에는 걱정도 스며들었다.

나는 정원에 우두커니 서 있는 것만으로도 위압적인 남자와 빠르게 멀어지고 있는 서우를 번갈아 보다가 걸음을 뗐다.

일을 하다 보면 반드시 그때여야만 하는 적기가 있었다. 행동해야 할 때. 그리고 내겐 지금이 그 적기였다.

환히 드러난 창으로 오후 햇살이 쏟아지는 거실을 등지며 803호를 뛰쳐나갔다. 내 안의 모든 규칙이 파괴되는 순간이었다.

11

1동 앞으로 달려갔지만 서우와 남자는 이미 사라지고 없었다.

남자는 몰라도 서우가 어디 갔는지는 알 수 있었다. 나는 대기하고 있는 택시를 잡아탔다. '김민우 정신건강의학과' 홈페이지에 나온 정확한 주소를 보여주고 싶었지만 스마트폰 화면은 아예 먹통이 되어 있었다.

"아저씨, 한서종합병원이요."

내 말을 들은 택시기사는 말없이 출발했다.

나는 가면서 복잡한 머릿속을 정리했다. 일해야 하는 시간에 무작정 뛰쳐나온 것부터 평소 나로선 상상할 수 없는 일인데다 지금 가는 곳에서 어떤 일이 벌어질지도 예상할 수 없었다.

서우는 하나씩 퍼즐 조각이 밝혀질수록 자제력을 잃고 있었다. 내가 지금 쫓아간들 그런 서우를 감당할 수 있을까? 솔직히 서우가 벌일 일과 그 뒷감당을 생각하는 것만으로도 가슴이 답답할 정도였다.

한서종합병원까지 20분 정도 걸렸다.

택시기사는 한서종합병원 바로 앞에서 내려주었다.

언덕처럼 올라가 있는 병원 건물 입구 벤치에 환자복 차림으로 여유롭게 앉아 있는 사람들이 보였다.

거기 대부분의 사람들이 느리게 움직였다. 왠지 모를 이질감이 느껴졌다. 나와는 전혀 다른 속도의 감각이 공존하는 데서 오는 이질감. 한없이 느려진 세상에 홀로 폭주하는 듯한 기분.

머리를 세차게 흔들고, 스치듯 봤던 김민우 병원 약도를 더듬었다.

한서종합병원 아래 삼거리 쪽에 초록색 점이 찍혀 있던 약도가 기억났다. 부리나케 걸음을 옮겼다.

김민우의 병원은 삼거리 같은 모양으로 늘어선 빌딩 중 병원이 많이 들어선 곳 5층에 있었다.

외벽에 큼직한 간판을 달아놓아 어렵지 않게 찾아냈다. 1층으로 들어서다 나도 모르게 발이 멈칫하고 섰다.

있는 듯 없는 듯 자리를 지켜 생존해왔던 내가 당장 닥쳐올 일들에 본능적으로 거부반응을 드러낸 것이다. 그러나 지금은 일 초도 감상에 할애할 여유가 없었다. 나는 고개를 도리질 쳤다.

때마침 일층에 도착한 엘리베이터에서 쏟아져 나오는 사람들을 헤집고 쏜살같이 몸을 실었다.

김민우의 병원은 5층을 전부 사용하는 듯 엘리베이터에서 내리자마자 따로 마련된 입구 없이 곧장 로비가 나왔다.

로비는 소란스러웠다. 접수대에 선 세 명의 간호조무사는 난감한 표정이었고, 그 중 한 명은 어디론가 전화를 걸고 있었다.

소란의 원인은 어렵지 않게 찾아냈다. 접수대 앞에 선 익숙한 사람이 간호조무사와 실랑이를 벌이고 있었다.

"잠깐만 들어가면 돼요."

"학생, 그러니까 오늘은 원장님이 안 나오시는 날이에요. 연락을 하고 다시 오면 되잖아요."

"아! 답답하네, 진짜. 원장님이 있든 없든 상관없고 그냥 잠깐 들어가서 제 물건만 찾으면 된다니까요!"

서우는 정말로 억울한 듯 머리를 잔뜩 헝클어트렸다.

로비에 앉은 몇 사람이 그를 힐끔거리며 속닥거리는 게 보였다. 토요일이라 그런 건지, 병원 특성인 건지 다행히 사람은 많지 않았다.

나는 얼른 서우에게로 다가갔다.

"지금 뭐하는 거예요?"

최대한 차분한 목소리로 말했어도 속은 들끓고 있었다. 조금씩 과격해진다고는 생각했지만 이 정도로 무모하게 나설 줄은 몰랐다. 이건 멍청한 짓이었다.

서우가 벼락이라도 맞은 것처럼 화들짝 놀라 나를 돌아보았다. 간호조무사들의 시선도 내 얼굴로 쏟아졌다.

"누나!"

이 다음엔 어떻게 말해야 할지 난감했다. 화가 치민다고 서우를 책망하기에는 내게 그만한 자격이 없었고, 무작정 수긍하기엔 아까 느꼈던 배신감이 손톱 밑에 낀 모래처럼 까끌거렸다. 병원에서 부린 난동이 고스란히 김민우의 귀로 들어갈 게 뻔해서 서우 이름조차 함부로 내뱉을 수 없었다.

"들어가야 해요! 저 안에 있을 거예요."

서우는 바보같이 서 있는 나를 기다리지 않았다. 확신에 찬 목소리였다. 나는 서우의 눈을 가만히 보았다. 문득 정말 난데없이 엄마 생각이 났다.

내가 서우의 반만큼이라도 나를 내던질 수 있었다면, 두려움도 계산도 없이 지키기 위해 최선을 다했다면, 엄마는 지금 내 옆에 있었을까.

엄마도 두려웠을 텐데. 나처럼 문 뒤에 숨어서 모르는 척 눈을 감고 싶었을 텐데. 혼자 이겨내는 동안 그녀를 괴롭혔던 건 어쩌면 외로움일지도 모른다. 이해도, 위로도, 공감도 없이 오롯이 혼자 이겨내야만 했던 외로움.

간호조무사들 중 한 명은 서우가 조용해지자 다시 업무를 보기 시작했다.

로비에서 우리만 보고 있던 사람들은 안내에 따라 진료실로 들어갔다.

다른 간호조무사가 붙들고 있던 수화기도 다시 제자리로 올려놓았다. 그러나 눈빛들은 우리 둘에게서 완전히 거두지는 않았다.

서우 어깨 너머로 그들과 눈이 마주쳤다. 짙은 의심과 경계가 어린 눈초리였다.

"빨리 나가야 해요."

나는 정원에 서 있던 남자의 실루엣을 떠올리며 말했다.

서우가 상처받은 눈을 했다. 우습게도 그의 행동으로 난감해진 건 나인데도 그 눈빛은 마치 내가 죄인인 것처럼 느끼게 했다.

"싫어요."

"이거 아니잖아요. 조금만 참으면 돼요."

"언제까지요?"

서우가 신경질적으로 되물었고, 나는 입을 다물었다.

우리가 목소리를 잔뜩 낮춰 속닥이며 신경전을 벌일 동안 데스크에 앉은 조무사들은 여전히 우리를 신경 쓰고 있었다.

서우는 어떤 말을 들어도 나가지 않을 태세였다. 거칠어진 숨소리가 귀에 오롯이 박혔다. 그의 눈빛을 보자 막막해졌다. 설득을 해야 하는데 머릿속이 하얘져서 아무 생각도 나지 않았다.

그러다 오늘이 토요일이라는 데 생각이 닿았다. 토요일은 내가 803호로 출근하는 날이니, 서아는 804호에 있을 것이다. 자기 방에 감금된 채.

서우는 어제 유경이 홈카메라를 부수고 울고 있었다고 했다. 승조가 한계에 다다라 제정신도 아닌 유경을 서아와 단 둘이 뒀을 리 없으니, 그는 집에 있을 터였다. 아침에 나를 인터폰으로 내다 본 것도 어쩌면⋯⋯.

그런데 정원에 서 있던 남자가 김민우였다면, 그는 왜 803호를 살피러 힐스타운 정원까지 왔을까. 승조가 804호에 있다면 굳이 내게 신경 쓸 필요가 있었을까.

문득 정원에 서 있던 남자가 서우가 나올 때부터 사라질 때까지 집요하게 눈으로 쫓았던 게 생각났다. 그 시선은 단순히 1동 밖으로 나타난 주민을 쫓는 시선이 아니었다. 서우를 알고 있는 시선이었다.

유경이 서우에게 쥐어준 건 803호 카드키였고, 카드키의 출처는 분명 한승조였다. 승조는 803호 카드키가 사라진 후 어디로 갔는지 짐작하고 있었을까. 그렇다면 정원에 서 있던 김민우가 삼시하려고 한 건, 혹시 내가 아니라⋯⋯.

"김민우 씨는 우릴 알고 있었어요. 아까 우리를 보러 왔다고요."

서우가 눈을 크게 떴다.

"이렇게 난동을 부린 걸 알면 누구한테 이 얘길 전하겠어요?"

말하면서 감정이 요동치는 게 느껴졌다. 나는 최대한 침착하게 조곤조곤 말하려 애썼다. 서우의 표정이 더욱 굳었다.

"서아는 지금 한승조 씨와 있잖아요."

뻣뻣하게 서 있던 서우의 자세가 흐트러졌다. 일부러 유경의 이름은 언급하지 않았다. 서우가 손을 들어 이마를 짚더니 눈을 이리저리 굴렸다.

"우리를 보러 왔다고요……?"

서우가 떠듬떠듬 물었다. 목소리에 힘이 빠져 있었다. 그걸 들으니 힘이 났다. 확실히 효과가 있었다.

"그래요, 정원에 서서 803호를 보고 있었어요."

서우는 대답 없이 그 자세로 굳은 채 가만히 서 있었다. 그사이 새로운 손님들이 와서 우리는 한구석으로 비켜섰다.

나는 땡, 땡, 울리는 엘리베이터 소리를 들으면서 조급해졌다. 당장이라도 엘리베이터 문이 열리고 우리를 쫓아온 김민우가 들어올 것만 같았다. 어차피 이 소동이 벌어진 건 그도 알게 되겠지만 그냥 얘기로 전해지는 것과 정면으로 그를 맞닥뜨리는 건 차원이 다른 얘기였다.

"가요, 지금은."

나는 서우의 팔을 잡아끌었고 생각에 빠져 있던 서우는 맥없이 끌려왔다. 등 뒤로 데스크에서 쏟아지는 시선들이 느껴졌다.

엘리베이터는 3층을 막 지나고 있었다. 불현듯 좋지 않은 예감이 스쳐 서우를 끌고 비상구 문을 열었다.

맥없이 따라오던 서우의 걸음에 힘이 붙었다. 우리는 비상구로 들어갔다. 간발의 차로 띵, 소리가 들리더니 엘리베이터 문이 열렸다.

"어머, 원장님. 웬일이세요?"

비상구 문을 조금 열어 밖을 내다보다가 나도 모르게 숨이 멎었다.

"뭐예요?"

뒤에 있던 서우가 고개를 내밀었다. 나는 반사적으로 서우를 계단 쪽으로 밀어낸 뒤 소리 나지 않게 문을 닫았다.

엘리베이터에서 내린 건 정원에 서 있던 남자였다. 간호조무사는 그를 향해 '원장님'이라고 했다. 그 남자가 정말로 김민우였다.

나는 쿵쾅거리는 가슴을 진정시키기 위해 숨을 깊게 들이마셨다가 내쉬었다. 계단으로 밀려 한 계단 내려간 서우가 나를 지켜보고 있었다.

"그 남자예요? 저기 있어요?"

서우가 물었다. 이제 완전히 진정된 얼굴에 평소와 같은 어조였다. 나는 말없이 서우를 가만히 보기만 했다.

순간 그의 주머니에서 스마트폰이 진동했다. 좌우가 막혀 있는 공간이라 진동 소리는 유독 크게 울렸다. 화들짝 놀란 서우가 얼른 폰을 꺼내들었다.

'김지호 형' 액정에 찍혀 있는 이름은 내게도 그대로 보였다. 서우는 통화 버튼을 누르고 내게 얼른 내려가자고 손짓했다.

"네, 형."

서우가 목소리를 낮추고 전화를 받았다. 우리는 최대한 빠르고 조용하게 계단을 내려갔다.

한 층만 내려가서 비상구 문을 열고 나갔다. 피부과, 치과, 의원들 입구와 너르게 펼쳐진 복도가 보였다. 복도를 향해 성큼성큼 걸었고.

"그래요, 504호에 있어요. 형 집에."

뒤에서 따라오는 서우의 목소리가 들렸다.

복도 코너를 돌다가 그 자리에서 멈춰 섰다. 비상구 문이 하나 더 있었다.

내가 멈춰 서자 따라오던 서우가 덩달아 그 자리에 섰다.

"내가 형한테 왜 거짓말을 해요. 뭐? 어디라고요?"

서우가 당황스러워하는 기색이 느껴졌다. 듣지 않아도 알 수 있었다. 지호는 진료도 내팽개치고 다시 504호로 돌아간 것이다.

그가 느꼈을 불안을 생각하면, 그리고 불과 몇 분 전까지 그 불안이 현실이 되어 서우가 날뛰었던 걸 생각하면 당연한 판단이었다.

나는 돌아서서 손을 내밀었다. 뭐라 말해야 할지 몰라 우물쭈물 하던 서우가 나를 보았다.

"전화 줘요. 할 얘기가 있어요."

나는 서우가 건네는 스마트폰을 한 손에 꼭 쥐고 뒤에 있는 다른 비상구 문을 보았다.

서우 말대로 정말 김민우에게 서아를 빼낼 키가 있을까. 확인할 방법이 있을 것 같았다.

***

고정된 자세로 움직임 없이 밀폐된 공간에 몇 시간씩 있는 건 생각보다 굉장히 고된 일이었다.

시간은 확인할 수 없었지만 간간이 들리던 목소리가 사라지고,

스며 들어오던 빛이 없어진 걸로 대강 날이 저물었다는 건 짐작할 수 있었다.

내가 있는 곳은 몸을 욱여넣은 것만으로도 이미 꽉 차서 내쉬고 마시는 숨소리조차 생생하게 들렸다.

시간이 얼마나 지났을까.

시계 초침소리마저 생생히 들릴 정도로 사위가 적막했다. 밖은 아까와는 차원이 다르게 조용했고 어둠도 더 깊어진 느낌이었다. 직감적으로 밤이 되었음을 알 수 있었다.

그때 대리석 바닥에 부딪히는 구두 소리가 들렸다. 뚜벅. 뚜벅. 뚜벅. 누군가가 일정한 보폭으로 걷고 있었다.

원래라면 지금은 아무도 없는 밤이어야 했다.

구두 소리가 가까워지더니 소파에 털썩 앉는 소리가 들렸다.

"이제 나오셔도 됩니다."

나직한 목소리가 들렸다. 심장이 요란하게 뛰기 시작했다. 주위는 여전히 적막했고 어두웠다. 잘못 들은 소리는 아니었다.

나는 두 눈을 질끈 감고 몸이 거의 맞닿은 문을 열었다. 모험이었다. 끼익, 소름 돋는 소리와 함께 널찍한 병원 로비가 그대로 드러났다.

간접등 말고는 모든 불이 꺼져 있어 어두컴컴했다. 내가 숨어 있던 곳은 정수기 옆 구석 비품 따위를 쌓아두는 좁고 긴 벽장이었다.

소파에 김민우가 앉아 있었다. 눈이 마주쳤다. 그는 이미 알고 있었던 건지 놀라지 않았다.

"어떻게 알았어요?"

나는 애써 침착하게 물었다. 고막 위에서 심장이 뛰는 것처럼 쿵쾅거리는 소리가 귀를 때렸다. 그의 눈을 보고 있자니 긴장이 가라앉기는커녕 더 심해져 목 뒤가 뻣뻣하게 굳는 게 느껴졌다.

"서우는 보낸 모양이죠?"

민우는 대답 대신 되물었다. 이미 오래 알고 있는 사람을 대하는 것처럼 서우를 부르는 바람에 목덜미가 서늘해지는 기분이 들었다.

그는 애초에 대답을 기대하고 물은 게 아닌 듯 말을 이었다.

"병원에 CCTV가 있어요. 뒷문까지 찍히는."

"……."

"다시 돌아올 것 같아서 지켜봤죠."

로비 쪽이 아닌 뒷문 쪽으로 난 비상구로 몰래 들어와 숨은 내 노력이 아무것도 아니란 투였다. 그의 손바닥 위에서 놀아난 기분에 수치심이 들어 얼굴로 열이 몰렸다.

"남보민 씨, 이 시간까지 여기 있어도 괜찮겠어요? 할머니가 걱정하실 텐데."

민우가 말했다. 표정이랄 게 없는 단정한 얼굴이었다.

나는 할머니라는 말에 움찔 몸을 떨었다. 어떤 말을 해야 할지 몰라 가만히 노려보자 그가 그 단정한 얼굴로 살짝 웃었다. 비웃는 게 아니라 그냥 웃는 표정이었다. 그러나 내겐 어떤 비웃음보다도 모욕적으로 다가왔다.

"김지호 씨는 같이 안 온 모양이군요."

그는 아무 말 없는 나를 보며 말을 이었다.

서우와 나, 할머니, 지호까지.

민우는 이미 모든 걸 알고 있었다. 나는 아랫입술을 깨물었다. 아무리 그래도 지호까지 알고 있을 줄이야.

방법이 있을 것 같다고 좋아했던 몇 시간 전의 내가 바보같이 느꺼졌다. 나는 아무것도 몰랐고 눈앞의 김민우는 전부 알고 있었다.

내가 대꾸하지 않자 그도 입을 다물었다. 어두운 로비 사이에 잠시 침묵이 가라앉았다. 고개를 들어 벽에 걸린 시계를 쳐다보았다. 저녁 11시가 넘은 시간이었다.

조용한 병원 여기저기서 웅, 돌아가는 기계음과 덜컥거리는 소음이 들렸다.

나는 눈을 꾹 감았다. 아무리 머리를 굴려봐도 여기선 더할 수 있는 게 없었다.

"남보민 씨."

민우가 나를 조용히 불렀다.

"이건 당신이 생각하는 그런 일이 아니야. 당신이 개입하면 할수록 그 가족은 위험해져."

그의 목소리가 서늘했다. 숨이 막히는 것 같았다.

내가 굳은 듯 그 자리에 서 있자 소파에서 일어난 민우가 내게 성큼 다가왔다.

놀란 내가 물러서자 그가 양 손을 들더니 어깨를 으쓱였다.

"나갑시다."

"……."

"당신 할머니가 기다릴 테니까."

나는 그를 노려보며 걸음을 뗐다.

민우와 엘리베이터를 타고 내려갔다. 방금 전까지 나를 협박하던 사람과 같은 공간에 나란히 서 있다는 게 우스웠다.

"왜 나였어요?"

엘리베이터에서 앞서 걸어가는 그의 뒤통수에 대고 물었다. 뚜벅

뚜벅 걷던 그가 멈춰서더니 나를 돌아보았다.

"정해진 선을 넘지 않는 똑똑한 파출부를 원했죠. 당신 사무실이 그대로 해줬을 뿐이고."

덤덤한 어조였다. 말을 끝맺은 민우는 뒤도 안 돌아보고 그대로 건물을 나갔다.

바닥에 길게 늘어졌던 그림자가 조금씩 멀어져 갔다.

'당신이 개입하면 할수록 그 가족은 위험해져.'

그의 목소리가 환청처럼 귓가를 맴돌았다. 나는 두 손을 꽉 모아 쥐었다.

민우의 뒷모습을 집요하게 쫓는 것처럼 자리에 서 있던 나는 주머니에 손을 넣어 액정이 멀쩡한 폰을 꺼냈다. 서우의 폰이었다.

전원을 켜서 시간을 확인하니 어느새 12시가 코앞이었다.

통화 목록을 눌러 '김지호 형'에게 전화를 걸었다.

지잉. 지잉.

가까운 곳에서 인기척이 들렸다.

돌아보니 어느새 내려온 건지, 구석에 서 있던 지호가 걸어오는 게 보였다.

전화를 끊자 그가 여유롭게 웃으며 손을 들어 보였다. 그의 손에서 뭔가 작게 흔들리고 있었다. 열쇠였다.

그걸 보자마자 803호 발코니의 가려진 문이 선명하게 머릿속에 떠올랐다. 가슴속 깊숙한 곳에서 울컥 감정이 치솟았다.

가까이 다가온 지호가 나를 내려다보았다. 여전히 웃는 얼굴이었다.

"서우 말이 맞았어요."

그가 속삭였다. 나는 고개를 끄덕였다. 서우 말대로 서아를 가려진 문에서 꺼낼 수 있는 키는 김민우에게 있었다.

***

서우를 데리고 김민우의 병원을 빠져나왔던 몇 시간 전의 낮.

내가 다시 병원으로 돌아가 숨어 있겠다고 했을 때, 서우는 이번엔 적극적으로 나서지 않았다.

내가 불러내자마자 차를 몰고 온 지호는 계획을 듣다가 고개를 저었다.

"위험한 일이에요. 너무 엉성하고. 바로 들킬 거예요."

서우가 지호를 흘깃 노려보았다. 이번에는 서우의 마음이 이해가 되었다. 무슨 행동을 하려 하든 막아서니 나조차도 불쑥 답답함이 느껴졌다.

"나만 들어가는 게 아니에요."

내가 단호하게 말하자 지호가 눈살을 찌푸렸다.

"시간차를 두고 지호 씨도 같이 들어갈 거예요."

지호가 깊은 숨을 들이키며 턱을 매만졌다.

그는 내 계획을 미리 그려보기라도 하는 듯 비상구 계단 위쪽을 힐끔 쳐다보았다. 바로 한 층만 올라가면 김민우 병원 뒷문으로 들어갈 수 있었다.

"시간차를 두는 이유는?"

지호가 물었다.

"김민우가 감시하고 있을지도 모르니까요. 내가 들어가는 걸 확인하면 더 이상 계속 감시할 필요가 없어지겠죠. 뭐, 감시가 없다면 더더욱 좋고요."

내가 거침없이 대답하자 지호가 나를 빤히 보았다.

"그 키가 거기 있다는 걸 어떻게 알고요?"

그러더니 다시 물었다. 이번에는 목소리에 한숨이 섞여 나왔다. 서우가 더는 못 참고 뭔가 말하려 입을 열었지만 내가 빨랐다.

"해봐야죠. 해봐야 아는 거잖아요."

지호가 눈을 크게 뜨더니 느리게 깜박였다. 서우를 한 번 살피고는 다시 내 눈을 보았다.

"그래요."

잠시 뒤에 지호가 말했다. 미묘하게 웃는 얼굴이었다.

먼저 들어가기 위해 올라가려는 나를 서우가 붙들었다.

"누나, 이거요."

서우가 내 손에 자기 핸드폰을 쥐어주었다. 힘을 주어 내 손을 꽉 오므리며 머쓱한 듯 웃었다.

"504호에서 기다리고 있을게요."

나는 손에 쥐어준 서우의 폰을 보았다. 손에 착 감기는 느낌이 없어 낯설었다. 주머니에 집어넣고 고개를 끄덕여주었다.

"그리고……."

이제 진짜로 걸음을 떼려는데 서우가 또 말을 꺼냈다.

"고마워요."

쑥스러운 건지 차분해진 건지 힘이 빠진 목소리였다.

서우의 고맙다는 말은 예리한 바늘에 찔린 것처럼 나를 따끔하게 했다. 그의 말에는 '우리를 위해 이렇게까지 해줘서'라는 말이 빠져 있었다.

나는 머쓱한 웃음으로 답을 대신했다. 사실 내가 직접 나선 건 내 손으로 하지 않으면 불안해서 견딜 수 없으리라는 판단이 앞섰기 때문이다. 그리고 그쯤 나는 깨달았던 것이다.

나는 지호와 서우를 온전히 믿을 수 없었다. 그건 그들이 못 미더워서도, 내게 뭔가 큰 잘못을 해서도 아니었다. 필연적인 불안이 불러온 불신이었다.

'내가 당신을 완전히 믿는다'고 느끼기에 우리는 이전까지 서로 알지 못하던 사람들이 않은가. 우리는 어쩌다 같은 목적을 향해 움직이게 되었을 뿐 서로를 신뢰한다 말하기엔 많은 게 부족한 관계였다. 누구 하나 발을 빼고 돌아서도 따져 물을 명분도 없었다.

흡사 모래성 같았다. 물로 모래를 단단하게 뭉쳐서 끝내는 멋들어진 결과를 만들어내도 언제든 허물어질 수 있는.

그럼에도 내가 이 계획에 적극적으로 나설 수 있는 건 나 때문이었다. 지호도, 서우도 중요하지 않았다. 여기까지 뛰어든 나 자신을 믿었다. 그건 지호나 서우를 원망하지 않기 위해 스스로 걸어둔 제어장치기도 했다. 설령 일이 틀어지더라도 내가 직접 뛰어들어 만들어낸 결과라면 두 사람을 원망하지 않을 수 있었다.

원망으로 점철된 지난 역사가 얼마나 끔찍했는지, 무시로 찾아오는 기억들은 나를 깨우쳤다. 엄마가 나를 버리고 도망간 후 나는 원망과 저주로 그 시간을 버텼다. 길디긴 시간이었다. 원망이라는 감정 반대편에는 엄마를 지키지 못했다는 죄책감이 있었다.

그래서 나는 직접 해야만 했다. 다시는 똑같이 아프고 싶지 않았다.

12

지호와 504호에 도착했을 때, 서우는 소파에 웅크린 채 앉아 있었다. 고개를 숙이고 뒤꿈치를 세우고 다리를 떨어댔다.

내가 가까이 다가가자 비로소 서우가 고개를 들었다. 울 것 같은 표정이었다.

"어떻게 됐어요?"

초조함이 잔뜩 밴 얼굴로 물었다. 한 글자, 한 글자가 신중하게 흘러나왔고 호흡마저 조심스러웠다.

지호는 대답 대신 테이블 위로 열쇠를 올려놓았다.

멀뚱히 보기만 하던 서우가 큰 소리로 한숨을 내쉬더니 곧게 세운 등을 소파에 기대었다. 긴장으로 얼어 있던 몸이 풀리는 게 내게도 느껴졌다.

"다행이다……."

양손으로 얼굴을 감싸 쥐며 중얼거렸다. 언뜻 울먹거리는 것처럼 들리기도 했다.

"네 말이 맞았어."

지호가 말했다. 반쯤은 달래는 어조였고, 반쯤은 대견해하는.

서우가 얼굴을 덮은 손을 내려 우리 둘을 찬찬히 보았다. 그의 얼굴이 살짝 붉어졌다. 이제 곧 노력의 결과를 볼 수 있다는 기대로 상기된 낯빛이었다.

서우의 시선은 다시 열쇠로 향했다. 우리 셋 중 누구도 먼저 얘길 꺼내지 않았다. 한참이나 열쇠에서 눈을 떼지 못했다. 이상한 기분이었다. 당장이라도 열쇠를 쥐고 803호로 뛰어가고 싶어 발바닥이 움찔거리다가도 오히려 긴장이 풀리며 다리가 녹진녹진 녹아내리는 느낌도 들었다. 하나 확실한 건 정신이 그 어느 때보다 맑다는 것이었다. 몇 시간을 좁아터진 수납장에 처박혀 있었는데도 몸에선 피로를 느낄 수 없었다.

어느새 새벽 1시가 다 되어가고 있었다.

액정이 깨진 핸드폰은 전원이 나간 건지 잠잠했다.

열쇠를 드디어 빼내왔다는 실감이 머리끝까지 차오르고 나서야 할머니가 나를 얼마나 기다리고 있을지 걱정이 되었다. 습관적으로 주머니를 더듬다가 아직 서우 핸드폰을 돌려주지 않았다는 걸 깨달았다.

"저……."

내가 핸드폰을 꺼내며 입을 떼자, 서우와 지호가 이 순간을 기다린 것처럼 동시에 나를 보았다. 불안과 걱정, 기대와 망설임이 범벅된 시선이었다.

"전화 한 통만 써도 돼요? 너무 늦어서."

"아! 그럼요, 누나."

서우가 허를 찔렸다는 얼굴로 가볍게 웃었다.

자리에서 일어나 주방으로 들어갔다. 신호가 몇 번 가기도 전에 할머니가 전화를 받았다.

'보민이냐?'

다급한 목소리가 넘어왔다. 할머니에겐 낯선 번호일 텐데도 바로 내 이름을 부르는 걸 듣고 있으니 마음이 짠해졌다.

'남보민 씨, 이 시간까지 여기 있어도 괜찮겠어요? 할머니가 걱정하실 텐데.'

불현듯 민우의 목소리가 들리는 듯했다. 나는 그 목소리를 털어내듯 고개를 저었다.

"응, 할머니. 나야."

'아이고, 세상에! 너 어디야? 왜 전화를 안 받아? 이건 누구 번호야?'

"그럴 일이 좀 있었어. 핸드폰이 고장 나서 연락을 못 했고. 안 자고 있었어?"

'그걸 말이라고 해! 네가 안 들어왔는데 어떻게 자!'

떨리는 목소리였다. 나는 핸드폰을 귀에서 조금 멀찍이 뗐다.

거실에서 두런두런 말소리가 들렸다. 지호와 서우가 얘기를 나누는 모양이었다.

"얼른 들어갈게. 자요."

나는 할머니가 더 잔소리를 하기 전에 선수를 쳤다.

'무슨 일인데?'

"내일 얘기할게."

할머니가 혀를 차는 소리가 들렸다. 뭐라고 구시렁거리는 소리도 뒤따랐지만 그건 너무 작아서 들리지 않았다. 화를 거두진 않았지만 걱정은 누그러진 기색이었다. 나는 '얼른 갈게' 한 번 더 말하고 먼저 전화를 끊었다.

거실로 나가니 둘 다 표정이 심각해 보였다.

"잘 썼어요."

핸드폰을 내밀자 서우가 무뚝뚝하게 받아 챙겼다.

내가 옆에 다시 앉는데 지호가 쳐다보는 게 느껴졌다.

"무슨 얘기 했어요?"

단도직입적으로 물었다. 눈치껏 분위기를 가늠하고 짐작하기엔 시간이 없었다.

지호가 마른 한숨을 내쉬며 얼굴을 한 번 쓸어내렸다.

"서아를 언제, 누가 빼낼지를 고민했어요. 빼내고 난 후에 어떻게 할지도."

지호는 그새 좀 지친 기색이었다. 내 대답을 기다린 건지 잠시 뜸을 들인 뒤 말을 이었다.

"저는 그 과정에서 서우가 빠져야 된다고 생각해요."

어쩐지 골이 난 표정 같더니, 지호가 한 말이 서우의 성질을 긁은 듯했다.

"설명은 했는데…… 어떤 이유가 되었든 서우가 있어야 할 곳은 여기가 아니잖아요. 이미 무단결석을 한 번 했고. 좋을 게 없어요."

지호가 내게 동의를 구하는 눈빛을 보냈다

틀린 말은 아니었다. 제일 중요한 과정에서 서우를 빼야 한다고 인정할 만한 여러 이유가 있었다. 흥분하면 물불 가리지 않는 성격도 너무 위험했고, 서아의 가족 입장에서 감춰진 공간 안의 환경을 맞닥뜨리면 어떤 영향이 갈지 알 수 없다는 점 또한 위험 요소였다. 그러나 이런 이유를 다 떠나 제일 중요한 건 지호 말대로 서우가 제 자리를 지켜야 한다는 것이었다.

한승조라는 위험 아래 놓인 건 유경과 서아만이 아니었다. 서우에겐 차라리 학교가 제일 안전한 자리였다. 서우가 직접 말하지 않았던가. 학교에서 하는 연락은 모두 그에게 간다고.

"그건 지호 씨 말이 맞아요."

서우가 고개를 들었다. 평소 같았으면 당장 발끈해서 따지고 들었을 텐데 웬일로 차분했다. 대신 테이블 위의 열쇠를 뚫어져라 보았다. 복잡한 눈빛이었다.

지호가 좀 더 다독거리듯 말했다.

"네 입장도 알아. 서운하겠지. 서우 네가 누구보다 애썼는데. 근데 거기엔 어떤 위험이 있을지 몰라. 어떤 돌발 상황에도 빠르게 대처할 수 있는 사람이 가는 게 맞아."

"알아요. 어차피 학교로 돌아가면 당분간 못 나올 거예요. 수업만 무단으로 빠진 게 아니라 기숙사도 무단으로 안 들어간 거라."

서우는 수긍한다는 표시로 고개까지 끄덕였다. 본인이 먼저 우리를 이해하고 다독이는 태도였다.

의외다 싶었는지 지호가 허리를 곧추 세우고 나를 보았다. 나는 어깨를 으쓱였다.

"근데 803호에 서아가 있는 건 맞아요? 이제 제가 804호에 가질 않는데…… 그럼 그냥 거기 쭉 두면 되지 않나요?"

나는 이참에 내내 궁금하던 것을 입 밖으로 꺼냈다. 서우가 그제야 열쇠에서 눈을 떼고 우리를 보았다.

"새로 아줌마를 구했어요. 누나가 하던 시간대랑 똑같이. 당연히 서아도 똑같이 왔다 갔다 하는 거고요."

내 표정이 딱딱하게 굳는 게 스스로도 느껴졌다. 처음 듣는 소리였다. 만약 그랬다면 완수 아저씨가 말을 안 했을 리 없는데.

서우가 내 표정을 읽었는지 간단히 덧붙였다.

"엄마가 아니라 그 사람이 따로 구해온 거예요. 엄마는 그럴 정신도 없고요."

유경의 얘기가 나오자 지호가 옆에서 깊은 한숨을 내쉬었다.

"보민 씨, 사실은 그게 좀 문젠데요."

"네?"

"서아를 빼내도 둘 곳이 없어요. 유경 씨가 도와줘야 하는데 지금 그런 상황이 안 되고…… 여기 두기도 어려운 게, 김민우 씨가 여길 알잖아요."

지호의 표정이 착잡하게 일그러졌다. 그 얘기를 들으니 또 병원에서 일대일로 민우를 마주하고 있던 상황이 생각났다. 몇 번씩 반복해서 떠올려도 새로운 상황을 맞닥뜨린 것처럼 섬뜩했다.

"그럼 유경 씨를 이 과정에서 아예 뺄 거예요? 알려주지도 않고요?"

"그건 아니에요. 알려야죠. 그런데 유경 씨 반응이 어떨지도 모르겠고……."

지호가 퍽 난감해했다.

나는 마지막으로 보았던 유경의 모습을 떠올렸다. 무척 오래된 옛 일처럼 까마득했다. 영혼이 없는 사람처럼 텅 비어 있던 그녀의 눈이 자연스럽게 떠올랐다. 그때만 해도 그녀는 누가 봐도 아픈 사람이었지만, 이렇게 제정신이 아니라고 말할 정도는 아니었다.

불과 얼마 지나지도 않은 시간 동안 무엇이 그녀를 벼랑 끝까지 몰아세웠을까.

'당신이 개입하면 할수록 그 가족은 위험해져.'

민우의 말이 저주처럼 귓가에 들러붙어 끊임없이 속삭이는 것 같았다.

지호는 내 반응을 기다리다가 서우를 보았다.

"네 생각은 어때? 유경 씨 지금 상황을 우린 잘 모르잖아."

"모르겠어요, 저도. 엄마는 요즘 잠만 자거든요. 옛날부터 그랬어요. 안 좋아지면 병원 다니면서 수면유도제 먹고 자고."

서우가 고개를 절레절레 저었다.

"그건 한승조 씨 뜻이에요?"

나도 모르게 욱해서 물었더니 서우가 나를 물끄러미 보았다.

"아뇨, 엄마 뜻이에요."

눈빛이 '왜 그렇게까지 과민반응이냐'고 묻는 것처럼 보여 치부를 들킨 기분이었다.

"그리고 어차피 엄마가 있었어도 크게 도움은 안 됐을 거예요. 엄마도 갈 곳이 없거든요."

지호와 나는 짠 것처럼 입을 다물었다.

그 말엔 많은 여지가 있어서 온갖 생각을 불러 일으켰다.

서우가 우리 표정을 보더니 피식 웃었다.

"뭘 그렇게들 심각해요?"

유경 씨가 갈 곳이 없다는 건 무슨 뜻이냐고 물어보고 싶었지만 선을 넘는 짓이란 생각이 들었다. 내 머리는 여전히 습관처럼 넘지 말아야 할 선이 어딘지를 계산했다. 나는 자꾸만 목구멍을 찌르는 질문을 외면하고 다른 얘길 꺼냈다.

"정 여의치 않으면 빼낸 후엔 일단 제가 데리고 갈게요. 조치를 취할 때까지만요."

"보민 씨가요?"

지호가 놀란 듯 눈을 크게 떴다.

"네, 저희 집 주소는 사무실에도 기록이 없어서 알아내려면 시간이 좀 걸릴 거예요. 알아내기 전에 병원이든 어디든 데려다 줘야죠."

지호도, 서우도 말을 멈췄다.

"어차피 빼내는 것도 제가 할 일 아니에요?"

"그건 아니에요. 약속했잖아요. 제가 할 겁니다. 보민 씨는 빠져도 돼요."

지호가 서둘러 내 말을 부정했다. 결연한 표정이었다. 나는 왠지 우스웠다.

"이제 와서요?"

내가 반문하자 지호가 입을 꾹 다물었다.

때마침 지잉, 지잉, 울리는 진동 소리가 들렸다. 그의 핸드폰에서 나는 소리였다.

액정에 '병원' 글자가 보였다.

"잠시만요."

지호가 주방으로 들어가자, 서우와 나 사이에 어색한 침묵이 맴돌았다. 그사이로 또 진동소리가 들렸다. 서우가 주머니에서 핸드폰을 꺼내더니 내게 내밀었다.

"아까 통화했던 번호인 거 같은데요."

할머니였다.

나는 주방의 눈치를 살폈다. 그의 목소리가 뜨문뜨문 들렸다. 소
파에 앉은 채로 전화를 받았다.

'언제 와? 지금이 몇 시야!'

내가 입을 떼기도 전에 할머니가 버럭 신경질을 냈다. 시계를 보
니 어느새 새벽 1시 30분이 넘어가고 있었다.

"갈게. 이제 가려고 했어."

'아까도 금방 온다고 했잖아!'

할머니 목소리가 쩌렁쩌렁 울렸다. 아까보다 훨씬 힘이 넘치는 목
소리였다. 머리가 지끈지끈 아파오기 시작했다.

"이제 진짜야. 진짜 갈게, 할머니. 이제 여기로 전화하지 마."

나는 할머니가 더 뭐라 하기 전에 전화를 끊었다.

"이제 전화 와도 받지 마요."

서우가 고개를 끄덕이며 핸드폰을 받았다. 아까보다 긴장이 풀어
진 눈이 살짝 웃고 있었다.

"시간이 너무 늦었네요. 태워다 드릴게요."

지호도 주방에서 할머니 목소리를 들은 모양이었다.

나는 욱신욱신 울리는 관자놀이를 꾹꾹 누르며 소파에서 일어났
다. 사양하지 않을 생각이었다. 조금만 더 지체했다간 이번엔 할머
니가 아예 여기로 오겠다고 날뛸 것 같았기 때문이다.

"넌 여기 있어. 아침 일찍 학교로 데려다 줄게."

지호가 테이블 위에 놓인 차 키를 집어 들며 말했다. 막 따라 일어
나려던 서우가 다시 자리에 앉았다.

"잘 가요, 누나."

입을 삐죽거리더니 손만 흔들며 인사를 했다.

주차장으로 내려가는 엘리베이터에서 그가 내게 열쇠를 내밀었다. 놀라서 쳐다보자 진지한 표정으로 나를 마주보았다.

"내일 803호에 가시면 이 열쇠가 맞는지 한 번 살펴봐 주세요. 어차피 일요일엔 서아가 804호에 있잖아요."

나는 말없이 열쇠를 받아들었다.

"보민 씨가 여기서 물러나기 싫어하는 것 같아서요. 그래도 부탁은 이게 마지막일 겁니다."

그의 말은 나를 혼란스럽게 했다.

내가 여기서 물러서길 싫어하는 것 같다고? 내가 그랬나?

열쇠를 손에 꼭 쥔 채 내가 했던 행동들을 반추해보았다.

지호가 이제 와서 약속을 지킨다고, 이 일에서 빠지라고 했을 때 우스웠던 건 사실이다. 그건 재밌어서 우스운 게 아니었다. 이렇게까지 파고들어 놓고 정작 가장 중요한 고지에서 빠진다는 게 아이러니한 일이라고 생각했기 때문이다. '이제 와서?'라는 생각으로 코웃음을 쳤을 뿐이다. 하지만 그건 물러서기 싫은 거라기보다는…….

거기에서 생각이 멈췄다. 모든 생각이 하나의 결론을 가리키고 있었다.

지호는 옆에서 나를 지긋이 보고 있었다. 이미 내 마음을 알고 있다는 듯이 의미심장한 미소를 걸고서.

"사무실에 왜 보민 씨 집주소가 없죠? 보통 알고 있지 않나요?"

차 안에서 문득 지호가 물었다.

반사적으로 안 좋은 기억들이 꾸역꾸역 머릿속으로 쏟아져 나왔다.

"여러 가지 일이 있었어요."

내가 대답하고 싶어 하지 않는 걸 알아차렸는지 더 이상 묻지 않았다.

차가 우리 집 앞 골목에 도착할 때까지 우린 아무 말도 없었다.

지호는 영리했다. 내가 그어놓은 선까지 도달했다는 걸 알아채면 바로 두 손을 들고 물러설 줄 아는 사람이었다. 상대를 배려하는 태도가 몸에 밴 사람. 그렇기 때문에 일이 진행될수록 그에게 묻고 싶은 말들이 늘어갔다.

지호는 왜 이 일을 해결하고 싶은 걸까. 무엇이 지호를 여기로 끌어들였을까.

그가 나를 존중하며 물러날 때. 너의 선을 이해해주겠다는 듯이 넉넉하게 웃을 때. 이 일에 누구보다 간절한 서우보다도 더 열의를 가지고 앞장설 때. 그럴 때마다 가슴 속에선 불쑥불쑥 충동이 치밀었다.

'당신에겐 어떤 아픔이 있는 건가요? 이 일을 해결해서 뭘 얻고 싶은 거예요?'

하지만 물을 순 없었다. 지호가 영리하게 나의 선을 넘지 않듯이 나도 그만한 예의는 갖추어야 했다. 무엇보다 용기가 없었다. 지호가 자신을 드러내는 만큼 나를 드러낼 자신이 없었다. 우리는 이 일을 해결하기 위해 어쩌다 엮인 사이였다. 굳이 서로의 약점을 공유하는 위험을 감수할 필요가 없었다.

***

일요일, 803호로 출근하는 길엔 혼곤했다. 잠이 부족한 탓이었다.

새벽에 집에 들어가서 할머니에게 사정 설명을 하는 데 거의 한 시간이 걸렸다.

출근한 집에 아픈 애가 있어 병원에 데려다주고 보호자가 없어 늦게까지 같이 있어야 했다고 변명했다가 온갖 잔소리를 들었다.

이제 파출부도 모자라 수행기사 노릇까지 하는 거냐는 둥 연락 한 번 주면 손가락이 부러지냐는 둥 퉁명스러운 소리 일색이었지만 마지막은 결국 '그래서 그 애는 괜찮냐'였다.

이젠 아예 켜지지도 않는 핸드폰을 집에 두고 나와서 그런지 맘이 내내 불안했다. 아니, 사실은 핸드폰 대신 자리를 차지하고 있는 열쇠가 나를 불안하게 했다.

김민우는 아직도 이 열쇠가 사라진 사실을 모르는 걸까? 바로 어제 그런 일이 있었는데도 나를 자르지 않는 걸까?

풀리지 않은 의문들이 불안감을 한층 고조시켰지만, 직접 가보는 것밖엔 답이 없었다.

803호로 올라가기 전 우편함부터 확인했다. 우편함 덮개를 열 때는 갑자기 긴장이 되어 심장이 빠르게 뛰는 게 느껴질 정도였다.

우편함은 비어 있었다. 맥이 빠졌다. 민우가 무슨 생각을 하는지 짐작할 수도 없었다. 어쨌든 그가 나를 자르지 않은 이상 나는 아직 803호 파출부였다. 지금은 803호에 아무런 제재 없이 들어갈 수 있는 입장이다. 그리고 내겐 이곳 발코니에 가려진 문 열쇠가 있었다.

803호는 어제와 똑같은 모습 그대로였다. 어제 아무 일도 못 한 탓에 조금 눅눅한 먼지 냄새가 났다. 거실 블라인드두 내가 위로 올린 상태 그대로였다.

나는 블라인드로 다가갔다. 아래 정경이 눈에 들어오자 눈이 자연스럽게 정원을 훑었다. 입에 고여 있던 침이 꿀꺽 넘어갔다.

정원에는 개를 산책시키는 여자 외에는 아무도 없었다. 멀리 입구도 살폈지만 거기도 노부부만 지나가고 있을 뿐이었다.

나는 안도의 한숨을 내쉬며 블라인드를 내렸다. 팔이 흔들릴 때마다 주머니에서 열쇠가 묵직하게 끌어당기는 것만 같았다.

블라인드를 내리자 밝게 물들어 있던 집이 확 어두워졌다. 따뜻한 분위기는 온데간데없고 차갑고 딱딱한 기운만 감돌았다. 나는 발코니로 향했다.

거기 있는 것들도 모두 그대로였다. 선반을 마주하자 심장이 쿵쾅거리며 요란하게 뛰기 시작했다. 선반을 옆으로 밀어냈다. 힘을 많이 준 것도 아닌데 부드럽게 밀려났다. 문이 드러났다.

열쇠를 꺼내기 전에 문에다 바짝 귀를 붙였다. 저번에 그렇게 했을 땐 안에서 뭔가 파닥이는 것 같은 소리를 들은 것 같은데, 오늘은 몹시 조용했다. 잘 들리는 건 내 심장 소리뿐이었다.

귀를 떼고 똑바로 서서 열쇠를 꺼냈다. 반대편에 누군가 있는 것처럼 눈에 힘을 주었다. 이곳엔 나뿐인데도, 고작 문을 열어볼 뿐인데도 이상하게 겁이 났다. 열쇠를 열쇠구멍에 가져다 댈 때는 손이 작게 떨릴 정도였다.

열쇠는 빨려 들어가는 것처럼 부드럽게 구멍 안으로 모습을 감췄다.

중간에 막히거나 하지도 않았다. 끝까지 들어간 열쇠에서 턱 소리가 났다. 동시에 내 심장도 덜컹 내려앉는 것 같았다. 쿵쾅거리며 요란하게 뛰어대던 심장소리가 하얗게 사라졌다. 아무 소리도 없는 진공상태에 놓인 것 같았다.

열쇠를 끝까지 밀어 넣은 그 자세로 가만히 숨을 골랐다. 그리고 두 눈을 꾹 감아 내리며 열쇠를 돌렸다.

철컥.

단단하게 잠겨 있던 문고리가 탁 풀어지는 감각이 손끝을 타고 전해졌다. 나도 모르게 눈을 번쩍 떴다.

'들어가야 해요. 저 안에 있을 거예요.'

갑작스럽게 서우의 목소리가 떠올랐다. 너무 간절했던, 아기처럼 떼를 쓰듯 울먹거리던 그 목소리.

"그 말이 맞았어요."

작게 중얼거린 나는 망설임 없이 문고리를 돌렸다. 그어놓은 선처럼 가려져 있던 문을 넘어갈 시간이었다.

13

내가 가장 먼저 가려진 방의 실체를 느낀 건 기다렸다는 듯 훅 끼치는 피비린내였다.

반사적으로 코를 틀어막았다. 본능적으로 뒷걸음질 치자 반쯤 열려 내 어깨에 기대 있던 문이 끼익, 소리를 냈다.

그 소리에 정신이 들어 어깨로 문을 밀고 조심스럽게 안으로 들어갔다.

역겨운 냄새가 더욱 심해졌다. 오랫동안 켜켜이 묵혀놓은 듯 짙게 배어 있는 냄새였다.

발코니 창으로 들어오던 햇빛이 방 안으로 쏟아졌다.

방은 단출한 구조였다. 내가 들어온 문과 마주 보는 벽 오른쪽 구석에 작은 문이 하나 더 있었다.

안에는 노란 장판이 깔려 있었고 한쪽 구석엔 작은 매트리스와 이불이 있었다. 좌식 책상 위에는 초등학교 저학년 아이들이 쓸 법한 노트가 두어 권 놓여 있었다.

출입문 바로 옆 구석에는 작은 옷장도 있었다. 상아색 벽지 곳곳에는 희미한 얼룩들이 묻어 있었는데, 몇몇 얼룩은 빛바랜 핏자국처럼 보였다.

방으로 들어갈수록 먼지 냄새와 피비린내 말고도 코를 찌르는 냄새가 있었다. 알싸하게 코를 찌르는.

옷장 근처에 가서야 오줌 냄새라는 걸 깨달았다. 벽지나 방 안 어느 구석에도 오줌 얼룩이라 할 만한 것은 없었는데 옷장만 유독 특유의 지린내가 났다. 마치 옷장을 이룬 나뭇결마다 오줌이 밴 듯이.

설마 화장실이 없는 걸까, 생각했지만 구석에 다다라 문을 열자 화장실이 드러났다. 좁긴 했으나 환풍구도 있었고 깔끔했다.

타일은 오래된 집에서나 볼 수 있는 촌스러운 옥색이었다. 세면대와 변기는 내 눈높이보다 한참 낮은 위치에 있었고 크기도 작았다. 머릿속에 자연스럽게 서아가 여기 앉는 그림이 그려졌다. 착잡한 기분이 들었다.

방으로 돌아가 책상 앞에 쭈그려 앉았다.

책상은 가려진 문과 비슷한 떡갈나무 색으로 위에 선반이 있는 구조였는데 선반에는 두툼한 클리어 파일이 꽂혀 있었다. 어린이용 좌식 책상과는 안 어울리는 물건이었다.

무심코 뽑아 들자 안에 꽂혀 있던 종이 몇 장이 후드득 떨어졌다. 주워 보니 종이마다 빽빽이 영어가 인쇄되어 있었다.

김민우가 구석에 해놓은 건지 곳곳에 볼펜으로 대충 쓴 영어 메모도 보였다.

빠져나온 종이들을 가지런히 모아 다시 파일에 넣으려다가 손을 멈췄다. 몇 장 정도는 챙겨서 지호에게 보여줘도 될 것 같았다.

클립으로 묶여 있는 종이 몇 장을 바닥에 빼두고 파일을 다시 꽂았다.

책상 위에는 노트와 연필이 줄을 맞춘 것처럼 나란히 놓여 있었다. 연필은 세 자루였는데 두 자루는 새 것인 듯 길이가 똑같았고 한 자루만 닳아 있었다. 특이하게 세 자루 모두 막 깎은 것 같은데도 끝이 뾰족하지 않고 뭉툭한 게 눈에 띄었다.

노트는 초등학교용 일기장이었다. 맨 위에 날짜와 날씨를 기록하게 되어 있었다. 날씨는 모두 공백이었다. 일기가 꽤 많았다. 글씨체는 다소 흐리고 엉성했다.

5월 29일 수요일
사료를 작은 숟가락으로 네 번 줬는데 전부 다 먹었다.
해바라기씨를 10개 먹었다. 계속 잠을 잔다.

서아가 썼을 일기는 일기라기보다 동물 관찰일지에 가까웠다.
해바라기씨 내용을 봐서는 햄스터 같은 설치류가 아닐까.
혹시나 해서 몇 장 더 넘겨봐도 내용은 반복되었다.

6월 7일 금요일
새가 내 손을 쪼았다.
사료를 작은 숟가락으로 두 번 줬다. 물을 많이 먹었다.

새 이야기도 있었다.

그런데 볼수록 좀 이상했다. 콕 집어 말할 순 없지만 내용이 뚝뚝 끊기는 느낌이었다. 의무적으로 쓴 것처럼 지나치게 무미건조했다.

그런 내용만 반복되다가 2주 전을 마지막으로 끊겨 있었다. 나는 노트 중 제일 최근 내용이 담긴 한 권을 챙겼다.

옷장도 열어보고 싶었지만 왠지 내키지 않았다. 어차피 지호는 내게 이 열쇠가 803호 가려진 문의 열쇠가 맞는지 확인해주는 것까지만 부탁했다.

맘 한 구석 삐죽 솟아난 호기심을 애써 모른 척했다. 갈수록 숨이 막혔다. 피비린내도, 오줌 냄새도, 묵힌 먼지 냄새도, 모두 시간이 아무리 지나도 익숙해지지 않고 한 덩어리가 되어 나를 내리눌렀다. 여기서 빨리 벗어나고 싶었다.

아까 빼두었던 영어로 적힌 종이 뭉치와 노트를 들고 밖으로 나왔다. 문 밖으로 빠져나오자 발코니 창에서 여과 없이 쏟아져 들어온 햇빛이 쏟아졌다.

등 뒤에선 아직도 음습한 기운이 내 목덜미를 어루만지고 있었다. 열쇠로 문을 잠갔다. 철컥. 손끝으로 느껴지는 느낌에 알 수 없는 쾌감이 솟았다.

***

월요일 아침 수리센터를 찾아가 핸드폰부터 고쳤다.

말짱해진 핸드폰을 켜자마자 못 받았던 연락들이 쏟아져 정신이 없었다.

대부분 전화를 못 받았을 때 할머니가 남긴 연락이었고, 나머지는 시답지 않은 것들이었다.

채팅 방부터 들어갔지만, 손가락이 바로 움직이지 않았다. 둘 모두에게 알리는 것보다 일단 지호에게 먼저 알리는 게 낫지 않을까. 하지만 이내 김민우 병원에서 난동을 부렸던 서우의 얼굴이 떠올랐다. 고개를 젓고 메시지를 입력했다.

'그 열쇠가 맞았어요. 803호 발코니 문이 열렸어요.'

전송한 지 1분도 되지 않았는데 곧장 지호에게서 전화가 왔다. 깜짝 놀라 바로 받았다.

"여보세요."

'보민 씨, 지금 어디에요?'

조금 달뜬 목소리가 들렸다.

"사거리에서 핸드폰 고치고 지금 가고 있어요."

'저 오늘 출근 안 하고 집에 있어요. 열쇠 가져오셨어요?'

"아, 네. 갖고 왔어요."

지호가 길게 한숨을 내쉬었다. 탄식 같기도 했고 안도하는 것 같기도 했다.

'그럼 집에서 봐요.'

전화를 끊고 가방 안에 챙겨 나온 자료들이 제대로 있는지 다시 한 번 확인했다.

504호에 도착하자 카드키를 찍기도 전에 지호가 문을 열어주었다.

출근할 때처럼 말끔한 복장이었다.

"차를 좀 내렸어요."

거실로 들어가는 지호의 표정이 어딘가 급해 보였다. 거실 테이블 위에는 얼음이 띄워진 차 두 잔이 놓여 있었다.

소파에 앉자 맞은편에 앉은 지호가 턱을 괴고 나를 빤히 보았다.

차를 내놓은 사람치곤 여유가 없는 얼굴이었다. 나는 주머니에서 열쇠를 꺼내 테이블 위에 놓은 뒤 가방에서 챙겨 온 자료들을 꺼냈다.

이게 뭐냐는 듯 눈을 동그랗게 떴다.

"그 안에 있던 것 중에 이상한 게 있어서 챙겼어요."

지호가 자료를 건네받고 앞에 놓았다. 궁금한 눈치였지만 시선은 바로 내게 돌아왔다.

"오늘 할 거예요."

지호의 어조가 제법 비장했다.

"오늘이요?"

발바닥부터 짜릿한 긴장이 타고 올라왔다.

지호가 고개를 크게 한 번 끄덕였다.

"서우한테 들었는데 804호에 새로 온 가사 도우미는 보민 씨처럼 월, 수, 금에 일하긴 하지만 오전 일찍부터 나온다더군요. 열쇠를 찾았으니 더 이상 지체할 필요 없겠죠. 그래서 오늘 출근 안 한 거예요. 서아가 오전부터 803호에 있을 테니까요."

"하지만……."

두려움이 앞서 나온 말이지만, 이어서 할 말이 떠오르지 않았다. 지호가 나를 물끄러미 보다가 입을 열었다.

"저는 보민 씨와 같이 가려고 해요. 하지만 지금이라도 내키지 않으면 애초에 약속한 대로 여기서 빠지시면 됩니다. 혼자 할 수 있어요."

지호가 내 표정을 꼼꼼히 살폈다. 따로 보지 않아도 내 눈빛이 흔들리고 있다는 걸 알 수 있었다.

"그러면 서아는 어디에 둘 건데요?"

약에 취해 잠들어 있을 유경과 803호 가려진 문 안에 가득 차 있던 피비린내가 머릿속을 휘저었다.

"일단은 제 집에 둬야죠. 노출된 곳이라 들이닥칠 위험을 무시할 순 없지만…… 지금은 별 수 없고."

그의 말 곳곳에 낭패감과 무력함이 묻어 나왔다.

고지를 눈앞에 두고 들떠 있을 땐 언제고 지금 지호는 시든 식물처럼 어깨를 축 늘어뜨리고 있었다.

"제가 있어야 하는 거잖아요."

"……."

"같이 가자는 말로 들리는데요?"

지호가 고개를 옆으로 돌리더니 자기 턱을 슥 매만졌다. 능청을 떠는 태도였다. 그는 똑똑했다. 그건 같이 가자고 직접적으로 말하는 것보다 훨씬 효과적인 방법이었다.

"그렇게 들리나요?"

지호가 모른 척 물었다. 나는 굳이 대답하지 않았다.

차분하게 잠겨 있는 그의 눈빛이 나를 꿰뚫어보고 있었다.

"맞아요. 같이 가주세요."

지호가 느리게 말했다.

"도와주세요, 보민 씨."

잠깐 정적이 흘렀다. 그는 나를 가만히 보고 있었다. 나도 그 시선을 피하지 않았다. 말을 꺼내는 대신 고개를 끄덕여 대답했다.

그제야 진지해졌던 그의 표정이 조금 풀어졌다.

지호가 열쇠를 챙기면서 내가 준 파일을 집어 들었다.

의문과 호기심이 섞인 표정으로 파일을 보고 있는데, 테이블 위에 놓인 그의 핸드폰이 요란하게 울렸다. 파일을 내려놓고 액정을 확인하더니 미간을 찡그렸다.

"보민 씨, 잠시만요."

지호가 주방으로 들어간 사이, 나는 알아볼 수 없는 파일과 초등학생용 일기장을 물끄러미 내려다보았다.

간간이 지호의 통화 내용이 들렸다. 병원인 듯했다. 처음에는 작은 소리라 뜨문뜨문 들렸지만 갈수록 언성이 높아져 어느 순간부터는 바로 옆에서 듣는 것 같았다.

"제가 지금 당장은 갈 수가 없어요. 분명히 말씀 드렸잖아요. 네, 네. 아니, 그렇죠. 그건 그런데……. 네. 꼭 그러셔야 한대요? 일단 알겠어요. 네!"

마지막에는 짜증까지 섞였다. 중요한 순간을 앞두고 나타난 훼방꾼이어서 더욱 그랬을 것이다. 지호에게선 보기 드문 모습이었다.

통화를 마친 지호가 낭패라는 표정으로 나왔다.

"보민 씨, 죄송한데 여기서 좀 기다리실래요? 제가 급히 병원에 들어가 봐야 돼서."

이미 예상했던 말이었다.

"금방 끝나나요?"

지호가 난감한 듯 인상을 구겼다. 답이 나온 셈이었다.

"제가 혼자 가볼까요?"

"보민 씨가요?"

"어차피 서아 혼자 있잖아요. 빠를수록 좋다면서요. 혹시나 급히 필요한 게 있으면 데리고 이 집으로 오면 되고, 아니면 바로 저희 집으로 가도 되고요. 지금 집에 아무도 없거든요."

지호는 입을 꾹 다물고 고민에 빠졌다.

여러 가지를 가늠하는 눈빛이었다. 시간이 조금 흐르자 그의 핸드폰에서 요란한 진동소리가 들렸다. 이번엔 전화가 아닌 문자였다.

액정을 대충 보고 눈살을 찌푸린 지호가 어쩔 수 없다는 듯 열쇠를 내게 건넸다.

"알겠어요. 최대한 빨리 끝내고 제가 1동 앞으로 갈게요."

그의 표정이 너무 불안해 보여서 나는 짐짓 눈에 힘을 주고 열쇠를 받았다.

"일단 가볼게요."

지호가 가려다 말고 테이블 위 파일과 노트를 챙겨 들었다.

"연락할게요!"

따라 나갈 틈도 없이 뛰는 걸음으로 현관까지 간 지호가 그 말만 남기고는 집을 나섰다.

쾅 닫히는 문 소리를 들으며 아직 손바닥 위에 있는 열쇠를 보았다. 두근거렸다.

***

504호로 돌아오기보단 바로 우리 집으로 가는 게 나을 것 같아 모든 짐을 챙겼다.

혹시나 하는 마음에 비상구 계단을 통해 8층으로 올라갔다.

803호는 조용했다. 카드키를 찍고 안으로 들어섰다.

어제 내가 정리하고 나온 모습 그대로인 거실을 지나 발코니로 향했다. 발코니가 가까워질수록 꽉 모아 쥔 손 안으로 땀이 스며들었다.

선반을 옆으로 밀어내고 드러난 문을 가만히 보았다.

아무 소리도 들리지 않았지만 이 가려진 문 안에 서아가 있다는 걸 느낄 수 있었다. 그간의 일이 영사기로 틀어놓은 필름처럼 머릿속을 스쳐갔다. 갑자기 내가 여기까지 와 있다는 게 황당하게 느껴졌다.

가사파출부인 나와 803호 앞에 서 있는 지금의 나 사이에 있는 간극이 이해되지 않았다. 불가해한 어떤 흐름에 떠밀려 온 끝에 눈을 뜬 기분이었다.

한승조와 김민우, 지호와 서우, 서아 그리고 유경의 얼굴이 떠올랐다. 다른 가정의 생활, 그 경계 안으로 오가면서도 선을 지키려 했던 노력들까지도.

열쇠를 단번에 문고리로 밀어 넣었다. 둔탁한 느낌이 손끝으로 전해졌다. 옆으로 돌리자 경쾌한 철컥 소리가 들렸다. 안에서 인기척이 느껴졌다.

서아는 어떤 모습을 하고 있을까.

문고리를 돌리자 문이 천천히 열리기 시작했다. 문틈으로 어제 보았던 풍경과 어제는 볼 수 없던 풍경이 동시에 보였다.

서아가 있었다.

피투성이의 서아가.

"서아야!"

문을 젖히고 안으로 들어가자 서아의 멍한 눈빛이 한 박자 느리게 나를 쫓아왔다.

서아는 허겁지겁 다가오는 나를 표정없이 응시했다.

나를 보고 놀란 걸까? 그렇다기엔 너무 건조한 표정이었다. 저번에 봤을 때처럼 여전히 퍼석한 눈동자였다.

"서아야! 괜찮니?"

내가 어깨를 붙들자 서아가 눈동자만 굴려 나를 빤히 보았다. 순간 목덜미가 서늘해졌다.

서아의 양쪽 볼과 팔뚝이 핏자국으로 얼룩덜룩했다. 작고 통통한 손가락 끝도 눌어붙은 핏자국으로 붉었다.

이 정도면 아프지 않을 리 없는데 이상하게 서아에게서는 반응이 없었다. 혹여 상처가 있는데 잘못 건드리기라도 할까 봐 아이를 만지는 게 겁이 났다.

어디에 난 상처인지 살펴보려는데 주머니에 넣어둔 핸드폰이 울렸다. 지호였다.

"여보세요?"

핸드폰을 어깨와 귀 사이에 끼워둔 채 전화를 받았다.

'보민 씨, 어떻게 됐어요?'

지호가 다급하게 물었다. 뛰고 있는 사람처럼 숨을 헐떡이고 있었다.

나는 조심스럽게 서아의 팔뚝을 뒤집어보았다. 피가 묻긴 했지만 상처는 없었다. 다른 쪽 팔뚝을 잡았다. 그쪽도 마찬가지였다.

"803호예요. 서아 여기 있어요."

지호가 가장 기대했을 말이었다.

'서아랑 있어요?'

지호가 빠르게 되물었다.

"네, 근데 서아가 지금⋯⋯."

'보민 씨, 나와야 해요.'

"네?"

'김민우가 정문 앞에 있어요. 당장 나와요!'

지호의 목소리가 귀를 찔렀다. 나도 모르게 서아의 팔뚝을 힘주어 붙들었다.

미간을 찡그리며 서아가 나를 올려다보았다.

"이번엔 재미없었어."

서아가 들릴 듯 말 듯 작은 목소리로 중얼거렸다.

'보민 씨, 빨리요!'

동시에 아직 끊어지지 않은 전화 너머로 지호가 소리 질렀다.

나는 뭘 더 생각할 겨를도 없이 서아의 팔을 붙들고 열린 문틈을 향해 뛰었다.

14

빠져나오는 동안 지호는 김민우의 동태를 시시각각 알려주었다.

내 손에 붙들린 서아는 무기력하게 내가 이끄는 대로 끌려왔다. 손바닥으로 전해지는 온기가 아니었다면 봉제인형을 쥐고 달리는 거라 착각했을지도 몰랐다.

바깥으로 빠져나오자 서아의 몸에 덕지덕지 묻은 핏자국들이 제 존재감을 뽐내기 시작했다. 코를 찌르는 피비린내 때문에 현기증이 날 것 같았다.

서아와 나는 주차장까지 계단으로 내려가야 했다.

계단을 뛰듯이 내려가는 위험천만한 순간에도 서아는 맥없이 딸려왔다. 다행히 계단을 빠져나오자마자 지호의 차를 볼 수 있었다.

"서아야!"

갑자기 조수석 문이 벌컥 열리며 서우가 튀어나왔다.

나는 놀라서 혹시나 어디서 승조가 보고 있진 않을까 두리번거렸다.

서우가 서아의 어깨를 덥석 붙잡더니 이리저리 살펴보기 시작했다.

"어디 다쳤어? 다친 거야?"

서아는 몸을 맡긴 채 멍한 눈으로 서 있기만 했다. 나는 초조해져서 저절로 발을 동동 굴렀다.

"다친 거 아녜요. 얼른 타요."

서우의 어깨를 떠밀듯이 토닥였다. 서우가 서아의 손을 잡고 뒷좌석 문을 열었다. 자연스럽게 내가 조수석으로 탔다.

지호는 주차장 입구를 빤히 노려보고 있었다.

"고생했어요, 보민 씨."

나는 영문을 몰라 눈만 깜빡였다. 급하게 움직일 땐 몰랐지만 조수석에 앉고 나니 머릿속이 어지러워 정리가 필요했다.

병원에 간다던 지호가 서우와 함께 여기까지 와 있는 상황이 납득이 가지 않았다.

지호는 주차장에 아무도 없는 걸 확신한 듯 시동을 걸었다. 차가 천천히 출구로 빠져나가며 차창으로 햇빛이 쏟아져 들어왔다. 눈이 부셔 눈살을 찌푸렸다.

"놀랐죠?"

지호가 내 머릿속을 읽기라도 한 것처럼 물었다.

"병원 가니까 이미 기다리고 있더라고요."

머쓱한 듯 웃기까지 했다.

"계획은 다 같이 짜놓고 나만 빠지는 게 말이 안 되잖아요."

서우가 뒷좌석에서 불쑥 얼굴을 내밀고 덧붙였다.

지호는 별 대꾸 없이 한숨만 쉬었다.

서우 말대로 서아를 빼낸 후의 모든 계획을 짜놓았었다. 803호의 열쇠를 발견하기 전, 내가 이 일에 확실히 끼어들지 말지 결정하기도 전에.

당시 우리는 서아를 빼낸 후의 절차가 완벽하게 순서대로 이루어져야 한다고 생각했다. 여기에는 이견이 없었다. 굳이 한나절 시간을 빼서 회의를 거친 것도 계획을 공고히 세우기 위해서였다.

지호는 학대 당한 아동을 보호하려면 어떻게 해야 하는지 세세하게 알고 있었다.

그는 경찰에 바로 신고하기 전에 먼저 병원부터 가야 한다고 했다. 한서종합병원에 학대아동보호팀이 있어 의료적 처치 후 신고 절차까지 밟기 용이할 것이라는 게 지호의 의견이었다.

학대아동보호팀을 따로 둔 병원이 있다는 사실조차 몰랐던 나는 그의 뜻이 맞다고 생각했다.

"경찰 신고는 아무나 할 수 있어요?"

계획을 짜면서 내가 묻자 지호는 고개를 끄덕였다.

"네, 신고는 누구든지 할 수 있어요. 고소는 다른 얘기지만. 우리는 당장 현장에서 신고할 수가 없고, 상당히 진행돼서 서아 상태도 모르니까 우선은 격리부터 하고 병원으로 데리고 가는 게 좋을 거예요."

그 말에는 나도, 서우도 동의했다.

우리가 최우선으로 해야 할 일은 서아를 빼내는 것이었다. 민우나 승조 모두의 사정권 밖인 안전한 곳에 서아를 두고 상황을 지켜본 후 운신이 자유롭다 판단되면 병원으로 데리고 가는 게 일차적인 목표였다.

경찰에 신고하는 건 이차적인 목표였다. 병원에서 서아가 어떤 일을 당한 건지 진단 받고 필요한 치료를 받는 동안 처리할 일이었다.

그리고 지금, 그 계획을 진행할 때가 된 것이다.

"바로 병원으로 가는 거예요?"

나는 지호가 운전하는 방향이 심상치 않아 물었다. 나를 힐긋 본 지호가 고개를 저었다.

"아뇨, 일단은 보민 씨가 알려준 주소로요."

"누나, 거기가 어딘데요?"

서우가 다시 고개를 내밀었다. 돌아보니 서아는 창가에 머리를 기댄 채 잠들어 있었다. 나도 모르게 피로 엉망이 된 손톱 끝에 시선이 닿았다.

"믿을 만한 사람 집이요."

그렇게 말하는데 귓가에 민우의 싸늘한 음성이 들리는 듯했다.

'남보민 씨, 이 시간까지 여기 있어도 괜찮겠어요? 할머니가 걱정하실 텐데.'

그 말 때문에 서아를 우리 집으로 데리고 가겠단 애초의 계획은 수정될 수밖에 없었다.

그러고 보니 나와 서아가 동시에 사라지면 김민우가 할머니를 가만히 둘까? 아니, 사실 김민우보다 한승조 쪽이 더 걱정이었다. 그는 이미 나를 집 앞까지 쫓아왔던 전력이 있지 않은가.

"지호 씨, 그 전에……."

"네, 보민 씨 집으로 먼저 가고 있어요."

지호가 다 안다는 표정으로 내 말을 가로막았다.

놀란 눈으로 쳐다보자 뒤에서 고개를 빼고 턱을 기대고 있던 서우가 말했다.

"집에서 기다리고 계세요. 연락 드렸거든요."

"어떻게……."

"누나 저번에 내 폰으로 연락했었잖아요. 기억 안 나요?"

서우가 웃어 보였다. 그 순간만큼은 근사한 어른의 미소처럼 보였다.

차가 집 앞 골목으로 들어서자마자 대문 앞에서 서성이는 할머니가 보였다.

우리가 바로 앞으로 갈 때까지도 초조하게 두리번거리던 할머니는 내가 조수석에서 내리자 '아이고!' 소리를 내더니 얼른 달려왔다.

"보민아, 너는 괜찮냐?"

할머니가 나를 끌어안더니 팔이며 어깨를 주물럭댔다.

서우가 할머니에게 솔직하게 밝혔다고 알려줘서 대비는 하고 있었지만 할머니가 나부터 걱정할 줄은 몰랐다. 왜 이런 위험한 일에 끼어들었냐고 혼부터 날 줄 알았는데. 내 귓속에 딱지가 앉도록 '선을 지키라'고 가르친 장본인이 아니던가. 코끝이 시큰해졌다.

"얼른 타요."

잠긴 목소리를 숨기며 억지로 할머니 손을 떼어냈다.

뒷좌석 문을 열자 서우가 할머니를 향해 '안녕하세요' 꾸벅 목례를 했다.

할머니가 차에 타며 남매를 힐끔 쳐다보았다. 서아를 보고는 흠칫 놀랐지만 애써 아닌 체하는 티가 났다.

"제가 그 전화 드린 학생이에요."

서우가 제 소개를 하자, 할머니가 서우 등을 툭툭 쳤다. 나는 그 손짓에서 할머니의 목소리를 들었다. 새파랗게 어린 게 별 고생을 다하는구나. 기특하기도 하지.

"이분은?"

차가 출발하자 할머니가 손짓으로 지호를 가리켰다.

"아, 나 일하는 504호 집주인. 도와주고 계셔서."

"안녕하세요."

지호가 내 소개에 맞춰 꾸벅 인사를 했다.

간단한 인사를 주고받은 뒤로 20분 정도 운전을 하는 동안 우리는 아무 말도 하지 않았다.

할머니도 조용한 건 의외였다.

서아를 보고 호들갑을 떨 거라 생각했는데, 할머니는 묵묵히 창밖만 보고 있었다. 서우가 우리 행선지를 모르니 할머니도 모를 텐데 행동은 어딜 가는지 이미 아는 사람 같았다.

평범한 주택가 골목을 몇 번 지나쳐 파란색 철문 앞에 차가 멈춰 섰다. 그 앞에 사람이 서 있었다.

"보민아!"

할머니가 그랬던 것처럼 완수 아저씨도 우릴 기다리고 있었다.

아저씨는 운전석 쪽 열린 창문을 통해 내게 눈인사를 건넸다. 할머니가 예상한 듯 차에서 제일 먼저 내렸다.

"아이고, 할머니도 오셨네."

완수 아저씨가 눈을 휘둥그레 떴다.

"박소장 집일 줄 알았어."

완수 아저씨와 할머니가 인사를 나누는 동안 서우가 아직도 자고 있는 서아를 업고 내렸다.

지호는 운전석에서 내리지 않았다.

"아저씨, 저희는 바로 가봐야 해서."

아저씨의 시선이 나와 서아를 번갈아 훑었다.

"애를 여기 두고 가니? 신고하러 가는 거야?"

"아뇨, 일단은 알아볼 게 있어서. 병원도 가야 하고요."

"애가 여기 있는데 병원은 왜?"

"여기 원장님이 아는 분이 계신다고 해서……. 일단 애는 할머니께 맡기려고요. 당장 가는 것보다 씻고 뭐라도 먹이는 게 나을 것 같아요."

아저씨는 미심쩍다는 표정이었다.

"내 눈엔 당장 병원에 가야 할 것 같은데?"

아저씨의 시선이 아이에게 붙박여 있었다. 잠든 서아의 얼굴이 핏자국으로 얼룩덜룩했다.

나는 얼른 고개를 저었다.

"애한테서 난 피가 아니에요."

"그럼?"

"자세한 건 모르겠는데……."

"쫓아오는 사람이 있어요. 그래서 당장은 병원에 갈 수 없습니다."

지호가 끼어들었다.

"분초를 다투는 일이에요. 걱정은 이해하지만 빨리 움직여야 합니다."

아저씨가 말없이 지호를 응시했다. 지호도 시선을 피하지 않았다. 둘 사이에 긴장감이 맴돌았다.

분위기가 어색해지자 할머니가 끼어들었다.

"왜들 이래. 학생, 애 이리로 줘."

할머니가 손을 뻗자 서우가 머뭇거렸다. 아무래도 서아를 떼어두는 게 내키지 않는 눈치였다.

"여기 서아랑 같이 있을래?"

지호가 한결 부드러워진 목소리로 서우에게 물었다.

서우는 잠시 입을 다문 채로 서 있다가 고개를 저었다.

서우가 등을 돌리자 아저씨가 업힌 서아를 받아들었다.

"보민아, 근데 난 바로 현장 나가봐야 돼. 괜찮겠어?"

아저씨가 다시 나를 보고 물었다.

"박소장, 고작 애 하난데 뭘 그래? 나만 있어도 되지."

나 대신 할머니가 바로 대답했다.

"넌 가. 빨리."

할머니가 내 등을 떠밀었다.

나는 아저씨와 할머니에게 고개를 숙이고 돌아섰다. 지호 말대로 분초를 다투는 일이었다. 빨리 움직이는 게 우리 모두를 위한 일이었다.

나와 서우가 올라타자 지호가 즉시 차를 출발시켰다.

서아를 안은 아저씨와 할머니가 우리가 골목을 다 빠져나갈 때까지 그 자리에 못 박힌 듯 서 있었다.

아저씨 옆이라 그런지 할머니는 유독 작아 보였다. 어쩐지 오래도록 눈을 뗄 수 없었다.

***

한서종합병원으로 가는 동안 비장한 기분에 사로잡혔다. 서아가 안전해질 때까지, 이제 얼마나 많은 절차와 결정이 기다리고 있을지 알 수 없었다. 진짜는 그때부터인지도 몰랐다. 그 모든 걸 감당하는 게 두려웠지만 두 사람이 함께 있어서 그나마 든든했다.

한참이나 조용했던 서우가 문득 입을 열었다.

"정말로 서아 피 아닌 거 맞죠?"

서우가 이렇게 물을 걸 짐작하고 있었다. 오히려 예상보다 느렸다.

"네, 아니었어요. 제가 다 살펴봤어요."

서우가 안도한 듯 한숨을 쉬었다.

"……그 피는 뭘까요. 적은 양도 아니던데."

지호가 옆에서 나직이 물었다. 그 방 안에서 피의 출처를 보지 못했냐는 은근한 추궁이기도 했다. 그 말엔 아무런 대답도 할 수 없었다.

한서종합병원에 거의 다다랐을 때쯤 내 핸드폰으로 전화가 왔다.

액정에 뜬 번호는 저장되어 있진 않았지만 마냥 낯선 번호도 아니었다.

액정을 힐끔 본 지호의 표정이 눈에 띄게 굳었다.

"김민우 씨네요."

"803호 그 사람이요?"

서우가 불쑥 고개를 들이밀었다. 나는 계속 울리는 핸드폰을 물끄러미 보고만 있었다.

끈질기게 울리던 전화는 한 번 끊어진 뒤 더 이상 오지 않았다.

한서종합병원 지하주차장에 차를 대자마자 갑자기 걱정이 솟았다. 보란 듯이 전화를 걸어놓고 아무 움직임도 없는 민우가 뭘 생각하고 있는지 알 수가 없었다. 서아와 단 둘이 있을 할머니를 생각하니 불안이 눈덩이처럼 불어났다.

"서아를 바로 병원으로 데리고 오는 게 나았을까요? 김민우 씨는 우리가 병원으로 바로 갈지, 그 병원이 여기일지 알 수 없던 거잖아요."

막 차에서 내리려던 지호가 나를 돌아보았다. 서우도 덩달아 문고리를 잡았던 손을 놓았다.

"함정이면 어떡하죠? 미행이나 그런 걸로 아까 우릴 따라왔던 거면요?"

"보민 씨, 잘 생각해봐요. 그런 거면 전화를 왜 했겠어요? 그쪽도 아직 모르는 거예요. 모르니까 떠보고 싶은 거고요. 만약 보민 씨 할머니나 서아를 두고 협박을 할 거라면 문자라도 보냈겠죠. 우리 움직임을 모르는 거예요."

내가 불안한 듯 쳐다보자 지호가 앞머리를 쓸어 올렸다.

"그리고 병원은 충분히 예상할 수 있었을 거예요. 그도 의사니까. 학대아동보호팀을 둔 병원은 그때도 얘기했듯이 이 지역에선 여기밖에 없어요."

"우리가 바로 경찰로 갈 거라 생각할 수도 있잖아요."

"서아 상태 봤잖아요."

그 말에는 입을 다물 수밖에 없었다.

서아의 공허한 눈빛과 피투성이 손톱. 멍이 든 이마. 이미지들이 한데 섞여 영상처럼 뇌리를 스쳐 지나갔다.

피를 뒤집어쓰고 당장이라도 쓰러질 것처럼 넋이 나가 있는 여섯 살 아이를 발견한다면 누구든 같은 생각을 할 것이다. 그래, 지호의 말이 맞았다.

지호가 표정으로 내가 납득했다는 걸 알았는지 차에서 내렸다. 그의 손에는 내가 803호의 숨겨진 방에서 꺼내온 자료들이 들려 있었다.

서우도 따라 내렸다.

"아빠 회사로 갈 거니?"

지호가 가방을 챙겨 메는 서우를 보고 물었다. 서우가 '아빠'라는 소리에 불쾌한 듯 인상을 찡그렸다.

"그래야죠. 그렇게 하기로 했잖아요."

서우가 승조를 감시하는 역할을 맡는 것 역시 이미 계획된 일이었다. 물론 서우가 동행할 수 있다는 전제 하에 세운 거였다.

"아빠라고 하지 마요."

그렇게 덧붙인 서우가 먼저 돌아섰다. 우릴 보지도 않고 대충 손을 휘휘 흔들고는 엘리베이터 쪽으로 멀어졌다.

우리는 지호가 알고 있는 사람을 만나기 위해 병원 본관 5층으로 올라갔다. 소아과가 있는 곳이었다.

'차재경' 이름이 써 있는 사무실로 노크하고 들어가자 남자가 우릴 반갑게 맞았다.

"김지호, 이게 얼마만이냐?"

"오랜만이에요, 형."

지호와 악수를 나눈 재경이 나를 흘깃 쳐다보았다.

"아, 이쪽은 남보민 씨. 가사도우미로 도와주고 계세요."

인사를 나누는 와중에도 재경은 내 뒤를 흘끔거렸다. 그의 눈빛에 깃든 초조함은 나를 덩달아 불안하게 만들었다.

우리 둘만 온 걸 확인한 재경의 표정이 미묘하게 굳었다.

"애는?"

재경이 지호에게 물었다. 계속 연락을 취해왔던 건지 서아를 이미 알고 있는 눈치였다.

"일단 안전한 데 데려다 뒀어요."

지호가 숙제를 넘기듯 재경에게 챙겨온 자료를 내밀었다.

재경이 그 자리에서 자료를 대강 훑었다.

우리는 재경에게서 풍기는 무거운 분위기 때문에 자리에 앉을 생각도 못 하고 우두커니 서서 그를 지켜보고 있었다.

자료를 넘겨보던 재경이 아랫입술을 꽉 깨물었다.

"애 어디 있어?"

자료에서 눈을 떼자마자 물었다. 다급한 어조였다.

지호가 당혹스러운 듯 나를 보았다. 얼떨결에 내가 입을 뗐다.

"제가 아는 사람 집에 있어요. 안전한 곳이고……."

"누구랑 있습니까?"

재경이 내 앞으로 바짝 다가오며 말을 끊었다.

그의 얼굴이 어느새 붉게 상기되어 있었다. 나는 그 기세에 놀라 주춤 물러섰다.

"형, 대체 왜 그래요?"

재경의 시선이 지호에게로 옮겨갔다.

"너 이거 안 봤어?"

재경이 지호의 눈앞까지 자료를 들이밀었다.

"급히 오느라……. 왜요?"

지호가 침을 꿀꺽 삼키며 재경의 눈치를 살폈다. 덩달아 나까지 초조해졌다.

지호는 내가 아침에 건넨 자료를 챙겼을 뿐 볼 틈이 없었다. 꼭 내가 책망을 듣는 것처럼 느껴졌다.

재경이 자료를 앞 테이블에 던져놓고 머리를 쓸어 올렸다. 그의
손가락이 빠르게 머리칼을 몇 번이고 헤집고 지나갔다.

"애는 지금 누구랑 있어?"

재경이 지호를 돌아보았다. 재경의 거침없는 태도 때문인지 머뭇
거리는 지호를 대신해 내가 대답을 가로챘다.

"저희 할머니랑 둘이 있어요."

재경의 얼굴에서 순식간에 핏기가 가셨다.

"빨리 그쪽으로 가요! 빨리."

재경이 우리의 등을 떠밀었다. 막무가내였다.

"설명을 좀 해줘요. 그게 뭔데요?"

갑자기 떠밀린 지호가 답답한 듯 벌컥 목소리를 높였다. 재경이
떠밀던 손을 내리고 나와 지호를 번갈아 보았다.

"학대가 아니에요."

재경의 목소리가 잠겨들었다.

"아이 짓이에요. 이 아이, 사이코패스예요."

15

재경이 한 말을 알아듣기까지는 시간이 걸렸다.

서아, 사이코패스, 학대가 아니다…….

그의 말은 머릿속에서 형태를 갖추지 못하고 엎어놓은 레고 조각처럼 흩어졌다. 유독 시커멓게 활짝 열려 있던 서아의 동공이 또렷하게 기억났다. 반사적으로 팔뚝에 오돌도돌 소름이 돋았다.

"사이코패스? 그게…… 무슨 말이에요?"

지호가 얼이 빠진 채 어쩔 줄 모르는 나를 제치고 재경에게 바짝 다가섰다.

재경이 테이블에 내려놓았던 자료들을 지호의 가슴팍으로 내밀었다. 다소 거친 손짓이었다. 탁, 둔탁한 소리마저 났다.

"네 눈으로 봐."

지호는 얼떨떨한 표정으로 재경이 내민 자료를 받아들었다. 그가 심각하게 자료를 훑어보는 동안 재경은 나를 보고 있었다.

"할머니에게 전화해보세요, 빨리."

초조함이 잔뜩 어린 목소리였다. 훅 들어오는 펀치를 맞은 것처럼 정신이 들었다.

"사이코패스라는 게……."

궁금한 게 많았지만 아직도 정리가 안 된 건지 말이 나오질 않았다. 서아가 사이코패스다. 내겐 너무도 불친절한 설명이었다. 나는 사이코패스란 게 뭔지 제대로 알지 못한다. 그나마 알아먹기라도 하는 건 뉴스나 신문 따위에 몇 번이고 등장했기 때문이었다. '연쇄살인마'라든지 '학대범' 같은 지극히 자극적인 단어와 함께.

그래서인지 머릿속에선 아직도 서아와 사이코패스라는 단어를 연결 짓지 못하고 있었다. 서아는 여섯 살 여자아이였다. 누구도 그저 감정 표현이 서툴고 말수가 적을 뿐인 아이를 사이코패스라고 단정하진 않는다. 그건 그냥 '쑥스러움을 많이 탄다'라거나 '낯을 가린다' 정도로만 설명하면 되는 것이다.

내 뒷말을 기다리던 재경이 아랫입술을 꽉 물더니 양손으로 머리를 바짝 쓸어 올렸다. 답답해서 견딜 수 없다는 태도였다. 그의 이맛살이 팽팽하게 당겨지는 게 보였다.

"무슨 생각하는지 압니다. 알아요! 저도 말이 안 된다고 하고 싶어요. 근데 모든 정황과 자료가 내놓는 결과가 그것뿐이에요. 저 자료, 빼내온 게 보민 씨죠? 이상한 거 없었어요? 잘 생각해보세요."

재경이 한계에 다다른 듯 속사포처럼 말을 쏟아냈다. 손바닥을 쫙 펼쳐서 흔들다가 다급하게 지호가 들여다보고 있는 자료들을 가리켰다.

지호가 넘겨보는 자료들이 이물스럽게 느껴졌다. 주변 풍경이 흐릿해지더니 갑자기 803호 가려진 방 안의 풍경이 일렁이며 떠올랐다.

오랜 시간 한 겹씩 차곡차곡 쌓아온 것처럼 깊게 밴 피비린내와 먼지 냄새, 영문 모를 지린내, 끝이 뭉툭하던 연필들, 아이가 꾹꾹 눌러쓴 필체로 채워져 있던 일기장과 방 안을 휘돌던 음습한 기운.

지금도 그 안에서 둘러보는 것처럼 선명했다. 이상한 걸 꼽는 것보단 그 공간이 통째로 이상하다고 표현하는 게 정확할 것 같았다.

"핏자국 같은 게 있지 않던가요? 용변을 아무 데나 본 흔적도 있었겠죠? 동물을 키운 기록은 있는데 정작 동물은 없지 않았나요?"

재경이 따지듯 늘어놓은 질문들은 나를 소스라치게 했다. 내가 눈을 휘둥그레 뜨자 재경이 눈살을 찌푸렸다.

"그러니까 빨리 전화하세요. 할머니한테."

우습게도 그는 그저 몇 개의 질문을 던졌을 뿐인데 나는 어느새 핸드폰을 꺼내 키패드를 누르고 있었다. 손이 본능적으로 움직였다. 눈으로 보지 않아도 바로바로 누를 수 있는 번호였다.

내 눈은 여전히 재경에게 고정되어 있었다. 그의 얼굴에 선명하게 드러난 초조함이나 긴장을 보자 입도 본능적으로 열렸다.

"그래봐야…… 애잖아요."

나는 말을 할 줄 모르는 사람처럼 띄엄띄엄 말했다. 목소리에 쉰 소리가 섞였다.

재경이 나를 응시했다.

"정말…… 위험한가요?"

핸드폰에선 긴 신호음 끝에 '전화를 받을 수 없어 음성사서함으로 넘긴다'는 친절한 안내 멘트가 흘러나오고 있었다. 가슴 안으로 서늘한 바람이 몰아쳤다.

눈을 가늘게 뜬 재경이 고개를 저었다. 내 말이 틀렸다며 걷어내 듯이.

"애니까 위험한 거예요. 아무도 조심하지 않으니까."

재경의 목소리가 침착하게 가라앉았다. 내 손은 다시 키패드를 누르고 있었다. 신호음이 영영 끝나지 않을 것만 같았다.

"아이 아빠가 애를 거기 가두고 통제한 게 뭐 때문일 거라 생각해 요? 정말 애를 가둬두고 맘껏 때리고 싶은 정신병자라서?"

재경이 물었다. 아무 말도 할 수 없었다. 그의 말이 상식적으로 말 이 안 된다는 건 누구라도 알 수 있을 터였다. 왜 진작 그런 생각을 못 했을까?

"동물원 철장이 왜 있을까 생각해봐요. 그게 누굴 위한 건지."

재경이 단호하게 덧붙였다. 목덜미의 털들이 스르르 곤두섰다.

나는 그 순간에 칼에 찔려 누더기처럼 죽어간 서우의 고양이를 생각했다. 가려진 문을 열고 드디어 마주한 서아가 피투성이였던 것도. 그건 서아의 피가 아니었다. 서아는 아파하지 않았다.

전화는 음성사서함으로 넘긴다는 안내멘트 끝에 아예 끊어져 있 었다. 서서히 현실감이 찾아왔다.

할머니……!

"보민 씨."

그 순간 지호가 내 어깨를 가볍게 쳤다.

깜짝 놀라 돌아보니 지호의 표정이 놀라울 정도로 일그러져 있었다.

"갑시다."

그가 단호하게 말했다. 지호의 손에 들려 있던 자료는 테이블 위 로 돌아가 있었다. 평소답지 않은 그의 표정을 보자 덩달아 불안해졌다.

나는 다시 통화 버튼을 눌렀다. 지금 당장 할 수 있는 게 이것밖에 없었다.

"연락할게요, 형."

지호가 무작정 내 등을 떠밀었다. 할머니는 여전히 전화를 받지 않았다. 속에서 천불이 일었다. 핸드폰에 멱살이 있다면 비틀고 싶은 심정이었다. 제발 전화 좀 받아!

"지호야."

막 나서려던 그가 재경을 돌아보았다. 나도 자연스럽게 시선이 돌아갔다. 신경은 온통 끝없이 이어지는 신호음에 몰려 있었다.

"조심해야 된다. 보이는 게 다가 아니야."

재경의 말이 떨어지자마자 타이밍을 맞춘 것처럼 신호음이 끊기며 달칵 소리가 났다.

'여보세요?'

할머니 목소리였다.

심장이 빠르게 뛰었다. 두근거림이 아니었다. 갈빗대를 박차고 나올 것 같은 쿵쾅거림이었다.

나를 곁눈질하던 지호가 재경에게 건성으로 고갯짓을 했다. 나는 그럴 겨를이 없었다. 우리는 진료실을 나오자마자 뛰듯이 걷기 시작했다.

'여보세요? 보민이냐?'

할머니의 성마른 목소리가 들렸다. 평소와 같은 퉁명스러운 어조에 목소리도 칼칼했다. 안도감이 식은 가슴을 쓸어내렸다. 그래도 심장이 쿵쾅거리듯이 뛰는 건 여전했다.

"할머니, 뭐하고 있어? 애는 좀 괜찮아?"

'말도 마라. 씻기려고 하는데 고집이 어찌나 센지.'

무신경한 말투였다. 다시 가슴이 덜컹 내려앉았다. 대꾸가 없자 할머니는 종알종알 말을 이었다.

'도대체 이 피는 다 뭐야? 이것도 이 애 애비 짓이냐?'

"할머니! 그냥 가만있어. 내가 지금 갈게."

목구멍에 얹혀 있던 말이 빠르게 튀어나갔다. 뭔가 생각할 틈이 없었다.

막 엘리베이터에 올라탄 참이었다.

"할머니?"

할머니에게선 대답이 없었다. 기척이 느껴지는 걸로 봐선 통화가 끊긴 건 아니었다.

"할머니!"

'가만있어 봐. 무서워할 거 없어.'

대답 대신 할머니가 서아를 어르는 목소리가 건너왔다. 핸드폰을 어디 내려둔 건지 아까보다 감이 멀었다.

할머니 성격에 피로 얼룩덜룩한 서아를 그대로 두고 보긴 힘들었을 것이다.

서아는 또래보다 작은 아이였고, 특유의 무표정은 자세히 들여다보지 않으면 모성을 자극하는 면이 있었다. 게다가 '아빠로 인해 감금당한 채 학대받은 아이'라는 설명이 더해졌으니 서아가 할머니 눈에 어떻게 비칠지는 불 보듯 뻔했다.

엘리베이터 문이 열리고 주차장으로 들어설 때까지도 할머니의 목소리를 들을 수 없었다.

"할머니, 아니야."

나는 할머니가 듣고 있는지 상관없이 중얼거렸다.

할머니, 그게 아니야.

'애가 왜 이래. 이러면 다쳐!'

핸드폰에서 갑작스럽게 할머니 목소리가 터져 나왔다. 당황한 듯 허둥거리는 목소리였다.

뒤이어 쿠당탕, 요란한 소리가 들렸다. 지호도 새어나온 소리를 들었는지 멈칫 나를 돌아보았다. 나는 턱 끝까지 소름이 돋아 오르는 걸 느꼈다. 공포영화 속 귀신 비명 소리도 이보다 섬뜩하진 않았다.

지호는 차로 뛰어가 문을 먼저 열었다. 나도 뛰듯이 걸었다.

"할머니!"

지호 차에 올라타면서도 끊임없이 할머니를 불렀다. 대답이 없었다.

'안 돼?'

갑자기 낯선 목소리가 들렸다.

안전벨트를 매려던 손이 허공에서 멈췄다. 서아 목소리였다.

듣는 건 처음이었지만 알 수 있었다. 어린 아이답지 않은 싸늘한 목소리였다. 차가 출발했지만 핸드폰 너머로 건너오는 목소리에 집중하느라 안전벨트를 매는 것조차 할 수 없었다.

'끄윽……'

목구멍을 갈고리로 긁어내는 듯한 이질적인 소리가 들렸다.

먼 곳에서 나는 소리였지만 한 번에 알아들을 수 있었다. 할머니였다.

나는 그 자리에서 경련하듯 어깨를 떨었다. 저절로 엉덩이가 들썩거렸다. 지호가 불안한 눈빛으로 나를 흘끔거렸다.

"할머니? 할머니!"

목소리 대신 가래 끓는 소리가 넘어왔다. 온갖 생각이 뇌리를 스쳐갔다. 그런데도 무슨 일이 벌어지고 있는 건지 도무지 짐작할 수 없었다.

온몸이 마비되는 것만 같았다. 아무것도 할 수 없다는 무력감이 온몸을 꽁꽁 묶어버렸다.

아무것도 할 수 없으니, 할 수 있는 걸 해야 했다.

최대한 침착하게 추론해봐야 한다.

할머니는 서아를 씻기려 했고, 핸드폰을 손에서 떨어뜨려 놓은 건 서아에게 손을 대기 위해서였을 것이다.

할머니는 서아에게 '이렇게 하면 다쳐'라고 했다. '이렇게'가 무슨 뜻이었을까. 서아가 무슨 짓이라도 한 걸까?

나는 고개를 빠르게 저었다. 쓸데없는 생각이다. 여섯 살 아이다. 그것도 여자아이. 아닐 거야. 말도 안 된다.

"할머니!"

힘껏 목청을 높여 할머니를 불렀다. 화들짝 놀란 할머니가 부리나케 다가와서 '귓구멍 다 나간다'고 핀잔하도록. 다시 핸드폰을 쥐도록.

'악!'

그러나 대답 대신 돌아온 건 둔탁한 비명 소리였다.

귓구멍을 바늘로 찌르듯 날카로웠다. 운전대를 쥔 지호의 어깨가 움찔거렸다.

나는 할머니를 부르는 것도 잊고 잠시 혼미해져 있었다. 시야가 새하얗게 번져 갔다.

전화가 뚝 끊어졌다. 반사적으로 다시 통화 버튼을 눌렀지만, 아까처럼 신호음만 돌아왔다. 어디선가 딱딱거리는 소리가 들렸다. 내가 어느새 윗니와 아랫니를 맞부딪치고 있었다. 자각도 못 했다.

지호가 손을 뻗어 내 손목 위에 가볍게 얹었다.

"진정해요, 보민 씨."

그는 나와 달리 침착했다. 아니, 침착하려 애쓰는 건가.

사실 여부와 상관없이 나는 울컥 화가 치밀었다. 순식간이었다.

"이 상황에서 어떻게 진정해요!"

신경질적으로 말이 튀어 나갔다. 지호는 놀란 듯 말을 멈추었다. 이토록 감정적인 모습을 그의 면전에서 드러낸 건 처음이었다.

그가 나를 물끄러미 보았다. 책망하는 기색은 아니었다.

나도 그 눈빛에서 가책을 느낄 틈이 없었다. 다른 생각을 할 여유가 없었다. 입술 틈으로 가쁜 숨이 새어나오는 걸 느꼈다. 뒤에서 빵, 하는 클랙슨 소리가 들렸다.

지호는 다시 앞으로 시선을 돌렸다.

몇 번이고 계속 전화를 걸었지만 할머니는 받지 않았다. 112 번호를 누르는 순간 완수 아저씨 집 골목이 눈에 들어왔다.

"세워요."

차가 골목 입구에 다다르자마자 내가 외쳤다. 지호가 바로 브레이크를 밟았다. 차가 심하게 덜컹거렸다.

"경찰 불러요!"

지호가 뭐라 말하기두 전에 선수를 치고 차에서 내려 달렸다. 아저씨 집까지는 순식간이었다. 문 앞에 골목에서 본 적 없던 고급 외제차가 세워져 있었다.

불안한 예감이 솟구쳤다.

"할머니!"

비명처럼 소리를 지르며 들어갔다. 안에 누가 있든, 대놓고 들으라는 선전포고였다. 할머니가 당장이라도 나와 시끄럽게 무슨 소란이냐고 혼을 내길 바라기도 했다. 아니, 사실은 곧 맞닥뜨려야 하는 일을 두려워하는 내 자신을 후려치는 소리였다. 주먹을 꽉 틀어쥐었다.

그런 바람과는 달리 좁은 마당을 가로질러 현관문을 박차고 들어갈 때까지도 집에선 아무 소리도 나지 않았다. 적막했다.

현관에 서자 좁은 거실이 한눈에 들어왔다. 할머니는 없었다. 왼쪽 구석의 욕실 문이 열려 있었다.

그 틈에서 물소리가 미세하게 흘러나오고 있었다.

"할머니?"

나도 모르게 목소리를 낮췄다. 속삭이듯이 할머니를 불렀다. 대답은 돌아오지 않았다. 발소리를 죽여 욕실로 다가갔다. 왠지 그래야 할 것 같았다.

"할머니……?"

손끝만 살짝 대고 욕실 문을 밀었다. 낡은 경첩에서 끼익, 소리가 나며 문이 천천히 열렸다. 소름끼치는 소리가 귓전에 매달렸다. 나는 욕실 안의 광경을 보고 그 자리에서 딱딱하게 굳었다.

할머니는 욕실에 있었다. 피 웅덩이 속에 반듯하게 누운 채로.

때마다 고집스럽게 검은색으로 물들이던 할머니의 머리칼이 군데군데 핏물에 잠겨 있었다.

뭐라고 묘사해야 할까. 내겐 너무 이질적인 광경이었다. 현실감이 없었다.

입술을 비집고 정체 모를 소리가 새어나왔다. '낑' 같기도 했고, '끄으' 같기도 했다. 얻어맞은 강아지가 낼 법한 소리였다. 그 소리를 듣고 나서야 목구멍 안으로 말려 들어간 비명 소리인 걸 알았다. 나는 비명도 제대로 내지르지 못하고 있었다. 가쁜 숨이 흘러나왔다. 가슴이 빠르게 오르락내리락 했다.

"욱."

본능적으로 입을 틀어막고 허리를 구부렸다. 머리보다 몸이 빨랐다.

갑자기 눈자위가 욱신거리며 눈물이 차오르기 시작했다. 토악질이 나올 것 같았다. 다른 쪽 손은 할머니를 향했다. 할머니는 먼 곳에 있는 물체처럼 흐렸고, 뚜렷하게 보이는 손가락은 사시나무처럼 떨고 있었다.

그때 뒤에서 인기척이 느껴졌다. 반사적으로 돌아보자 한승조가 서아를 안고 서 있었다.

기척을 내기 전까진 다가오는지도 몰랐다. 나는 내 얼굴에서 핏기가 가시는 걸 느꼈다. 분명 표백제로 문지른 듯 창백한 낯빛이겠지.

그의 표정엔 생기가 없었다. 어둡게 가라앉은 눈빛으로 나를 물끄러미 보고 있을 뿐이었다.

품안의 서아는 미동도 없이 눈을 감고 있었다. 자고 있는 걸까. 너무 아무렇지 않아 보여서 흡사 인형 같았다.

승조의 상의 소매에는 붉은 핏물 자국이 군데군데 묻어 있었다. 그게 보이자 머릿속이 새하얗게 비워졌다.

재경은 모든 게 서아의 짓이라고 했다. 하지만 서아는 내 허리춤

에나 겨우 올 만큼 작은 여자아이였다. 그의 말대로 다른 건 다 서아의 짓일 수도 있었다. 하지만 이것마저 서아가 저질러놓은 걸까. 이 모든 걸 숨기기 위해 승조가 한 짓은 아닐까.

이제 내가 쫓아온 진실이 뭔지조차 알 수 없었다. 단 하나 확실한 건 할머니가 피 웅덩이 속에 누워 있다는 것뿐. 내가 지금 이럴 때가 아니라는 생각이 들었다. 한시라도 빨리 할머니를 병원으로 보내야 했다.

허둥지둥 핸드폰을 꺼내자 그때까지 나를 가만히 보고 있던 승조가 입을 열었다.

"괜찮아요."

그를 마주할 때마다 들었던 목소리였다. 변함없이 냉정하고 침착했다.

시야가 뿌옇게 흐려지고 그의 목소리가 아득히 멀어졌다. 그사이로 '괜찮아요' 하는 음성이 반복되어 울렸다.

대체 뭐가 괜찮단 말인가! 내 할머니가 피 웅덩이 속에 가만히 누워 있는 게? 아니면 신고를 해도 괜찮다는 말인가?

뭐가 됐든 분명한 건 있었다. 아무것도 괜찮지 않아!

나는 멍하니 고개를 들었다. 승조가 나를 내려다보고 있었다. 그러나 초점은 내 얼굴 뒤의 허공을 보는 것처럼 멀었다. 특유의 오만함이 묻어나는 얼굴. 그러나 자세히 보니 그는 몹시 지쳐 보였다. 흐트러짐 없는 포마드 머리나 각이 잡힌 정장 차림은 평소와 같았지만 눈 아래가 거뭇했고 눈은 물기로 번들거렸다.

무엇보다 다른 건 눈빛이었다. 인간적인 눈이었다. 주체 못할 감정이 일렁이고, 밖으로 내보이다 못해 흘러버리는. 그에게선 볼 수 없던 시선이었다.

의문을 품기도 전에, 승조의 눈에서 흐려졌던 초점이 정확히 나를 향했다. 그걸 마주하자 가슴이 쿵, 하고 울었다. 누가 내 안에 불을 끼얹은 듯 뜨거웠다.

"으아아!"

괴성을 지르며 그에게 달려들었다. 계산하지 않은 행동이었다.

승조는 예상한 듯 옆으로 비켜섰다. 나는 달리던 힘을 못 이겨 나뒹굴었다.

"진정해요."

승조가 바닥에 엎어진 내게 말했다. 승조의 손에 들린 주방가위가 보였다. 서아를 안지 않은 반대편 손이었다.

천천히 클로즈업한 것처럼 온통 붉게 물든 가위 끝이 눈에 들어왔다. 할머니의 머리칼을 물들인 그 색이었다. 나는 눈이 뒤집히는 감각을 느꼈다. 오직 그것만 보였다.

다시 벌떡 일어나 승조의 손을 향해 몸을 던졌다.

"으아아!"

짐승처럼 소리를 내질렀다.

그 순간 퍽, 소리와 함께 목 뒤로 둔중한 고통이 느껴졌다. 신체의 통점이 자극되어 일어난 고통이 아니었다. 그건 세상이 끝나버리는 순간을 맞이할 때의 충격이었다.

모든 것이 끝나버렸어. 말을 할 수 있다면 그렇게 입 밖으로 나왔을 것이다. 살아오면서 해본 적 없던 끝장의 경험은 너무도 비참했다.

더 무엇을 하기도 전에 감쪽같이 암전이 찾아왔다.

***

눈이 번쩍 뜨였다. 소리를 들었기 때문이다.

"꺄악!"

귀를 찌르고 들어온 비명 소리. 나는 암흑 속 낯선 공간에 누워 있었다.

그냥 암흑 속이 아니었다. 진짜로 새카만 색으로 빈틈없이 덕지덕지 발라놓은 어둠이었다.

벌떡 몸을 일으켰다. 빛 하나 없는 공간인데도 시야는 밝았다. 이상하게 시야가 평소보다 낮았다. 의아하여 눈앞으로 손을 내밀자 아이같이 자그마한 손이 보였다. 놀라서 몸을 더듬자 내 몸이 어린아이처럼 줄어들어 있었다. 팔뚝은 말랑거렸고 몸통은 밋밋했다.

"꺅!"

비명소리가 다시 들렸다.

나는 몸을 더듬다 말고 그쪽으로 달려갔다. 발이 제멋대로 달렸다.

시꺼먼 어둠 속에서 종이로 오려낸 듯 또렷하게 보이는 집이 정물처럼 서 있었다. 달릴수록 급속도로 가까워졌다. 가까워질수록 몸 안에선 섬뜩섬뜩 소름이 돋아났다.

촌스러운 붉은색 슬레이트 지붕. 불투명한 유리 미닫이 문.

잊으려 해도 잊을 수 없는 악몽 같은 풍경이었다. 옛날 아빠와 엄마 그리고 내가 살던 집.

퍽. 쨍그랑.

요란한 소리들이 부지런히 새어나오고 있었다.

안에는 아빠가 있었고 그 앞에 엄마가 쓰러져 있었다.

"죽어! 죽어버려!"

아빠가 괴성을 내지르며 발로 엄마를 걷어찼다. 퍽퍽, 소리가 났다. 엄마는 짐승처럼 몸을 둥글게 말고 걷어차일 때마다 부들부들 떨었다. 끔찍했다. 내 몸이 반사적으로 튀어나갔다.

"그만둬!"

그러나 발이 중간에 턱 걸리더니 더 이상 앞으로 나가지 않았다. 보이지 않는 벽이 있는 것처럼. 나는 온 힘을 다해 발버둥을 쳤다.

"그만둬! 그만둬, 개자식아!"

아빠가 낄낄대며 웃었다. 그러더니 내가 있는 방향으로 휙 고개를 틀었다. 나는 헉, 숨을 들이키며 자리에 주저앉았다.

아빠가 아니었다. 한승조였다.

안광이 번들번들 빛나는 한승조가 나를 향해 천천히 걸어오기 시작했다.

엎드려 있던 엄마는 갑자기 보이지 않았다. 나는 주저앉은 채로 뒷걸음질 쳤다.

"오지 마. 오지 마……."

중얼거렸지만 소용없었다.

내 몸은 물 먹은 솜처럼 모든 행동이 무겁고 느렸는데 한승조는 지나치게 빨랐다. 그가 미치광이처럼 웃는 얼굴로 다가오더니 손을 번쩍 들었다. 그의 손엔 어느새 가위가 쥐어져 있었다. 끝이 붉은 주방가위. 가위가 반짝 빛났다.

"보민아!"

퍽.

나를 부르는 소리와 둔탁한 소리가 동시에 들렸다. 눈을 질끈 감왔다 떴다.

뒤에서 나를 무겁게 내리누르는 무게가 느껴졌다.

놀라서 돌아보니 내 등에서 할머니가 미끄러져 바닥으로 엎어졌다. 시뻘건 선혈이 엎드린 할머니 아래로 둥글게, 둥글게 퍼져 가고 있었다.

반사적으로 고개가 앞으로 돌아갔다. 핏물이 뚝뚝 떨어지는 가위를 들고 선 한승조가 나와 할머니를 물끄러미 내려다보고 있었다. 저건 뭐였지?

까만 먹물처럼 깊고 텅 빈 눈동자. 건조한 표정.

내가 저 눈동자를 어디서 보았을까?

내 발로 따뜻한 선혈이 흘러내렸다. 발바닥이 축축했다. 핏물은 순식간에 발목 위로 차올랐다. 숨을 못 쉴 정도로 진한 피비린내 때문에 코가 저릴 지경이었다.

할머니를 쳐다보던 한승조가 눈만 굴려서 나를 보더니 씨익, 웃었다. 나는 등줄기를 타고 오르는 소름을 느꼈다.

저건 한승조가 아니다.

"끄으……."

등 뒤에서 할머니 목소리가 들렸다. 다시 돌아보자 핏물 속에 반듯이 누운 할머니가 점점 잠기고 있었다. 늪에 누운 것처럼.

처음에는 손가락 끝이 가려졌고 차츰차츰 팔뚝까지 잠겼다.

할머니!

불러보았지만 목소리가 중간에 턱 막혀 나가지 않았다.

할머니!

"보민아, 살려줘."

어느새 얼굴만 남은 할머니가 어둠 속에서 빠끔거렸다. 나는 발바닥 아래 찰박이는 핏물을 밟고 서 있었다. 딱딱하게 굳은 몸은 삐그덕거렸다.

한승조를 돌아보았다. 내가 안 된다면 당신이라도. 제발.

흠칫 놀랐다. 한승조가 어느새 내 눈앞에 바로 서 있었다.

"보민아…… 보민아……."

할머니 목소리가 사그라지고 있었다.

도와줘.

목소리가 나오지 않아 속으로만 외쳤다. 불현듯 한승조가 나를 향해 가위를 번쩍 치켜들었다.

안에서 비명이 터졌다.

할머니!

16

"할머니!"

나는 발작적으로 소리를 지르며 눈을 떴다.

입에서 헉, 헉, 거친 숨이 배어나왔다.

낯선 천장이 보였다. 여기가 어디야?

돌아보던 나는 흠칫 놀라 움직임을 멈췄다.

희뿌연 조명 아래 작은 형체가 웅크리고 앉아 있었다. 서아였다.

서아가 가지런히 세운 무릎 위로 턱을 괴고 앉아 나를 보고 있었다.

서아와 나 사이의 거리는 가까웠지만, 가운데 놓인 철창 때문에 가로막혀 있었다.

나는 눈을 두어 번 깜빡여보았다. 아직도 꿈을 꾸고 있나, 싶었다.

눈을 깜빡일 때마다 나를 물끄러미 쳐다보던 서아가 몇 번씩 시야에 들어왔다 나갔다 했다.

꿈이 아니었다. 기가 막혔다. 손가락 끝에 힘이 들어가나 확인했다. 힘이 들어갔다. 바닥을 짚고 부스스 상체를 일으켰다.

그때 지잉, 소리가 들렸다. 804호에서 항상 들었던 소리였다. 언제나 긴장하게 만들던 CCTV 소리.

천장을 올려다보았다. 한쪽 구석에 CCTV가 있었다. 빨간 전원 불빛이 느리게 점멸하는 게 보였다.

서아가 있는 쪽을 보니 거기 천장에도 있었다. 서아 쪽 CCTV 위치는 정확히 반대편 대각선 구석이었다. 내 쪽의 CCTV까지, 이 두 대만 있으면 여기 공간 전체를 볼 수 있을 듯했다.

공간은 양 옆이 길쭉한 직사각형 모양이었다.

좌우로는 열 걸음, 앞뒤로는 다섯 걸음도 채 못 뗄 정도로 좁았다.

한쪽 벽면 전체가 양옆으로 열리는 문인지 가운데 그어놓은 선처럼 틈이 있었고, 거기서 희미하게 바깥 빛이 들어왔다. 시계는 없었지만 그걸로 아직 날이 저물지 않은 걸 알 수 있었다. 내가 아는 한 이런 공간은 컨테이너밖에 없었다.

벌떡 일어나 철창으로 다가가 창살을 덥석 붙잡았다.

서늘하고 거친 감촉이 그대로 손바닥에 닿았다. 천천히 피가 돌 듯 온몸의 감각이 깨어나기 시작했다. 여기는 진짜였다. 이유는 모르겠지만 나는 여기 서아와 둘이 갇힌 것이다.

이번엔 힘을 주어 창살을 흔들었다. 보기와는 많이 달랐다. 견고한 철창은 내가 힘을 주어 몇 번을 흔들었지만 꼼짝도 하지 않았다. 힘을 줘서 어떻게 해볼 수 있는 수준이 아니었다. 어떻게 이런 공간에 이토록 단단하게 장치를 만들 수 있는지 이해가 되지 않았다.

나는 시선을 돌려 맞은편에 앉아 있는 서아를 보았다.

서아는 이 난리에도 그대로 평온하게 앉아 있었다. 굽힌 무릎을 몸에 바짝 붙여 끌어안고 있어서인지 더욱 작아 보였다. 이렇게 제대로 마주한 건 처음이어서 더 그럴지도 몰랐다.

"서아야."

내가 부르자 서아는 느리게 고개를 들어 나를 보았다.

유독 크고 검은 눈동자가 맞닿아왔다. 순간 꿈에서 본 눈동자가 생각나 나도 모르게 주춤했다. 맥박이 빠르게 뛰었다. 팔딱이는 게 스스로도 느껴질 만큼 생생했다.

"우리 할머니 어디 있어? 너는 알지?"

반듯하게 누워 있던 할머니의 잔상이 뇌리를 스쳤다.

현실에서 본 것과 꿈에서 본 게 한 번에 엉켜 엉망이었다. 할머니 몸통은 어둠 속에 빨려 들어가고 머리는 질척한 핏물에 잠겨 있는 끔찍한 형상이었다.

나는 절박했다. 나보단 분명 서아가 많은 걸 알고 있을 터였다.

"할머니 안 죽었어. 걱정하지 마."

앳된 목소리가 흘러나왔다.

목소리와 달리 무미건조한 어조였다. 반말이었지만 맹랑하다는 생각은 들지 않았다. 서아는 걱정하지 말라고 했지만 희한하게 맥박은 더 날뛰기 시작했다.

"확실해?"

안심이 안 되어 재차 물었다. 이번엔 대답이 없었다. 서아는 딴청을 부리는 건지 바닥만 멀거니 보고 있었다.

"서아야, 확실해?"

다시 한 번 불렀지만 서아는 나를 보지 않았다. 이 정도 거리에서 들리지 않을 리는 없었다.

의도적으로 나를 무시하고 있는 것이다.

나는 더 묻는 대신 바닥에 주저앉았다. 철창을 꼭 붙들고 있던 손바닥에는 아직도 딱딱하고 서늘한 감촉이 남아 있었다.

나는 귓가에 맴도는 서아의 말을 되씹었다.

할머니 안 죽었어. 걱정하지 마…….

문득 목덜미의 털들이 바짝 섰다. 이게 여섯 살 아이가 할 수 있는 말인가?

내가 아는 서아 또래의 아이들은 대부분 죽음의 개념조차 몰랐다. 그나마 할머니나 할아버지 같은 어른들을 통해 그 개념을 알게 되는 아이들은 제대로 알지도 못하는 죽음을 두려워하기만 했다. 서아는 달랐다. 죽음을 정확히 이해하고 얘기했다.

그러면서도 무서워하는 기색은 찾아볼 수 없었다. 건조하고 담담했다. 불가해한 이질감이 느껴졌다.

나는 서아를 자세히 보려고 애썼다. 여전히 아무것도 없는 바닥에서 눈을 떼지 못하고 있었다.

그때 재경의 말이 떠올랐다. 동물원의 철창은 누굴 위해 필요한가! 그러고 보니 이러한 분리가 지금은 지극히 상식적인 상황으로 받아들여졌다.

그러나 한승조나 김민우가 나를 막기 위해 임시방편으로 가둬둔 거라면, 서아는 왜 여기 있을까. 무엇 때문에?

"서아야!"

나도 모르게 소리치듯이 서아를 불렀다.

"왜 여기 있어?"

머릿속의 의문이 곧장 입을 통해 나왔다.

"언니는?"

무신경한 시선으로 나를 본 서아가 되물었다.

"언니는 왜 여기 있는지 알아?"

심드렁한 어투였다. 마치 '네가 모르는데 나라고 알겠냐'고 질책하는 것 같았다. 말문이 막혔다.

"아빠는? 의사 선생님은?"

다시 묻자 서아가 이번엔 아주 귀찮다는 표정을 했다. 귓가에 윙윙거리는 모기를 대하는 것 같은.

"할머니를 죽여야 돼?"

"……."

"아빠가 그랬어."

뜬금없는 말이었다. 그러나 서아가 어떤 말을 해야 날 긴장시키는지 알고 일부러 하는 말 같았다. 성가시게 하는 것에 대한 복수처럼. 그렇다면 서아의 말은 너무도 효과적이었다. 심장이 순식간에 바닥으로 쿵 내려앉는 기분이었다.

"그게 무슨 말이야?"

아연실색하는 나를 서아는 가만히 보기만 했다. 정작 중요한 대답은 돌아오지 않았다. 서아의 꾹 다물려 있는 입술을 볼수록 머리가 돌아버리는 것 같았다.

"그게 무슨 말이냐니까!"

서아의 시선이 나를 빗겨가더니 다시 아래로 향했다.

나는 아랫입술을 피가 나도록 깨물었다. 철창 너머로 팔을 뻗어 서아의 목덜미를 잡아채고 싶었다. 당장 얘기하라고 흔들어대고 싶었다. 있는 힘을 다해 참았다. 온몸이 불길에 휩싸인 것처럼 속이 부글부글 끓었지만, 그럴 순 없었다.

그사이 벽 가운데 틈으로 들어오던 빛은 점점 가물어지고 있었다. 여기서 의지할 빛이라곤 천장 가운데 줄을 달고 내려온 희끄무레한 전구 불빛뿐이었다.

나는 몸을 덮치는 어둠 속에서 두려움을 느꼈다. 자리에서 일어나 철창을 다시 붙들었다.

"한승조! 김민우!"

짐승처럼 소리를 질렀다. 괴성과 함께 공포와 혼란, 극도의 불안이 기다렸단 듯이 치밀어 올랐다.

"내보내줘!"

나는 CCTV를 노려보면서 철창을 마구 흔들었다. 고함을 비명처럼 질렀다.

철창이 덜컹거리면서 컨테이너 안에 캉캉거리는 요란한 소리가 울려 퍼졌다.

맞은편에 앉아 있던 서아가 갑자기 벌떡 자리에서 일어나더니 다가왔다.

캉캉.

똑같이 철창을 흔들기 시작했다.

그러곤 까르르 웃음을 터뜨렸다.

나는 웃음소리에 화들짝 놀라 철창에서 떨어졌다. 찬물을 온몸에 뒤집어쓴 느낌이었다.

내가 우두커니 멈췄는데도 서아는 놀이를 하는 것처럼, 괴로움에 잠겨 괴성을 지르던 나를 흉내 내며 철창을 마구 흔들었다. 철컹철컹. 캉캉. 그리고 정말 즐겁게 웃는 '까르르' 소리…….

나는 철창에서 완전히 물러섰다. 서아의 돌발적인 행동은 아이가 지금까지 내뱉은 말들을 모두 모아놓은 것보다 놀라웠다.

그러자 서아가 하던 행동을 우뚝 멈추더니 영문을 모르겠다는 표정으로 나를 보았다.

고개가 갸우뚱 기울어졌다. 눈에는 아직 웃음기가 있었다. 순수하고 맑은 웃음일지도 모르는데, 그렇게 보이지 않았다. 두렵기만 할 뿐이었다.

나를 물끄러미 보던 서아의 얼굴에서 천천히 웃음기가 가셨다. 까르르 웃음소리가 밀물이 빠져나가듯 빠르게 사라졌다. 그 와중에도 서아의 눈빛은 내게 붙박여 있었다.

나는 점차 어둠에 잠겨드는 공간에서, 순식간에 무표정으로 돌아오는 서아를 공포에 질려 바라보다가 직감했다. 서아는 나를 조롱하고 있는 것이다!

공포에 잠긴 나는 서아의 눈엔 놀잇감일 뿐이다. 그 이상도, 이하도 아니다.

이 아이는 정상이 아니니까. 정상인처럼 대화하려 들다간 오히려 내가 미칠지도 몰라. 언제 여기서 나갈지 알 순 없지만 그때까지 정신을 똑바로 차리지 않으면 안 돼.

그러려면 대화 방식을 바꿔야 했다. 묻고, 질문에 맞게 대답하는 평범한 대화 방식이 서아에게는 통하지 않을 것이다.

서아는 다시 얌전히 맞은편에 앉았다. 나는 서아를 보고 있었다. 서아의 무미건조한 표정은 방금 전까지 까르르 웃어댔던 얼굴이라고 상상하기 힘들었다.

억눌린 한숨이 새어나왔다.

"서아야, 우리는……."

"……."

"널 구하려고 얼마나 힘들었는지, 넌 모를 거야."

푸념처럼 중얼거렸다. 그 말을 내뱉자마자 진한 허탈감이 파도처럼 몰려왔다.

그래, 내 앞에 앉은 이 작은 아이를 구하기 위해 나는 스스로를 몇 번이고 부쉈다. 어떻게든 살아남기 위해 세웠던 규칙들을 부수더라도 서아를 구하고 싶었다. 그럴 수만 있다면 어린 시절 기억에 포로처럼 잡혀 있는 지금의 나도 구원할 수 있을 것 같았기 때문이다. 하지만 결국 아무 소용없었다. 첫 단추부터 잘못 꿴 일이었다.

서아가 고개를 갸웃했다.

"죽고 싶어?"

천진한 목소리였다. 나는 놀란 눈으로 서아를 보았다. 서아는 태연했다. 두려움을 모르는 얼굴이었다. 다시 소름이 돋았다.

"엄마도 힘들다고 했어. 엄마도 죽으려고 했거든. 힘들면 죽는 게 나아!"

"……."

"엄마가 그랬어."

하지만 서아가 이어서 한 말엔 동정심이 일었다. 서아가 아니라, 아이가 듣는 앞에서 그렇게 말했을 유경에게.

그러고 보니 유경은 어떻게 되었을까.

"힘들면 죽는 게 나아."

서아가 강조하듯 중얼거렸다. 나는 그 말을 모른 척했다.

"엄마는 어디 있니?"

대신 유경에 대해 물었다. 서아가 CCTV를 가리켰다.

"저 안에."

"저 안에? 엄마가 저기 있어?"

"응."

나는 곧 그 말뜻을 알아챘다. 서아도 유경의 행방에 대해서 모르는 것이다. 서아는 엄마를 찾지 않는 걸까. 여섯 살 아이에게 어쩌면 가장 큰 공포는 엄마가 어디 있는지 모른다는 그것일 텐데.

그래서 지금 서아는 처음으로 아이다워 보였다. CCTV 안에 있는 엄마. 서아는 엄마의 부재를 느낄 필요가 없었던 것이다. 엄마는 그렇게 항상 있었으니까. CCTV 안에.

"엄마가 왜 저기 있어?"

"아빠가 그렇게 했어."

나는 더 이해하길 포기하고 다른 질문을 생각했다. 서아는 아까보단 제법 화색이 도는 얼굴로 나를 보고 있었다.

어느새 문틈으로 새어들던 햇빛은 완전히 사라져 컨테이너 안은 심해 같은 어둠에 잠기고 있었다. 조명 아래 아이답게 볼록이 올라와 있는 서아의 볼이 유독 눈에 띄었다.

"오빠는? 오빠는 어디 있는지 알아?"

그렇게 물으면서 나는 이 대화에 어떤 의미가 있다는 걸 알아차렸다.

지금의 불안에서 벗어나려고 나는 발버둥치고 있다. 어떤 식으로든 대화에 빠지면 감정을 잊는다. 자꾸만 속에서 비집고 올라오려는 온갖 감정 덩어리를 모른 체하고 싶다. 방어 전략 같은 것이다.

서아는 잠시 대답이 없었다. 내게서 시선을 거두진 않았지만 내 얼굴을 마치 허공에 점 하나 찍어둔 듯이 본다는 걸 알 수 있었다. 눈에 초점이 없었다. 잠깐 시간이 흐른 뒤에야 서아가 산뜻한 목소리로 대답했다.

"오빠, 죽었어."

서아의 대답은 어떻게든 불안을 외면하려 애쓰던 내 의지를 송두리째 앗아갔다. 비웃는 것처럼.

나는 말을 잇지 못했다. 서우가 죽었다고? 불과 하루 전까지 봤던 서우의 얼굴이 생생하게 떠올랐다. 말이 안 된다.

"그럴 리 없어……."

무심코 중얼거린 말이 입 밖으로 새어나갔다. 내 표정을 살피던 서아가 까르르 웃음을 터뜨렸다. 칼날 같은 찬바람이 등줄기를 훑었다.

"거짓말이지? 그렇지?"

내가 따져 묻자 서아는 웃음기가 담뿍 밴 얼굴로 고개를 도리도리 저었다. 활기찬 움직임이었다. 즐거워 보였다.

"아니! 오빠는 그냥 죽었어."

거기서 나는 완전히 질려버렸다. 무슨 의도로 이런 거짓말을 하는 걸까? 대체 왜? 뭘 얻기 위해서?

잠시나마 서아에게 동질감을 느꼈던 내 자신이 바보 같았다. 나를 더 극한으로 몰아가는 건 지금의 상황이 아니라 바로 앞에 앉은 서아였다.

모든 걸 포기하고 바닥에 털썩 누웠다. 팔을 들어 눈을 가렸다.

시야가 차단되자 쌕, 쌕, 거친 숨소리가 들렸다. 내 숨소리였다. 호흡이 어느새 거칠어져 있었다. 규칙적이고 빠른 그 소리를 듣고 있자니 갑자기 이 상황이 너무 어이없게 느껴졌다.

나는 지금 서아와 밀폐된 컨테이너 안에 단 둘이 갇혀 있다. 갇혀 있다 뿐인가? 대화도 나누고 있다. 안부를 물어보듯 평범한 어조로 죽음을 말하고 있다. 겨우 여섯 살밖에 안 된 어린아이와. 너무도 비현실적인 일이다.

어쩌다 여기에 이렇게 있게 됐지?

분노와 황당함이 동시에 몰려왔다. 여기서 나가 이 경험을 털어놓더라도 모두가 꿈을 꿨다고 비웃을 것 같았다.

문득 이상한 기분이 들어 팔을 치우고 눈을 떴다. 옆으로 고개를 돌리다가 흠칫 놀랐다.

서아가 아까와 똑같은 자세 그대로 앉아 나를 지켜보고 있었다.

감정이라곤 보이지 않는 텅 빈 눈동자였다. 몹시 건조한 표정이었다. 나는 순간 수치스러웠다. 발가벗고 그 눈앞에 놓여 있는 것 같았다. 그럴 리 없는데도 내 속을 전시해둔 것처럼 부끄럽고 불쾌했다. 서아의 눈이 나를 그렇게 보고 있었다.

나와 눈이 마주친 서아가 뭔가 할 일이 있는 것처럼 자리에서 일어났다.

뒷짐을 지고 나를 내려다보며, 철창 너머로 왔다갔다 걷기 시작했다.

처음엔 그저 지켜보기만 했다. 타박, 타박, 작은 발소리가 끊임없이 울렸다.

나는 천천히 상체를 일으켜 앉았다. 내 발끝까지 걸어간 서아가 다시 뒤를 돌아 내 머리 쪽으로 걷기 시작했다. 왔다 갔다 한 게 벌써 네 번째였다.

"그만해."

나도 모르게 그런 말이 튀어나갔다.

서아가 나를 힐끔 보더니 아무렇지 않게 걸음을 뗐다.

"그만해!"

한 번 더 말했다. 이번엔 거의 소리를 질렀다. 그래도 소용없었다. 서아는 내 말을 못 들은 것처럼 평온한 표정으로 왔다 갔다만 반복했다.

오직 반복해서 걷는 데만 집중한 서아의 말간 얼굴을 보다가, 눈물이 터졌다. 순식간의 일이었다.

타박타박 걷던 서아의 발걸음이 멈추었다. 나는 당혹감에 휩싸여 고개를 숙였다. 바닥으로 눈물이 뚝뚝 떨어졌다.

나는 깨닫고야 만 것이다. 내가 구하려 애썼던 어리고 약한 아이는 어디에도 없다는 걸. 나를 모른 체하는 서아의 평온한 얼굴이 내게 일러주었다. 지금까지 했던 모든 일이 부질없었다고.

끔찍한 기분이었다. 나는 이 아이를 구하려다 짐승처럼 철창에 갇혔는데 여기까지 온 노력이 아무 쓸모없었다는 게. 한승조가 서아를 통해 나를 비웃는 것만 같았다.

서아가 철창 가까이 불쑥 얼굴을 들이밀었다. 반사적으로 고개를 들다 눈이 마주쳤다.

"우는 거야?"

뻥 뚫린 구멍같이 버석한 눈동자였다. 반면 통통하고 발그레한 얼굴 위로 떠오른 표정은 아이들 특유의 천진함을 띠고 있었다.

나는 넋을 놓고 서아의 얼굴을 바라보았다. 눈물만 하염없이 볼 위로 흘렀다.

서아는 내 얼굴을 꼼꼼히 살폈다. 진짜로 우는 건지 확인하듯이.

서아의 눈동자를 마주할수록 끝 모를 어둠 속으로 처박히는 기분이 들었다. 손발이 꽁꽁 묶인 채.

할 수 있는 게 아무것도 없다는 걸 실감하자마자 손가락 끝부터 힘이 쭉 빠지는 좌절감이 들이닥쳤다. 그건 형언할 수 없을 정도로 비참한 기분이었다. 마치 문 뒤에 숨어 벌벌 떨면서 우는 것밖에 할 수 없던 어린 시절로 돌아간 것처럼.

"나도 울 줄 알아."

나를 빤히 보고 있던 서아가 문득 떠올린 듯 말했다.

무슨 말인지 선뜻 알아듣기 힘들었다.

울 줄 안다는 게 무슨 뜻이지?

혹시 우는 나를 비꼬는 걸까. 아니면 정말 말 그대로 '울 줄 안다'는 의미일까.

"내 마음이 어떨 것 같은데……?"

결국 물을 수밖에 없었다.

"슬퍼 보여."

서아가 담담하게 대답했다. 뒤통수를 한 대 갈겨 맞은 것처럼 놀라웠다. 정말 내 감정을 읽고 있는 건지 헷갈렸다.

"봐."

서아가 나를 빤히 쳐다보다가 인상을 찡그리기 시작했다. 뭘 하려는 건지 좀처럼 알 수 없었다.

그리고 아이의 눈에서 갑자기 눈물이 주르륵 흘러나왔다.

나는 넋 놓고 서아의 얼굴을 보았다.

서아는 전혀 슬퍼 보이지 않는 표정으로 눈물만 하염없이 뚝뚝 흘렸다.

섬뜩했다. 동시에 알 수 없는 동정심이 솟아났다.

"배웠어. 의사 선생님한테."

"우는 걸 배웠어?"

내가 물었다. 서아가 여전히 눈물을 흘리면서 고개를 끄덕였다.

"다른 사람이 울 때는 따라하라고 했어."

나는 할 말을 잃고 입을 다물었다.

김민우가 표정 없는 서아에게 프로그래밍하듯 감정을 욱여넣는 모습을 상상했다. 어찌 보면 당연한 조치였다. 상대의 고통이나 슬픔을 공감하지 못한다면 차라리 따라하는 것.

그게 더 안전한 방법일 테니까. 그렇게 생각하니 서아가 흘리는 눈물이 섬뜩하다기보다 안쓰럽게 보였다.

"아빠가…… 나는 다르대."

내가 말이 없자 서아가 나직하게 말했다.

"다른 건 안 좋은 것 같아. 아빠, 엄마랑 같이 못 있어. 그래서 선생님이 하라는 대로 열심히 했는데."

서아의 눈에서 눈물이 뚝뚝 떨어졌다. 분명 서아에게는 그냥 배운 대로 하는 행동일 뿐인데 내 눈에는 달랐다. 서아가 맥없이 하는 말들이 겹쳐 그 모습이 너무 슬프게 보였다.

내 허리에나 겨우 오는 작은 아이가 그렇게 울면서 말하니 처연해 보이면서 자연스럽게 보호본능이 일었다. 우습게도 서아가 어떤 아이인지 알면서도 시각적으로 느껴지는 것들은 쉬이 무시할 수 없었다.

다르다는 것……. 서아는 자신의 다름이 어떤 종류인지 알고는 있을까.

포용할 수도, 용인할 수도 없는 다름. 같이 있을 수 없는 다름. 이걸 대체 여섯 살 아이에게 어떻게 설명할 수 있단 말인가?

심장이 조여드는 것만 같았다. 무력감이 온몸을 휘감았다. 가족인 승조나 유경, 전문가라는 민우도 못한 걸 나 따위가 할 수 있을 리 없었다. 아니, 해서는 안 되었다.

서아가 숨겨진 방문을 열고 금지된 선을 넘어 들어간 주제에 나는 이 철창 안에 갇혀 아무것도 할 수 없었다. 철창을 흔들며 소리 지르고, 무엇 하나 제대로 설명할 수 없는 내 처지에 괴로워 우는 것 말고는.

차라리 그 문을 열지 말았어야 했다. 도움을 청하는 유경의 손을 뿌리쳤어야 했다. 모든 걸 다 아는 척 판단하지 말았어야 했다.

서아는 생각에 빠진 내 얼굴을 보다가 조그마한 팔을 들어 눈물을 슥 훔쳤다. 갑자기 눈물을 흘린 것처럼 멎는 것도 금방이었다.

"언니를 힘들게 해서 미안해."

서아가 이어서 꺼낸 말은 나를 더 놀라게 했다. 나는 서아의 표정을 뜯어보았다. 사실 서아의 말을 아직 있는 그대로 받아들일 수가 없었다. 말의 내용과 다르게 서아의 눈빛은 메말라 있었다. 곧 깨달을 수 있었다.

"이것도 의사 선생님한테 배웠니?"

"응."

서아가 선선히 대답했다. 서아의 '미안해'란 말은 결국 배운 기술을 하나 더 뽐내는 행동일 뿐이었다. 아이가 어린이집에서 그린 그림을 뽐내는 것처럼.

나는 이걸 어떻게 생각해야 할지 난감했고, 그런 내 자신이 우습기도 했다. '어떻게 생각해야 할지'라니. 보는 대로 느끼고, 떠오르는 대로 생각하는 것도 할 수 없다니. 하지만 그럴 수밖에 없었다. 양가적인 감정이 나를 양끝에서 잡아당기며 힘겨루기를 하고 있었다.

남들과는 다른 아이. 그래봐야 여섯 살밖에 안 된 아이가 자신이 어디가 다른지도 모르면서 같아지려고 노력하고 있지 않은가. 어처구니없는 일이었다. 안쓰럽기도 했다. 장애와 다를 게 없다고도 생각했다.

"내가 힘들어 보여?"

내가 묻자 서아는 잠시 골똘히 생각에 빠졌다. 이내 서아는 고개를 저었다.

"몰라. 그치만 언니가 말이 없잖아."

"......"

"내가 계속 울어도 말이 없으면 그땐 사과하라고 했어."

그렇게 말하는 서아는 무표정했지만 어조에는 산뜻함이 묻어났다. 서아는 배운 기술을 뽐내고 있을 뿐 아니라 은근히 자랑스러워하고 있는지도 몰랐다.

나는 말할 의지를 잃었다. 내가 무슨 말을 하든, 어떤 표정을 짓든 이 아이에게는 닿지 않는다.

머릿속에서 몸을 키운 무력감은 자책으로 색채를 바꿨다. 인정할 수밖에 없었다. 나는 오만했다. 오만하기 짝이 없었다. 그동안 나는 앞으로 삶에 닥칠 모든 일에 내가 온전히 대처할 수 있다고 여겼다.

그 바탕에는 불우한 어린 시절을 제법 성공적으로 극복했다는 자부심이 존재했다. 착각이었다. 나는 이전에는 상상도 해본 적 없던 일에 떠밀려 여기까지 흘러왔다. 내가 손쓸 수 없는 그들의 영역으로.

평범하게 사는 사람이 평범하지 않은 여섯 살 아이와 밀실에 갇히는 일이 삶에 닥칠 거라 상상할 수 있을까?

삶이 오만에 취해 걷던 내 앞에 함정을 놓아둔 것 같았다. 누구의 잘못인지 어디서부터 이렇게 된 건지 따질 수도 없었다. '왜'냐고하는 말도 불필요했다. 이유나 목적이랄 것도 없는 이 흐름에 결국몸을 떠맡긴 건 나 자신이었다. 모든 게 내 선택이었다.

그 사실을 받아들이자 놀랍게도 서서히 안정이 찾아왔다. 머리끝부터 발끝까지 지배하고 있던 좌절감이 피할 수 없는 운명처럼 받아들여졌다. 그 와중에 뜬금없이 할머니 목소리가 떠올랐다.

'사람이 주는 돈에는 이유가 있다, 보민아. 돈이 많으면 그 이유도많은 법이야.'

어쩌면 그건 나보다 더 긴 길을 걸어 본 할머니의 예감이었을지도 모른다.

내가 대꾸하지 않는데도 서아는 나를 지그시 보고 있었다.

나도 서아의 눈빛을 피하지 않았다. 피해봐야 의미가 없었다. 서아의 검고 깊은 눈동자를 마주하며 문득 생각했다. 여길 빠져나가면 이 아이의 눈빛을 이렇게 솔직하게 마주할 시간은 다신 오지 않을 것이다. 앞으로 삶에서 이런 눈을 만나는 순간이 또 있을까. 모르는 일이다. 또 이런 순간이 있을 수도 있고, 평생 없을 수도 있겠지.

"의사 선생님이 또 뭘 알려줬니?"

순수한 궁금증으로 물었다.

서아는 묘하게 차분해진 내 기색을 눈치챈 것 같았다. 바짝 힘이들어가 있던 어깨가 느슨해진 게 눈에 띄었다. 내 반응을 유추하고 배운 대로 말하려고 긴장하고 있던 걸까.

"다른 사람이 즐거워하면 따라서 웃으라고 했어."

서아가 덤덤하게 말했다. 나는 아까 철창을 흔드는 나를 따라하며 까르르 웃던 서아를 떠올렸다. 뒤통수를 세게 얻어맞은 듯 머리가 멍했다. 그때 나는 서아가 나를 조롱한다고 생각했지만 틀렸다. 서아는 정말로 내 괴로움을 읽어낼 수 없었던 것이다.

문득 한승조와 유경이 생각났다. 이런 무력감을 셀 수 없이 맛보았을 거라 생각하니 입맛이 썼다.

깊숙이 눌러두었던 불안이 불쑥 머릿속을 헤집었다.

'할머니를 죽여야 돼? 아빠가 그랬어.'

서아의 천진난만한 목소리가 귓전을 맴돌았다. 잠깐의 평온이 거짓처럼 사라지고 다시 초조해졌다.

나는 허공에 시선을 빼앗긴 서아를 보았다. 지금이라면 대답을 들을 수 있을 것 같았다.

"서아야."

속삭이듯이 부르자 서아가 나를 돌아보았다.

"할머니를 죽여야 된다는 게 무슨 말이야? 우리 할머니 괜찮은 거지?"

최대한 감정을 눌러서 물어보려 했지만 소용없었다. 누가 들어도 절박한 목소리였고 말끝도 떨렸다.

서아는 의미 모를 표정으로 나를 물끄러미 보기만 했다. 다행히 아까처럼 시선을 돌리진 않았다. 우습게도 그런 사소한 행동이 위안이 되었다. 지금 내가 기댈 수 있는 건 아무것도 없었으니까.

서아가 눈을 깜빡거렸다.

무슨 생각을 하는지 표정만으로는 가늠하기 힘들었다. 나는 저 조그만 입술이 제발 열리길, 그리고 내게 긍정적인 대답을 건네주기를 기도했다. 그러면 이제 모든 것에 태연해질 자신이 있었다.

"죽는 게 나쁜 거야?"

그러나 서아가 꺼낸 말은 내 기대를 산산이 부쉈다.

"우리는 어차피 모두 언젠가는 죽어."

또 다시 암흑으로 처박히는 느낌이었다. 여기서 내가 '그래서 우리 할머니는 어떻게 된 거냐'고 물어봤자 대답을 들을 순 있을까. 다시 들이닥친 좌절감은 이전의 것보다 훨씬 깊었다. 내가 오만하게도 이 잠깐의 시간 동안 안도했기 때문이다.

내가 고개를 푹 수그리자 서아가 나를 따라 고개를 옆으로 비스듬히 기울였다.

"우는 거야?"

아까처럼 물어왔다.

당장이라도 눈물이 날 것처럼 눈자위가 욱신거렸지만 그 말을 듣자 절대 울고 싶지 않았다. 내가 여기서 눈물을 흘린다면 서아는 또 다시 '학습한 대로' 나와 똑같이 눈물을 흘릴 것이다.

나는 온힘을 다해 아랫입술을 깨물고 울분을 삼켰다. 보지 않아도 눈이 벌겋게 달아올라 있다는 게 느껴졌다. 최대한 숨을 깊게 들이마시고 고개를 들었다.

내 시선에 맞춰 고개를 비스듬히 기울이고 있던 서아와 단박에 눈이 마주쳤다. 휑뎅그렁한 눈동자가 지금 이순간은 소스라치게 끔찍했다.

"서아야, 그럴 땐 괜찮다고 하는 거야."

"괜찮다……?"

"다른 사람이 괜찮은 거냐고 물어보면 괜찮다고 대답해야 해."

이루 말할 수 없이 참혹한 기분이었다. 당장 한승조나 김민우의 기분을 헤아릴 필요가 없었다. 그 기분이 얼마나 비참할지는 지금 내가 제일 잘 느끼고 있으니까.

고개를 바로 든 서아가 뭔가 생각하는 듯 눈을 굴렸다. 나는 희뿌연 조명 아래 뽀송한 솜털까지 드러나는 서아의 얼굴을 보고 있었다.

내가 지금 가르친 말을 언젠가 네가 쓰는 날이 올까. 그때쯤 너는 아무렇지 않은 얼굴로 우리 틈에 있을까. 아니면 정말 '틀린' 존재가 되어 있을까.

잠시 뒤 나를 돌아본 서아가 고개를 끄덕였다. 기계적인 몸짓이었다.

"괜찮아. 할머니는 괜찮아."

나는 그 목소리를 내 안에서 곱씹고 되뇌며 눈을 감았다. 끝없는 좌절의 늪에서 나를 지키기 위한 최선의 방책이었다.

***

벽을 타고 울리는 끼익 소리에 놀라 눈을 번쩍 떴다. 깜빡 잠이 든 모양이었다.

소리가 들려오는 쪽을 돌아보니 문이 열리고 있었다. 벽 한 면 전체가 양 옆으로 열렸다.

예상대로 여긴 컨테이너였다. 어느새 새파랗게 동이 트고 있는 하늘이 보였다.

문을 열고 들어온 건 김민우였다. 그와 바로 눈이 마주쳤다.

잠이 덜 깨어 멍하던 머릿속이 벼락을 맞은 것처럼 깨어났다. 나는 자리에서 벌떡 일어났다.

그가 나를 한 번 보더니 바깥쪽 어딘가를 꾹 눌렀다. 큰 소리가 나면서 서아와 나 사이를 가로막고 있던 철창이 위로 올라갔다.

나는 사라지는 철창에서 눈을 떼고 맞은편에 웅크리고 누운 서아를 보았다. 작고 앳된 평범한 어린아이였다.

민우 뒤로 몇몇 사람들이 서 있었다. 거기엔 지호도 있었다.

"보민 씨!"

지호가 나를 보자마자 민우를 제치고 다가왔다. 그가 내 눈높이에 맞춰 앉았다.

"할머니…… 저희 할머니는요?"

나는 뜨문뜨문 나오는 목소리로 물었다. 목이 잔뜩 잠겨 있었다. 지호가 어색하게 웃었다.

"병원에 잘 계세요."

그 말을 들고 나서야 안도할 수 있었다. 뻣뻣하게 굳어 있던 긴장이 풀리는 게 느껴졌다.

서아 곁에는 민우뿐만 아니라 낯선 남자 한 명이 함께 서 있는 게 보였다.

둘은 서아를 내려다보며 대화를 나누고 있었다. 언뜻 낯선 소리가 들려 자세히 보니 다른 쪽 남자는 외국인이었다. 둘 다 심각한 표정이었다.

이내 민우가 가만히 누워 있는 서아를 안아 올렸다. 서아는 아직 자고 있는 듯 움직임이 없었다.

"보민 씨, 일단 여기서 나가요."

내 팔을 지호가 잡아끌었다. 나는 주춤주춤 자리에서 일어났다. 온몸 여기저기가 두드려 맞은 것처럼 욱신거렸다.

나는 서아를 안고 있는 민우를 뚫어져라 보았다. 이상하게 화는 나지 않았다. 서아를 안고 있는 그가 여기서 처음 눈 떴을 때처럼 비현실적인 광경의 일부로 보였다.

민우가 시선을 느꼈는지 나를 돌아보았다. 내게 무슨 짓을 한 거냐고 멱살이라도 잡아채야 정상인데 아무것도 할 수 없었다.

지호도 민우를 보았다. 우리는 서로를 마주본 채로 잠깐 말이 없었다.

"나가서 이야기하죠."

먼저 말을 꺼낸 건 민우였다.

민우가 외국인과 몇 마디를 더 나누고 문 쪽으로 멀어졌다.

"보민 씨, 우리도 가요. 어떻게 된 건지 설명해줄게요."

지호가 조심스럽게 내 어깨를 쥐더니 말했다.

나는 활짝 열린 문으로 나가는 민우의 팔 너머 비죽이 빠져나온 서아의 발을 가만히 보고 있었다. 그새 날이 더 밝은 듯 햇볕이 쏟아져 들어왔다. 나는 그제야 발을 뗐다.

17

그날, 나가서 이야기하자 했던 민우의 말은 실현되지 못했다. 내가 컨테이너 밖으로 발을 내딛자마자 실신했기 때문이다.

의사 말을 빌리면 '극심한 피로와 스트레스 때문'이라 했다. 시답지 않은 이유였다. 덕분에 할머니 얼굴도 다음 날에야 볼 수 있었다.

할머니는 멀쩡했다. 일반 6인실 병실을 썼는데, 고작 하루 새 옆 침대 할아버지의 아들 내외가 무슨 일을 하는지 그 자식들이 어디 학교를 다니는지 줄줄 읊었다.

일어나자마자 할머니부터 찾은 나는 어이가 없었다. 할머니를 보면 눈물콧물 짜내며 못 볼 꼴을 보여줄까 봐 우려했는데 쓸데없는 걱정이었다.

"고새 이렇게 수척해졌냐? 나보다 네가 더 환자 같다."

할머니가 내 등짝을 퍽퍽 쳤다. 힘이 얼마나 좋은지 몸이 앞으로 쑥 밀렸다. 까랑까랑한 목소리는 호탕하기까지 했다. 환자복 칼라

위로 어깨를 감아놓은 붕대가 언뜻 보였다.

병실까지 오는 동안 지호는 의사에게 들은 할머니 상태를 전해 주었다. '피를 많이 흘리긴 했으나 찔린 상처가 깊지 않아 걱정하지 않아도 된다'고.

덧붙여 갑자기 쓰러지며 욕실 바닥에 머리를 박은 게 더 걱정이었다고도 했다. 다행히 이것도 가벼운 뇌진탕으로 그쳤다. 찔린 부위가 어깨였던 것도 천만다행이었다. 아무리 그래도 그렇지, 이렇게까지 힘이 넘칠 일인가?

"할머니, 괜찮은 거지?"

걱정스럽게 묻자 할머니가 눈을 둥그렇게 떴다.

"보면 모르냐?"

할머니가 어깨를 으쓱였다. 어쩐지 마음 한구석이 찜찜했다.

"왜, 내가 어디 싸매고 누워 있길 바랐니?"

"무슨 말을 그렇게 해!"

내가 발끈하자 할머니가 '아니면 됐지' 심드렁하게 말하며 손사래를 쳤다. 그렇게까지 말하자 할 말이 없었다.

때마침 의사를 만나고 돌아온 지호가 병실 안으로 들어왔다.

"아이고, 선생님!"

할머니가 눈에 띄게 반색하며 자리에서 일어나려 했다.

"누워 계세요."

지호가 놀라며 허둥지둥 다가왔다.

나는 그가 침대 옆에 설 수 있도록 비켜섰다. 할머니가 그의 손을 덥석 잡았다. 깜짝 놀란 지호가 고개를 숙였다.

"선생님, 고맙습니다. 선생님이 아니었으면 어쩔 뻔했는지."

"아닙니다. 당연한 일인데요."

지호의 귀 끝이 붉게 달아오른 게 눈에 띄었다.

"보민아, 너도 인사 드려라."

할머니가 나를 향해 손짓했다. 지호가 당혹스러운 표정으로 나를 보았다. 그러고 보니 어제부터 지금까지 그에게 고맙다는 말 한 마디 하지 못했다.

그가 문제의 그날 할머니를 여기까지 데려오고, 나를 철창에서 꺼내주고, 할머니가 괜찮다고 알려주었는데도.

문득 서아 생각이 났다. '괜찮다고 말해야 한다 배워서' 괜찮다고 해주었던 서아. 그 말에 기댈 수밖에 없었던 그 밤. 가슴이 뻐근해졌다.

"고맙습니다."

내가 인사를 하자 지호가 멋쩍게 웃었다.

할머니는 지호의 손을 몇 번이나 토닥인 다음 놓아주었다.

"저기, 보민 씨. 기다리는 사람이 있어요."

지호가 할머니 눈치를 보다가 내게만 들리게 속삭였다. 누군지 말하지 않았지만 곧바로 알 수 있었다. 성미 급한 심장이 두근두근 뛰었다.

"할머니, 우리 가봐야 해."

내가 말했다. 할머니는 우리에게서 관심을 거두고 TV를 보고 있었다.

"그래, 얼른 들어가. 선생님도 들어가세요."

할머니가 또 자리에서 일어나려 바르작거리자 지호가 기겁하며 손을 내저었다. 인사를 마치고 돌아서려는데 뒤에서 할머니 목소리가 들렸다.

"보민아."

진지하게 가라앉은 할머니 얼굴이 보였다. 그렇게 어두운 표정은 정말 오랜만에 봤다.

"……그 아이는 어떻게 됐냐?"

머뭇거리던 할머니가 물었다.

병실이 울리도록 껄껄대고 웃던 할머니는 온데간데없었다. 할머니의 얼굴엔 걱정이 섞여 있었다. 날카로운 통증이 가슴을 찔렀다. 할머니가 정말로 괜찮다고 생각했다니. 내 어리석음에 자조할 수밖에 없었다.

나는 지호를 보았다. 서아의 행방은 지호에게서 아주 간략하게 들어서 알고 있었다. 지호의 눈빛이 내게 말했다. '보민 씨 뜻대로 하세요'라고.

"미국으로 간대."

"미국?"

할머니가 의아해하며 되물었다. 고개를 끄덕였다.

"그 먼 데를 왜?"

어느새 목소리에도 걱정이 섞였다. 나는 할머니를 멍한 눈길로 쳐다보았다. 할머니 어깨를 찌른 건 의심할 여지없이 서아였다고 들었다. 그런 일이 있었는데도 할머니 기억에 서아는 안쓰러운 어린 아이일 뿐일까.

눈물을 뚝뚝 흘리며 말하던 서아의 모습이 떠올랐다.

'나쁜 건 안 좋은 깃 같아. 이뻐, 엄미랑 같이 못 있어.'

쓸쓸한 기분이 들었다. 나도 모르게 쓴웃음이 배어나왔다.

"아빠, 엄마랑 같이 있으려고. 그러려고 간대."

병실 밖에서 우릴 기다리고 있던 건 예상한 대로 민우였다. 민우는 의자에 앉은 채 눈을 감고 있었다. 몹시 지쳐 보였다.

우리가 다가가자 기척을 느낀 민우가 천천히 눈을 떴다. 눈이 충혈되어 있었다.

나도 모르게 손끝에 힘이 들어가고 이가 악물렸지만, 여전히 그의 멱살을 잡고 싶진 않았다.

민우는 느릿하게 눈을 깜빡이다가 무릎을 짚고 자리에서 일어났다. 그리고 말없이 어디론가 걸어가기 시작했다. 따라오라거나 이쪽으로 가자거나 하는 말은 없었다. 우리는 자연스럽게 뒤따랐다.

민우가 향한 곳은 복도 구석 휴게실이었다. 조그만 구식 TV가 선반 위에 놓여 있고 원형 테이블과 싸구려 의자 몇몇과 자판기 하나가 있었다. 사람은 아무도 없었다.

"앉으시죠."

제일 깊숙이 있는 테이블까지 들어간 민우가 의자를 하나씩 빼며 말했다. 지호와 내가 앉자 그는 구석에 있는 자판기에서 캔 음료를 뽑아왔다. 앞에다 캔을 하나씩 밀어준 민우는 그러고도 한참이나 말이 없었다. 말을 고르는 눈치였다. 눈 아래 깊은 그늘이 져 있었다.

"할머니 일은 유감입니다."

한참 후에야 처음 꺼낸 말이었다. 민우가 나를 지긋이 쳐다보았다. 삽시간에 불길을 끼얹은 듯 얼굴로 열이 올랐다.

"유감?"

날카로운 말이 튀어 나갔다.

"말한 적 있죠. 당신이 개입하면 할수록 위험해진다고. 우리도 일이 이렇게까지 복잡해질 줄은 몰랐습니다."

나는 피가 거꾸로 솟는 걸 느꼈다. 전에 없던 힘이 차올랐다. 자리를 박차고 일어나 민우에게 손을 뻗었다. 나불대는 주둥이를 틀어쥘 작정이었다. 나보다 지호가 빨랐다.

그가 얼른 일어나 내 팔뚝을 붙들었다. 손끝이 부들부들 떨렸다. 나와 시선을 맞추며 지호가 고개를 저었다. 힘이 쭉 빠져서 주저앉았다.

"한승조 씨가 치료비를 전부 대고 싶다고 하더군요."

민우는 흐트러짐 없는 표정으로 말을 이었다.

"그게 중요한 게 아니잖습니까!"

지호가 민우를 쏘아보며 일갈했다.

"한승조 씨는 그런 사람입니다. 모르셨습니까?"

민우는 되레 영문을 모르겠다는 얼굴로 반문했다. 지호가 입을 다물었다. 나는 거친 숨을 몰아쉬며 차분해지려 애썼다. '그런 사람'이라……. 우스웠다.

나는 침묵을 유지했다. 알고 싶은 게 많았지만 생각이 정리되지 않았던 탓이다. 입을 열면 갈데없는 분노부터 토해낼 것 같았다. 지호와 민우도 먼저 말을 꺼내지 않았다.

침묵을 깬 건 아까 지호에게 건네받은 내 핸드폰이었다.

조용한 공간에서 진동 소리는 소음이다 싶을 정도로 크게 들렸다. 꺼내보니 액정에 '한서우' 글자가 떠 있었다.

지호와 민우도 자연스럽게 내 핸드폰을 쳐다보았다. 내가 고민하는 사이 전화가 끊어졌고, 나는 핸드폰을 무음 상태로 돌렸다. 그에 맞춰서 민우가 입을 열었다.

"서우는 서아의 상태를 몰랐어요."

이미 알고 있는 사실이었다. 그간 서우가 보여준 태도를 봐서는 그렇게 생각할 수밖에 없었다. 모든 걸 알고 나면 서우는 어떤 얼굴을 할까. 내가 겪었던 것과는 비교도 할 수 없을 만큼 커다란 무력감이 그를 집어삼킬 것이다. 오싹했다.

"그래서 한승조 씨가 하는 일들을 이해할 수 없었을 겁니다."

"왜 서아를 가둬놨습니까? 아무리 치료를 위해서라지만……."

마침내 지호가 이해할 수 없다는 듯 물었다. 민우가 마른세수를 했다. 손을 내리며 드러난 얼굴은 한층 더 지쳐 보였다.

"압니다. 비효율적이고, 비인간적이고, 비상식적이죠."

그가 내가 하고 싶던 말을 그대로 읊었다.

"그게 한승조 씨 방식입니다."

명료한 말이었다. 묘하게 경멸하는 어조가 섞여 있었다.

번뜩 생각나는 게 있었다. 보란 듯이 803호 발코니 선반 아래 떨어져 있던 USB와 묻어나던 핏자국. 목덜미가 뻣뻣해졌다. 귓가엔 두근거리는 고동소리가 들렸다.

"……일부러 그랬구나."

속닥이는 것처럼 작은 소리였지만, 민우와 지호는 단박에 알아들었다.

"일부러 나를 고용하고 보란 듯이 단서를 흘린 거예요. 내가 눈치채길 바라면서. 맞죠?"

민우가 나를 보았다. 가려진 표정에서도 눈빛은 숨기지 못했다. 기묘한 희열이 느껴졌다. 머릿속에 폭죽이 터진 것처럼 섬광이 일었다.

언젠가 민우의 병원에서 왜 나왔냐고 물었을 때, 그가 뭐라 대답했던가.

'정해진 선을 넘지 않는 똑똑한 파출부를 원했죠. 당신 사무실이 그대로 해줬을 뿐이고.'

새빨간 거짓말이었다. 그는 선을 넘지 않는 사람이 아니라 선을 넘어줄 사람을 찾고 있었던 것이다.

"보민 씨 말이 사실입니까?"

지호가 민우에게 물었다. 민우는 손깍지를 낀 양손을 테이블 위로 올렸다.

"예."

대답은 짧고 간결했다.

"왜요?"

"그게 서아를 거기서 빼낼 수 있는 유일한 방법이었습니다."

지호의 목소리는 점점 고조되는 데 반해 민우의 목소리는 갈수록 차분해졌다.

나는 손짓으로 뭔가 더 말하려던 지호를 막았다. 그는 어느새 상체까지 테이블 위로 바짝 내밀고 있다가 멈칫 물러섰다.

"김민우 씨 당신이 그렇게 하면 됐잖아요. 할 수 있었잖아요."

나는 애써 침착한 목소리로 말했다. 민우가 피식 웃었다. 신경을 긁는 소리였다.

"나도 남보민 씨처럼 그의 고용인일 뿐입니다. 할 수 없었어요."

"그런 왜 이제 와서 서아를 빼내려고 했죠?"

지호가 불쑥 물었다. 민우가 의자 등받이에 몸을 기대었다.

"서아가 나아지질 않았으니까요. 동물을 죽이는 걸로도 모자라

나중엔 자해행위까지 했고. 의사로서 명백히 보이는 문제를 모른 척할 수 없었습니다. 이유경 씨 상태도 점점 나빠지고 있었고요."

자해행위. 그 방의 연필 끝이 모두 뭉툭하게 깎여 있던 건 그런 이유였나. 나는 서아 이마의 멍을 떠올렸다. 동시에 서아가 벽에 머리를 쿵쿵 박아대는 영상이 자연스럽게 따라왔다.

유경의 이름이 나오자 지호의 미간이 일그러졌다. 나로서도 이 타이밍에 들으리라 생각지 못한 이름이었다.

"그게 무슨……."

"서아가 이상한 걸 처음 알게 된 건 한승조 씨입니다. 그 전부터 이상을 느끼던 차에 서아가 키우던 새를 벽에 던져 죽인 뒤로 확신하게 됐죠. 이유경 씨도 그때 안 겁니다. 서아의 치료를 두고 한승조 씨와 이유경 씨가 의견차를 보였어요. 한승조 씨는 서아를 완벽히 격리하고 자기 통제 아래 치료하길 원했지만, 이유경 씨는 서아가 다른 아이들과 똑같이 가정에서 통원하며 치료하길 원했습니다. 한승조 씨는 처음엔 이유경 씨 뜻을 따르는 척했지만 뒤로 803호 공간을 마련하고 나를 고용했죠. 한승조 씨는 서아가 밖에 드러나는 걸 끔찍하게 꺼려했습니다. 물론 아이를 위해 노력하긴 했어요. 소용없었지만."

지호의 말을 뎅겅 잘라내고 민우가 빠르게 말했다. 우리가 원하는 답을 한꺼번에 쥐어줄 테니 기다리라는 듯이.

"804호 곳곳에 있는 CCTV는 최소한의 보호장치였어요. 이유경 씨와 서아, 둘 모두를 위한."

민우는 거기서 숨을 골랐다.

"무슨 일이 있었죠?"

내가 재촉했다.

"두 분도 아시는 일입니다. 서우가 데려온 고양이를 서아가 칼로 찔렀어요. 이유경 씨는 서아 짓인 걸 숨기기 위해 그 고양이를 본인 손으로 정리하려 했습니다. 아시다시피 실패했지만. 그때부터 이유경 씨 상태가 이상해진 거예요. 가사도우미를 젊은 여자로 구한 것도 이유경 씨의 독단적인 계획이었습니다. 이유경 씨는 서아가 803호에 있는 걸 대강 짐작했던 모양입니다. 그러니 당신을 골랐겠죠."

민우가 나를 똑바로 바라보았다. 말문이 막혔다.

내가 804호에 간 첫날 유경이 무릎을 꿇고 승조의 전화를 받던 장면이 기억났다. 나를 보고 울던 유경의 표정까지도.

"이유경 씨는 틈틈이 정보를 모으고 있었어요. 파출부를 구할 계획을 알아내는 것쯤은 쉬웠을 겁니다. 남보민 씨가 일하던 사무실 명함도 한승조 씨가 먼저 받아왔으니. 그의 요구사항은 딱 하나였습니다. 최대한 젊은 사람으로. 성가시지 않고 뒷말이 없다는 지극히 주관적인 이유 때문이었죠."

그렇게 말한 민우가 지호에게로 시선을 옮겼다.

"김지호 씨는 잘 알고 있겠죠. 그래서 똑같이 파출부를 구한 거 아닙니까?"

나도 지호를 보았다. 이미 답이 뻔한 질문이었다. 지호는 선선히 고개를 끄덕였다.

"그쪽은 이미 알겠지만, 오래전부터 도운 건 아닙니다. 돕기 시작하면서 마침 파출부 계획을 듣게 된 거고"

지호의 말엔 교묘해 보이는 날이 서 있었다. 민우는 개의치 않는 듯했다. 파리 떼를 쫓는 것처럼 대충 고개를 끄덕인 그가 입을 꾹 잠갔다. 할 도리는 했다는 태도였다.

내 안엔 아직 많은 물음이 남아 있었다.

서아와 할머니 사이에 무슨 일이 있었을까. 서아는 왜 할머니를 찔렀을까. 유경이 이상하다는 건 정확히 어떤 의미인 걸까. 서아는 왜 미국으로 가야만 했나. 804호 가족은 이제 어떻게 되는 걸까…….

"당신들이 원했던 대로 서아는 세상 밖으로 나왔고, 최선의 방법을 위해 떠났습니다. 한승조 씨의 바람과 이유경 씨의 바람이 적당히 이뤄진 거죠. 일종의 타협입니다."

민우의 말은 내게 803호의 숨겨진 방에서 보았던 영어 자료와 지호가 했던 말을 기억하게 했다.

'한승조 씨가 미국 출장을 자주 가는데 특별한 사유가 없어요. 일정도 들쑥날쑥이고요. 명목상 출장일 뿐 업무상의 출장이 아닌 것 같아요.'

한승조도 그동안 자기 방식대로 애를 썼구나. 그 와중에 얼굴도 모르는 이웃과 제 와이프, 밖에 나가 사는 아들이 머리 맞대고 세운 계획에 그도 휘말린 것이다.

나를 만나서 USB 얘기를 꺼내고, 시간을 내어 미행하면서 그는 무슨 생각을 했을까.

"USB는 뭐였어요?"

기억을 되짚다가 문득 궁금해져서 물었다.

"진료기록이었습니다. 각각 803호, 804호. CCTV 영상들. 일지들."

민우가 대답했다. 대수롭지 않다는 투였다.

"하지만 그 안엔 유경 씨 영상도…….."

무심코 거기까지 말한 나는 말끝을 흐렸다. 지호가 나를 보았다. 민우는 이미 알고 있었다는 듯 고개를 끄덕였다.

"말했다시피 치료가 필요한 건 서아만이 아니었으니까요."

"유경 씨는 어떻게 됐습니까?"

지호가 불쑥 물었다. 내내 기다리고 있었던 것처럼 타이밍이 정확했다.

민우는 길게 숨을 삼켰다. 이 타이밍에는 좋지 않은 신호였다. 지호의 상체가 테이블의 반을 차지했다. 나는 테이블 끝을 부여잡고 있는 하얗게 질린 지호의 손끝을 멀거니 보고 있었다.

"입원했습니다."

민우가 선고를 내리듯 말했다. 말끝을 자로 자른 듯 깔끔했다.

"정신병원에."

지호가 앉아 있던 의자가 덜컹 소리를 냈다. 그가 테이블 위로 무너지듯 상체를 숙이면서 난 소리였다. 지호는 이마를 짚은 채 한참 말이 없었다.

그를 흘금 본 민우가 자리에서 일어났다. 후련해 보이기도 했고, 아까보다 더 지친 것처럼 보이기도 했다.

그는 일어선 자세 그대로 잠시 머뭇거렸다. 무슨 생각을 하는지 눈앞에 펼쳐놓은 책만큼이나 자명했다. 인사를 건네기엔 애매하겠지. 우리가 무슨 사이였다고. 하지만 그대로 돌아서기도 퍽 난감할 것이다. '무슨 사이'도 아니었지만 이만큼 특별한 사이가 더 있을까.

민우는 결국 그냥 돌아섰다. 나도 굳이 인사하지 않았다. 다시 만날 일이 있을까. 아마 없겠지. 하지만 또 단언할 수 없는 일이다. 이

전까지 내 인생에서 철창 안에 짐승처럼 갇혀 보내는 밤을 상상해 본 적 없었듯.

나는 갑작스럽게 자리에서 일어났다. 번개처럼 들이닥친 의문 때문이었다. 고개를 숙이고 있던 지호가 놀란 듯 얼굴을 들었다.

부리나케 민우가 나간 쪽으로 뛰어갔다. 다행히 민우는 멀리 가지 못했다.

"김민우 씨!"

민우와 맞은편에서 걸어오던 간호사가 놀란 듯 나를 보았다.

"엊그제 밤은 왜 그랬어요? 굳이 왜!"

내가 몇 번을 복기해도 답을 찾을 수 없던 질문이었다.

지호는 서아의 출국 날짜를 하루 앞두고 시간을 벌기 위해서였을 거라고 말했었다. 할머니가 칼에 찔렸고, 나는 이성을 잃고 날뛰었고, 문제가 되면 서아의 출국길이 막힐까 봐 손을 썼던 거라고.

그럴듯했지만 대답은 되지 않았다. 그 말은 제일 중요한 요소를 설명하지 못했다.

서아.

그런 이유였다면 왜 서아까지 굳이 나와 가뒀을까. 정신적인 문제는 둘째 치고 서아는 어쨌든 여섯 살 아이였다. 어른보다 훨씬 연약한 육체였다. CCTV를 달아놓은 건 그런 염려도 한몫했을 것이다. 거기서 의문은 다시 꼬리를 물었다. 그런데도 굳이 왜?

민우는 어깨 너머로 고개를 돌린 채 말이 없었다. 꼿꼿하게 굳은 자세였다. 곧 민우의 입가에 미소가 어렸다. 나는 바로 알 수 있었다. 민우는 내게 답을 주지 않을 것이다. 그는 답할 생각이 없었다.

예감대로 민우는 웃는 듯 마는 듯 애매한 미소만 남겨두고 다시 돌아섰다.

뚜벅뚜벅, 구둣발 소리가 멀어졌다.

***

힐스타운에서 있던 일은 일단락되었다. 할머니의 일은 나와 지호 외에 아는 사람이 없어 조용히 넘어갈 수 있었다. 물론 내 의지였다.

할머니는 금방 퇴원했다. 다만 그날 일에 대해선 할머니답지 않게 말을 아꼈다. 나는 굳이 캐묻지 않았다. 결국 그날 일은 할머니와 서 아만 아는 일이 되었다.

병원으로 와서 그간 있었던 일을 모두 알게 된 서우는 충격이 심했는지 한동안 아무 말이 없었다. 하지만 짐작 가는 일이 있었는지 무작정 부정하지도 않았다. 한참 후에야 입을 열어 딱 한 마디 했을 뿐이다.

"그동안 폐를 끼쳐서 미안해요."

서우가 한 말은 그게 다였다.

당연한 일이지만 힐스타운 세 집에서 하던 가사파출부 일도 끝났다.

지호의 집은 내 의지로 그만두었다. 지호도 말리지 않았다.

"그동안 애쓰셨어요."

지호가 인사를 건넸다. 다정한 어조였다. 나는 그의 얼굴을 빤히 보다가 충동적으로 물었다.

"왜 그렇게 서우를 도왔어요? 자기 시간까지 할애하면서."

사실 좀 더 직접적으로 묻고 싶었다. 804호는······ 아니, 유경 씨는 당신에게 어떤 의미였어요?

지호는 내가 그렇게 물을 줄은 몰랐던지 눈을 크게 떴다. 하지만 곧 평소와 똑같이 부드럽게 웃었다.

"글쎄요. 보민 씨에게도 이유가 있듯 저에게도 있었겠죠."

똑똑한 사람이었다. 지호의 대답은 앞으로 더 꺼낼 수 있었던 수십 가지 질문을 미리 차단했다. 그의 말이 맞았다. 지금에 와서 이유는 필요 없었다. 삶을 내 뜻대로 만들어갈 수 있다 착각했던 순간에 전혀 예기치 못한 일을 만나 여기까지 흘러왔을 뿐이다. 강물에 휩쓸려 가는 물고기들이 모두 이유를 찾진 않는다.

"보민 씨는 이제 뭐하려고요?"

지호의 집을 나서던 순간, 문가에 비스듬히 선 그가 물었다.

나는 숨을 들이켰다. 말을 할 생각만으로도 속이 울렁였다. 기대 감일까. 긴장일까. 나조차 알 수 없었다.

"외면해왔던 문제가 있었어요. 아주 오랜 시간 동안. 이겨낸 줄 알았는데…… 아니, 필사적으로 그렇다고 믿었는데 아니었죠. 이젠 들여다봐야겠어요. 고통스럽더라도. 부딪쳐야만 이겨낼 수 있는 일이 있다는 걸 이번에 배웠거든요."

내가 긴 말을 끝맺자 조용히 듣고 있던 지호가 활짝 웃었다. 나도 따라서 웃었다.

에필로그

아직도 악몽처럼 그날의 꿈을 꾼다.

피투성이 걸레짝처럼 축 늘어진 나비를 품에 안고 동물병원으로 뛰는 꿈.

둑 터진 것처럼 눈에선 눈물이 쏟아지고 부연 시야로 색색의 전광판 불빛이 한데 섞여 번져 간다. 품에 안긴 나비는 목구멍을 호미로 긁어내는 것 같은 소리를 낸다.

그르륵, 하는 기이한 소리. 나는 그 소리가 생명이 꺼져 가는 신호인 걸 안다. 이따금 경련도 한다. 그럴 때마다 가슴속에 섬뜩한 외풍이 분다.

긴박한 상황과 들끓는 분노는 이성을 앗아갔다. 논리적 추론은 의미가 없었다. 나비는 결국 죽었다. 누가 뭐래도 그 사람이 한 짓이었다. 비록 나비가 서아의 방에서 발견되고, 엄마는 피투성이 잠옷차림이었다 해도.

왜냐하면 그 사람이 그런 사람이니까.

누구도 훈육을 목적으로 제 자식의 살에 칼을 대지 않는다. CCTV
니, 홈카메라니 다 강박증의 산물일 뿐이다. 그 사람은 나와 엄마,
서아가 항상 제자리를 지키길 원했다. 정물화 속에서 언제나 똑같
은 정물처럼.

그의 기준은 칼 같았다. 표로 만들어 점수를 매길 수도 있었을 것
이다. 그 기준 안에서 엄마는 제법 우수한 학생이었다. 서아는 깍두
기였다. 나만 달랐다.

나는 그에게 눈엣가시였고, 집 밖을 뚫고 나오는 송곳 같은 존재
였다. 기숙사로 내달린 건 숨길이 턱 끝까지 막혀 있었기 때문이다.
살고 싶었다.

내가 그런 이기적인 선택을 해서 여기까지 와버린 걸까. 때때로
들이닥치는 죄책감은 자비가 없었다.

"엄마, 나 갈게요. 또 올게."

통유리 너머로 멍하니 앉아 있는 엄마가 보였다. 말라비틀어진
장작 같았다.

입원하고 한 달이 지난 후, 엄마는 갑작스럽게 말을 잃었다. 눈에
선 빛이 사라졌다. 살 의지를 몽땅 잃은 사람처럼.

예기치 않게 입원이 길어진 건 그 때문이었다. 그 사람은 석 달이
다 되어 가는 동안 딱 세 번 병원에 왔다고 했다. 한 달에 한 번씩인
셈이다.

우습게도 우리는 아직 가족이었다. 아마 영영 그럴 것이다. 804호
에는 아직도 번듯한 가족사진이 걸려 있었고, 때마다 오는 아줌마
가 먼지 쌓일 틈 없이 부지런히 우리의 얼굴을 닦아댔다.

사업을 확장하느라 미국에 가 있는 아빠, 요양이 필요해 쉬고 있는 엄마, 우수한 기숙사제 학교에 다니는 아들, 조기유학 중인 딸. 그림으로 그려낸 듯 완벽한 가족.

불만을 느끼고 튀어나가기엔 별다른 대책이 없었다. 대안 없는 반항은 배부른 치기일 뿐이다. 엄마의 병원비는 내가 감당할 수준이 아니었다. 그렇다고 우릴 도와줄 외가 친척이 있는 것도 아니었다. 사정이 고만고만한 엄마 보육원 동기들이면 모를까.

통장에 꼬박꼬박 찍히는 생활비가 내겐 아빠였다. 그렇게 생각하는 게 차라리 편했다.

나비 꿈을 꾸는 날에는 꼭 서아 생각이 났다. 미국은 우리보다 치료 수준이 훨씬 낫다던데. 너도 이젠 조금이라도 인간적인 얼굴을 하고 있을까.

***

서아가 미국으로 가고, 엄마가 병원에 입원하고, 내게서 완벽하게 집이 사라진 후 나는 803호의 '그 방'에 갔었다.

뜬금없이 나를 불러낸 보민 누나가 키를 건넸을 때만 해도 나는 그 방에 들어갈 생각이 없었다.

"안 받을래요."

"받아줘요. 이게 맞는 것 같아서 그래요."

누나는 끝까지 내게 존대를 썼다. 대단하다고 해야 할지, 지독하다고 해야 할지.

그렇게까지 말하자 안 받을 수가 없어서 끝내는 받았다. 받고 어디 처박아둬야지, 했다. 누나는 나를 뚫어져라 보다가 물었다.

"서아가 이상하다는 생각, 정말 해본 적 없어요?"

병원에 불려가 지호 형의 설명을 듣던 날. 그날 이후로 서아 이름을 들으면 몸이 희한하게 반응했다. 머리끝까지 열이 몰리고 목덜미가 뻣뻣하게 굳었다.

입을 열면 분노가 왈칵 쏟아질 것 같았다. 희한하다고밖엔 표현할 말이 없었다. 나는 맹세코 서아를 원망해본 적도, 이 일이 서아 탓이라고 여긴 적도 없기 때문이다. 덕분에 서아 얘기가 나오면 입을 다무는 게 습관이 됐다. 몸속에서 들불처럼 번지는 화를 눌러 삼키는 게 우선이었다.

누나는 차분하게 내 대답을 기다렸다. 속을 꿰뚫어볼 듯한 시선은 그대로였다.

나는 이미 대답을 알고 있었다.

"네."

내가 단호하게 대답하자 누나가 흐음, 하더니 더 이상 묻지 않았다.

쉬면서 상담치료를 받고 있다더니 누나는 처음 봤을 때보다 한층 여유가 생긴 느낌이었다. 잘된 일이다 싶다가도 가끔씩 배알이 꼴렸다. 예상치 못한 타이밍에 엄마가 눈앞으로 번뜩번뜩 튀어나오기 때문이었다.

서아가 출국하기 딱 하루 전날 밤, 누나는 서아와 함께 갇혀 있었다고 했다.

처음엔 너무 허무맹랑한 소리라 믿지 않았다. 나중에 얘기를 다 듣고 나서야 믿을 수 있었다. 내가 제일 처음한 말은 욕이었다.

"미친놈들이. 확 고소해버리지 그랬어요."

누나는 어설프게 웃기만 했다.

서아에게 나에 대해 묻자 '오빠, 죽었어'라는 답이 돌아왔다는 얘기 들었을 땐 머리가 띵했다. 내가 너를 위해 어떻게 싸웠는데. 배신감이 울컥울컥 올라왔다.

한동안 '오빠, 죽었어'가 내 잠자리를 방해했다. 그러다 어느 순간 그 말을 반추하기 시작했다. 뇌가 어떻게든 나를 재우려고 안간힘을 쓴 결과였다.

서아를 본 지 얼마나 됐지?

그 질문 하나로 끝이었다. 작년 겨울 이후 서아를 제대로 본 적이 없었다. 내 기억의 서아는 딱 다섯 살까지만 있었다. 죽었다고 대답할 만도 하지. 눈에 보이지도 않는데.

어린아이다운 순수함이었다.

지호 형이 서아에게 문제가 있다고 했지만 나는 그 말을 믿지 않았다. 고작 6년 산 아이의 인생을 포괄하기엔 너무 잔인한 단어였다. 나름대로 공부도 했다. 10대 이전엔 진단이 불가하다는 말을 보고 가슴을 쓸어내렸다. 그럼 그렇지. 서아는 그냥 조금 특별한 아이였다.

그럼에도 그 방으로 향한 건 내 눈으로 직접 확인하고 싶었기 때문이다. 내가 죽을힘을 다해 열고 싶었던 공간을.

멀쩡한 아파트 발코니에 숨겨져 있다는 것 외에는 평범한 곳이었다. 사실 이미 평범한 수준은 지나쳤지만.

나는 거기 들어가자마자 아이러니하게도 서아보다 그 사람 생각을 먼저 했다. 서아를 밖에 내보이고 싶지 않다고 멀쩡한 집을 사서 발코니 벽을 파다니. 이게 정상적인 사람이 할 생각인가.

모든 걸 자기 눈 아래 두어야 하는 정신병자. 어쩌면 그는 엄마가 정신병원에 들어간 걸 기뻐할지도 모른다. 그러고도 남을 놈이었다. 그만큼 효과적인 통제수단이 없을 테니까. 나는 구제불능에 처리할 가치도 없는 취급을 받고 있겠지.

방은 깨끗이 정리되어 있었다. 누나 말로는 책상과 옷장, 여러 잡동사니가 있다고 했는데 내가 들어갔을 땐 구석의 옷장 빼고는 텅 비어 있었다. 묵은내와 피비린내는 진득하게 들러붙어 있었다. 문을 일 년 내내 열어두면 좀 나아지려나.

미친 의사는 여기서 서아를 '훈련'시켰다고 했다. 목적은 공격성 억제와 사회적응이었던가.

기억이 아물아물했다. 나중에 지호 형에게 들은 말이다. 아마 내가 그 의사를 직접 만났으면 코뼈를 주저앉혔을 것이다.

서아는 이 안에서 혼자 햄스터나 새 따위를 기르며 일지를 썼다. 충동적인 공격성이 일어나더라도 죽이지 않는 법을 몸에 익히기 위한 방법이라고 했다.

그 말을 들었을 때도 울컥 화가 치밀어서 한동안 입을 열지 못했다. 어떤 미친놈이 그걸 치료랍시고 한단 말인가! 정상적인 여섯 살 아이도 혼자 이런 곳에 갇혀 있으면 미쳐버릴 텐데.

그러다가도 지호 형이 '새'라는 말을 꺼낼 때마다 나도 모르게 어깨를 움츠렸다.

재작년 키우던 새를 뜬금없이 바닥에서 밟았을 때의 감촉을 잊을 수가 없었다. 물컹, 하는 이상한 느낌에 시선을 내렸을 땐 핏덩어리가 거기 있었다.

처음엔 냉장고에서 어쩌다 떨어진 고기 조각인가 했다. 그러다 까맣게 텅 빈 눈알과 눈이 마주쳤고 나는 곧장 악, 소리를 질렀다. 서재와 안방에서 그 사람과 엄마가 튀어나왔다.

엄마가 내 눈을 가렸고 그 사람은 고깃덩어리가 된 우리의 새를 치웠다. 눈두덩이 위에서 엄마의 손이 바들바들 떨고 있었다. 나는 엄마의 손가락 틈으로 주변을 두리번거렸다.

서아는. 서아는 어디 있지? 내 소리에 놀라서 울고 있지 않을까?

서아는 구석에 그림처럼 서서 그 사람이 새를 치우는 걸 물끄러미 보고 있었다. 나는 목덜미의 털이 곤두서는 걸 느꼈다.

서아야, 거기서 뭐해.

서아의 입꼬리가 비죽이 올라간다고 느꼈을 때 엄마가 손가락을 틈 없이 꽉 여몄다.

쪽팔리게도 나는 그쯤에서 울었다. 화들짝 놀란 엄마가 나를 꼭 끌어안았다. 우리 서우, 많이 놀랐구나. 그 사람의 목소리가 뒤따랐다. 이깟 게 뭐라고 울어, 다 큰 사내새끼가.

두 사람의 목소리 모두 내 귀에 오래 머물지 못했다.

서아의 표정이 진짜였는지, 내 착각이었는지 가늠하는 것만도 어린 내겐 벅차고 두려웠기 때문이다. 나는 그 이후 소동물 트라우마가 생겼다. 어린아이도 한 손에 쥐고 터뜨릴 만큼 작은 동물은 제대로 보질 못했다.

나는 기억에서 빠져나와 텅 빈 그 방을 쭉 훑었다.

사실 별로 볼 것도 없었다. 김이 빠졌다. 고작 이거 보러 오면서 긴장까지 하다니. 한서우, 멍청한 놈.

발길을 돌리는데 발끝에 뭔가 툭 채였다. 옷장 아래 바닥에 뭔가 있었다. 나는 옹크리고 앉아 바닥을 들여다보았다. 일기장이 하나

덩그러니 놓여 있었다.

바닥과 옷장의 경계에 있어 어렵지 않게 꺼낼 수 있었다. 표지엔 아무것도 없었지만 주인이 누군지는 자명했다. 마른침이 꿀꺽 넘어 갔다.

나는 첫 장을 펼쳤다. 일지였다. 짐작했던 대로 서아 글씨체로 빼곡히 채워져 있었다.

물을 반이나 먹었다. 물을 남겼다. 밥을 한 번에 다 먹었다. 옥수수만 골라 먹었다…….

그런 기록의 반복이었다. 이걸 누가 햄스터같이 귀여운 동물을 기르면서 쓴 일지로 볼까.

귀엽다, 신기했다 같은 표현은 눈 씻고 봐도 찾아볼 수 없었다. 꺼림칙한 기분이 스쳤지만 모른 체 털어냈다.

더 이상 봐도 의미가 없을 것 같아 중간에서 덮으려던 찰나, 귀퉁이에 쓴 작은 그림이 눈에 들어왔다. 동그라미 아래 세모를 이어붙인 단순한 그림이었다.

제일 큰 동그라미와 세모 아래 '아빠', 그보다 조금 작은 동그라미와 세모 아래 '엄마'.

그 옆의 동그라미에는 삐죽삐죽한 머리칼이 달려 있었다. 꾹 눌러 쓴 듯한 글씨가 보였다. '오빠'.

나는 그 그림을 한참 동안 바라보고 있었다.